Janette Oke

Was der Frühling verspricht

Janette Oke

Was der Frühling verspricht

Erzählung

Schulte & Gerth

Die amerikanische Originalausgabe erschien im Verlag
Bethany House Publishers, Minneapolis, MN 55438,
unter dem Titel „Spring's Gentle Promise".

Aus dem Amerikanischen übersetzt von Beate Peter

Best.-Nr. 15 193
ISBN 3-89437-193-5
1. Auflage 1992
Umschlaggestaltung: Bethany House/Olaf Johannson
Satz: Typostudio Rücker & Schmidt, Langgöns-Niederkleen
Druck und Verarbeitung: Ebner Ulm
Printed in Germany

Personen der Handlung

Josua Chadwick Jones wuchs bei seiner Tante Lou, seinem Großvater und seinem Großonkel Charlie auf. Inzwischen ist Josch erwachsen und bewirtschaftet die Farm der Familie.

Opa und Onkel Charlie sind die beiden Männer, mit denen zusammen Josch auf der Farm lebte.

Matilda ist die neue Lehrerin am Ort, die bei Familie Jones gegen Entgelt Verpflegung und Unterkunft gefunden hat.

Mary Turley, das Nachbarsmädchen, führt den Männern die Küche und den Haushalt. Opa fand es „schicklicher", zwei junge Frauen anstatt nur einer im Haus aufzunehmen.

Willi, Joschs Jugendkamerad, ging als Missionar nach Afrika, wo er an einer Tropenkrankheit starb.

Carmen, Joschs erste große Liebe, hatte sich mit Willi verlobt, bevor dieser nach Afrika ausgereist war.

Frühlingsmorgen

Ein Lied pfeifend, trat ich ins Freie. Es war noch früh. Der Himmel war zwar schon hell, aber die Sonne war noch nicht hinter der Baumreihe hochgekrochen, die die Grenze zwischen unserem Land und dem von Herrn Sanders markierte. Familie Sanders waren neue Nachbarn.

Trotz der frühen Dämmerstunde konnte ich die Felder um mich her klar erkennen. Direkt vor mir lagen unsere Felder; für mich würden sie wohl für alle Zeiten *unsere* Felder bleiben – Opas, Onkel Charlies und meine –, obwohl sie offiziell jetzt mir allein gehörten. Das war wohl auch mit ein Grund, weshalb ich zum Pfeifen aufgelegt war. Gerade gestern hatten Opa und Onkel Charlie mir die Farm offiziell überschreiben lassen, so daß sie jetzt rechtmäßig mir gehörte. Ich konnte es noch gar nicht richtig glauben. Aber stolz war ich. Stolz wie Oskar! Wo gab es weit und breit einen Burschen in meinem Alter, der eine eigene Farm hatte, ohne jemandem einen Penny dafür zu schulden?

Andererseits war's auch ein ernüchternder Gedanke. Jetzt trug ich nämlich auch allein die Verantwortung dafür, daß die Farm brauchbare Erträge abwarf. Ich mußte dafür sorgen, daß Opa, Onkel Charlie und ich von den Einkünften leben konnten. Außerdem mußte das Essen auch für Mary, unsere Hausgehilfin, und Matilda, unseren Pensionsgast, ausreichen, wenn letztere uns auch Kostgeld bezahlte.

Ich war jetzt derjenige, der zu entscheiden hatte, welche Getreidesorten auf welchen Feldern angebaut werden sollten, welche Rinder wir verkauften und welche wir behielten und woher wir unsere Zuchttiere beziehen sollten. Ich hatte die Zäune instand zu halten, die Gebäude anzustreichen, den Garten anzulegen, die Farmgeräte einwandfrei in Schuß zu halten, Unkraut zu beseitigen, das Heu als Viehfutter im Heuboden zu lagern ... Ach, die Liste nahm einfach kein Ende. Doch das sollte mich heute nicht weiter stören. Es war ein herrlicher Morgen. Ich war ein erwachsener Mann mit einer eigenen Farm.

Ich legte einen Schritt zu. War wohl vor lauter Herumschauen etwas ins Trödeln geraten. Die Felder, die Baumreihe, das Wäldchen mit dem Bach, das Weideland und dahinter die Felder, die den Turleys, den Smiths und den Sanders gehörten, der Hügel weiter hinten, wo die Farm eines anderen Smith anfing, die Straße in Richtung Stadt: ich kannte alles wie meine Westentasche. Und ich hing mehr an diesem Grund und Boden, als ich sagen konnte.

Mit diesem Fleckchen Erde, wo ich seit meiner Kindheit gewohnt hatte, war ich tief verwurzelt. Es war mein Lebenselement, der Inbegriff alles dessen, was ich mit dem Wort „Heimat" verband, war unlösbar mit dem Boden verflochten, der sich hier vor mir erstreckte.

Ich öffnete das Gatter am Ende des Kuhpfads und machte eine Pause mit dem Pfeifen, um mich mit den Milchkühen zu unterhalten. Die junge Jerseykuh, meine neueste Anschaffung, rieb den Kopf im Vorbeitrotten sachte gegen meinen Ärmel. Ich fuhr ihr mit der Hand über den Hals. Das schien ihr zu gefallen, und ich schmunzelte. „Prima ist sie, diese Kleine!" dachte ich dabei zufrieden. „Füllt den Melkeimer mit der dicksten Rahmschicht, die ich je gesehen hab'." Allerdings war sie eine Spur verwöhnt. Ihre früheren Besitzer hatten sie fast wie einen Schoßhund verhätschelt.

Ich lief den Kühen voraus, um ihnen das Scheunentor zu öffnen. Voller Ungeduld folgten sie mir auf den Fersen, weil sie genau wußten, daß in den Melkboxen ihr Frühstück wartete. Außerdem wollten sie von der schweren Milchlast befreit werden, die ihnen die Euter schwellte und ihnen das Gehen beschwerlich machte.

Ich fing wieder an zu pfeifen. Von rechts stimmte ein Vogel mit ein. Suchend drehte ich mich um. Hoch in der

Pappel neben dem Hühnerstall saß er, und dem kräftigen Gezwitscher nach zu urteilen, schien er an diesem frühen Morgen genauso munter aufgelegt zu sein wie ich.

Von irgendwo auf Turleys Weide kam ein Muhen, gefolgt von einer Antwort. Vielleicht hatte eine Kuh ihr Kalb aus den Augen verloren und rief es jetzt zum Frühstück.

Ich öffnete das Scheunentor, um die Kühe reinzulassen, und ging dann schnurstracks zum Haus zurück, wo die Melkeimer auf mich warteten. Ich wußte genau, daß die Kühe von selbst ihre Boxen finden würden und zufrieden an ihrem Futter kauen würden, wenn ich zurückkam. Eigentlich hätte ich mir das Vorschieben der Riegel sparen können, mit denen die Kühe an ihren Plätzen festgehalten wurden. Ich konnte mich darauf verlassen, daß sie reglos stehenbleiben würden, wenn man von den ständig zuckenden Schwänzen und einem gelegentlichen Gewichtsverlagern absah. Als ich aber jetzt mit den Melkeimern kam, schob ich die Riegel vor, wie ich es seit eh und je getan hatte. Das war wohl die Macht der Gewohnheit; Opa hatte es mir so beigebracht.

Die Jerseykuh sah mich aus ihren braunen Augen vorwurfsvoll an, als ich mit der Schuhspitze nach dem Melkschemel angelte und ihn neben sie rückte.

„Was ist los?“ lachte ich. „Hältst mich wohl für zu faul, um mich zu bücken, was?“

Ich klopfte ihr auf den Rücken, rieb das pralle Euter, wusch es ein wenig und fing an zu melken.

„Na, vielleicht hast du ja recht“, gab ich zu. „Aber man muß schließlich sparsam mit seinen Kräften umgehen. Hab’ jede Menge Arbeit vor mir. Heute fang’ ich nämlich mit der Aussaat an, und zwar gleich nach der Stallrunde. Jawollja, Aussaat auf meinen eigenen Feldern. Hab’ noch nie meine eigenen Felder bewirtschaftet, weißt du!“

Ich grinste und ließ einen Milchstrahl in den Eimer zischen, der sich bald mit der rahmigen, warmen, schäumenden Flüssigkeit füllen würde.

Ich hätte nie erklären können, warum ich mich mit der Kuh unterhielt. Kein Mensch hätte Verständnis für so was gehabt, es sei denn, er hätte morgens um fünf selbst in der Scheune gesessen und die Kühe gemolken.

Ein Scheunenkater strich mir miauend um die Hosenbeine. Das leise Geräusch war entweder mein Willkommensgruß oder eine Aufforderung zur Eile. Ich zielte mit einem Milchstrahl nach dem Kater. Der setzte sich flugs aufrecht und jagte mit den Vorderpfoten durch die Luft, um sich nur keinen Tropfen der leckeren Milch entgehen zu lassen.

Dieses Spiel beherrschten wir perfekt, der graue Kater und ich. Immerhin hatten wir schon jahrelange Übung darin. Er saß da und weidete sich an der Milch, die ich ihm strahlweise zuschoß.

„So, jetzt troll dich aber!" sagte ich schließlich. „Zeit für meine Stallarbeit." Der Kater zog sich ein paar Schritte zurück und fing an, sich das milchbespritzte Fell zu putzen.

Bald war ich mit dem Melken fertig. Ich gab jeder Kuh einen freundlichen Klaps auf das Hinterteil und trug zwei randvoll gefüllte Eimer zum Haus. Den dritten, den ich gleich holen würde, hatte ich hoch an einen Nagel gehängt, wo er außer Reichweite der naschsüchtigen Katzen war.

Trotz der frühen Stunde war Mary schon emsig in der Küche bei der Arbeit, als ich mit der Milch kam. Ich glaubte, ein besonderes Leuchten in ihren Augen bemerkt zu haben – aber vielleicht war das auch nur meine Einbildung. Ich sah heute wohl die ganze Welt durch eine rosarote Brille.

Auch Pixie war da und drängte sich, Aufmerksamkeit heischend, an meine Beine. Ich langte zu ihr hinunter und rieb ihr das seidenweiche Ohr. Sie war längst nicht mehr das junge Hündchen, als das ich sie bekommen hatte. Die Jahre waren nicht spurlos an ihr vorbeigegangen, und nach Hundejahren befand sie sich im Greisenalter. Als ich heute morgen aufgestanden war, hatte sie zufrieden auf meinem warmen Bett weitergeschlafen. Ich streichelte ihr das weiche Fell, und sie leckte meine Hand.

„Morgen, Josch!“ begrüßte mich Mary munter. Ohne auf eine Antwort zu warten, fuhr sie fort: „Liebe Güte, du warst aber früh auf den Beinen. In der Scheune war's bestimmt noch stockdunkel!“

„Keine Sorge, ich hab' mir bis zum ersten Tageslicht Zeit gelassen“, antwortete ich mit einem Lächeln. „Klar, in der Scheune ist's ein bißchen dunkler als draußen, aber ich kenn' mich gut genug darin aus, daß ich mich auch ohne viel Licht zurechtfinde.“

Mary lächelte, und der Morgen wurde noch strahlender.

„Möchtest du heute zeitiger frühstücken?“ erkundigte sie sich.

„Ich hab' noch mehr im Stall zu tun.“

Mary sah zur Küchenuhr. Mein Blick folgte ihrem.

„Werd' wohl damit fertig sein, bevor die anderen auf sind“, räumte ich ein. „Ich würde gern so früh wie möglich mit der Aussaat anfangen.“

„Ich mache dir schnell dein Frühstück“, sagte Mary nur und ging zur Vorratskammer.

„Danke. Es … es tut mir leid, wenn du extra wegen mir zweimal Frühstück machen mußt, aber ich bin in Eile, weißt du …“

Die Erklärungen hätte ich mir sparen können. Während Mary sich die Schürze um die schmale Taille band, antwortete sie, ohne sich nach mir umzuschauen: „Zur Aussaat und Ernte verliert ein Mann nicht gern kostbare Zeit auf dem Weg zu seinen Feldern. Mir macht's überhaupt nichts aus, dir dein Frühstück ein bißchen früher zu richten. Die anderen brauchen wir deshalb auf keinen Fall zu wecken.“

Marys Hinweis auf den „Mann“ und „seine Felder“ war mir nicht entgangen, und mein Herz klopfte schneller. Dann eilten meine Gedanken zu Opa weiter, der nach all den Jahren der Farmarbeit müde und alt geworden war, und zu Onkel Charlie, den sein Rheuma fast zum Krüppel gemacht hatte. Wieviel Schlaf er wohl in dieser Nacht gefunden hatte? Und dann war da Matilda. Sie ließ ihre Schüler gerade Klassenarbeiten schreiben, und die nächsten Abende würde sie damit zubringen, die Hefte zu korrigieren. Mit einem Kopfnicken gab ich Mary recht. Die übrigen Hausbewohner brauchten tatsächlich ihren Schlaf.

„In 'ner halben Stunde bin ich wieder da“, sagte ich zu Mary und schickte mich an, die Milch in den Separator zu schütten.

„Geh nur; ich besorge das Trennen!“ erbot Mary sich.

Ich sah sie fragend an, obwohl Mary mir schon öfters solche Arbeiten abgenommen hatte.

Ihre Augen hielten meinem Blick stand, und ich wußte, wie ernst sie ihr Angebot gemeint hatte.

„Dann laß mich die Milch wenigstens einfüllen“, sagte ich. „Diese Eimer sind schwer.“

Dagegen hatte Mary keine Einwände. Mit den Augen verfolgte sie den Milchstrom, der aus dem Eimer in das Auffangbecken des Separators floß.

„Von der Jerseykuh, nicht?“ fragte sie, aber auf eine Antwort wartete sie erst gar nicht. „Sagenhaft, wie sahnig die ist! Am besten lasse ich sie für sich allein durchlaufen und halte die Sahne getrennt. Stell dir bloß die Butter vor, die sich daraus machen läßt!“

Ich konnte das Lächeln in ihrer Stimme hören; zum Aufsehen war ich gerade zu beschäftigt.

Auf dem Weg zur Scheune, wo der dritte Melkeimer noch auf mich wartete, blieb ich bei dem Traktor stehen und fuhr mit der Hand über das noch immer glänzende Schutzblech. Ich konnte es kaum erwarten, auf den Sitz zu steigen und damit auf meinen Feldern hin und her zu fahren, um das Saatgut in die Furchen zu streuen, das dann in einigen Monaten eine reiche Ernte hervorbringen würde. Ich sah zum Himmel empor, und ein unausgesprochenes Dankgebet stieg in mir auf. Kann sein, daß mir ein paar Tränen in den Augen gestanden haben; genau weiß ich's nicht.

Ich ging weiter. Unterwegs summte ich ein Lied, das ich schon als Kind gelernt und im Laufe der Jahre oft gesungen hatte. Heute nahm das Lied eine neue, tiefere Bedeutung für mich an:

„Preist Gott,
der seinen Segen reichlich gibt!
Preist Gott,
ihr Erdenmenschen, die er liebt!
Preist Gott,
ihr Himmelswesen droben!
Preist ihn ...“

Wir daheim

Müde und mit steifen Beinen stieg ich an diesem Abend vom Traktor. Die Sonne verschwand schon hinter dem Horizont im Westen, und es war merklich kühler geworden. Der Frühling war immerhin noch nicht weit vorgerückt. Ich hatte den Traktor seit Sonnenaufgang so gut wie ohne Unterbrechungen über die Felder gesteuert. Mary hatte mir mein Mittagessen und später einen Imbiß aufs Feld gebracht, um mir zu helfen, Zeit zu sparen. Der Traktor war eine enorm praktische Anschaffung, fand ich. Einem Pferdegespann hätte ich zwischendurch eine Ruhepause gönnen müssen, aber der Traktor beklagte sich nicht über die langen Arbeitsstunden. Nur, daß ich ihn hin und wieder mit Kraftstoff versorgen mußte!

Zuerst war ich über meinen wehen Rücken und meine schmerzenden Beine überrascht, aber dann machte ich mir klar, daß ich viele Stunden lang über das Feld gerattert und gerumpelt war, und es brauchte immer ein paar Tage, bis ich mich davon erholt hatte.

Ich folgte dem Duft von Rinderbraten ins Haus. Dabei mußte ich an mich halten, daß meine Beine nicht so schnell hasteten, wie mein Magen ihnen befehlen wollte. Hatte gar nicht gewußt, wie hungrig ich war, bis mir der Essensduft in die Nase gestiegen war.

„Machst du endlich Feierabend für heute?“ fragte Matilda teilnahmsvoll.

Ich versuchte, mir meine steifen Knie nicht anmerken zu lassen, als ich die Stufen zur hinteren Veranda hinaufstieg. Matilda saß mit einer Tasse Tee in der Hand auf der Gartenschaukel.

„Ich hatte schon befürchtet, wir bekämen heute überhaupt nichts mehr zu essen“, fuhr sie fort. „Außer dem Tee hier wollte Mary mir nichts geben, um mich bis zum Abendbrot vor dem Hungertod zu bewahren.“

Ich blieb wie angewurzelt stehen.

„Warum denn das?“ fragte ich überrascht. Es war nicht Marys Art, andere Menschen hungern zu lassen.

„Also ...“ lachte Matilda, „vielleicht habe ich mich etwas übertrieben ausgedrückt. In Wirklichkeit hätte Mary uns das Essen jederzeit auf den Tisch gebracht, aber wir wollten alle lieber auf dich warten.“

„Tut mir leid“, wollte ich mich entschuldigen; „wenn ich geahnt hätte, daß ...“

Aber Matilda ließ mich nicht ausreden. „Wir wissen doch, wie wichtig die Aussaat ist. Das Warten hat uns nichts ausgemacht.“ Sie stand auf und nippte an ihrer Tasse. Dann sah sie mich mit funkelnden Augen an. „Ehrenwort!“ sagte sie, und ich glaubte ihr.

Ich hielt Matilda die Küchentür auf und folgte ihr in den dufterfüllten Raum. Opa saß auf seinem Lieblingsstuhl am Fenster und las die Zeitung. Onkel Charlie saß auf dem Sofa und rieb sich behutsam die verkrümmten Hände. Ich wußte auch ohne zu fragen, daß sie ihm wieder Schmerzen bereiteten. Sobald er meinen Blick bemerkte, hörte er mit dem Reiben auf und ließ die Hände müßig auf seinen Schoß sinken.

Am Herd füllte Mary gerade die Schüsseln mit dem Essen. Sie drehte sich um und warf mir ein Lächeln über die Schulter zu. Sie sah aus, als wollte sie mich etwas fragen, tat's aber nicht, jedenfalls nicht mit Worten. Vielleicht hatten ihre Augen schon eine Antwort entdeckt, ich weiß nicht. Jedenfalls lächelte sie nur sanft und wandte sich wieder dem Herd zu.

„Wir können essen, sobald du dich gewaschen hast, Josch“, sagte sie.

Ich ging an das Waschbecken in der Ecke. Es war schon mit warmem Wasser gefüllt. Ich wußte zwar nicht, wer das Wasser so vorausschauend für mich eingefüllt hatte, aber ich nahm dankbar zur Kenntnis, daß bestens für mich gesorgt war.

Es dauerte nicht lange, bis ich mich gründlich genug gesäubert hatte, um zum Essen zu erscheinen. Als ich das Handtuch wieder aufgehängt hatte, saß die Familie schon am Tisch. Ich setzte mich dazu und neigte den Kopf zum Dankgebet, das Opa jetzt sprach.

Als wir alle die Köpfe wieder hoben und uns aus Marys dampfenden Schüsseln bedienten, wollte Opa wissen: „Wie hat's denn geklappt heute, Junge?"

Er nannte mich noch immmer „Junge". Opa würde mich wohl nie im Leben anders anreden, ganz gleich, wie alt ich war oder wieviel Land ich mein eigen nannte. Aber das machte mir nichts aus. Irgendwie gab es mir das Gefühl, dazuzugehören.

„Gut", antwortete ich zwischen zwei Bissen von dem frischen Brot.

„Biste mit dem Traktor zufrieden?"

Ich nickte. Ich hatte den Mund zu voll, um eine Antwort wagen zu können.

Onkel Charlie nahm einen großen Schluck von seinem Kaffee.

„Der Lärm muß auf die Dauer ohrenbetäubend sein", meinte er. „Ich glaub', 'n Gespann wär' mir da lieber."

Ich grinste. Onkel Charlie konnte sich nur schwer mit dem Gedanken an Farmgeräte abfinden, die ohne vierbeinigen Antrieb bedient wurden.

Ich kaute und schluckte, bevor ich ihm antwortete: „Klar, lauter ist der Traktor schon, aber auch viel schneller, und außerdem braucht er weder Ruhepausen noch Futterkrippen."

Onkel Charlie lachte leise. „Du, ich hab' ein Auge auf das Feld geworfen, Josch", wandte er ein, „und wenn mich nicht alles täuscht, hab' ich gesehen, wie du heute 'n paarmal angehalten hast, um dem Ding den eisernen Bauch zu füllen."

Damit hatte Onkel Charlie natürlich nicht unrecht. Ich lachte mit ihm.

„Ach, ich würde zu gern auch einmal einen Traktor fahren", meldete Matilda sich zu Wort, und ich mußte gleich noch einmal lachen bei der Vorstellung an dieses zierliche Ding von Frau hoch oben auf dem Traktorsitz.

Matilda schien mein Gelächter wohl mißverstanden zu haben; jedenfalls streckte sie trotzig das Kinn in die Luft.

„Das könnte ich bestimmt, daß du's nur weißt!" erklärte sie trotzig. „Da gehe ich jede Wette ein. Man tut nur den Fuß auf das ... das Dings da, und ab und zu schaltet man mit dem Hebel, und an dem Lenkrad dreht man in die Richtung, in die man fahren will."

Selbst Opa lachte inzwischen.

Matilda sah Mary an. „Wir könnten es doch bestimmt auch, nicht, Mary?"

Mary rutschte eine Spur unbehaglich auf ihrem Stuhl hin und her.

„Ich ... ich weiß nicht so genau, aber ich ... ich glaub', ich würde das Traktorfahren am liebsten Josch überlassen."

Den Bruchteil einer Sekunde lang begegnete ihr Blick dem meinen. Ich sah einen Hauch von Röte auf ihren Wangen, bevor sie den Kopf wieder senkte. Ich konnte's mir zwar selbst nicht erklären, aber irgendwie kam ich mir vor, als hätte ich soeben ein Kompliment gemacht bekommen. So erging es mir oft bei Mary: Mit einem einfachen Wort oder einem Blick konnte sie mir das Gefühl geben, ein Mann zu sein, ein ganzer Mann, der seinen Aufgaben gewachsen ist. Ich spürte, wie auch mir die Wangen etwas warm wurden.

„Wartet's nur ab ...", fing Matilda an. Ich hatte mich schon darauf gefreut, einen gutmütigen Scherz auf ihre Kosten zu machen, aber sie wich meinem Blick aus und ließ auch den Rest ihres Satzes ungesagt.

Zum Nachtisch hatte Mary uns Brotpudding gekocht, eine meiner Leib- und Magenspeisen. Dazu reichte sie dicke Schlagsahne, und ich wußte auch ohne zu fragen, daß sie dazu die Sahne von der Jerseykuh genommen hatte.

Nachdem ich eine tüchtige Portion verdrückt hatte,

rückte ich ein wenig widerwillig vom Tisch ab und stand langsam auf. Onkel Charlie stand gleichzeitig auf, wohl um Mary gleich beim Geschirrspülen zu helfen.

„Laß nur, Onkel Charlie, heute abend kann ich Mary helfen!“ erbot sich Matilda.

Daß sie ihn frei von der Leber weg mit „Onkel Charlie“ angeredet hatte, war nichts Neues. Sie und Mary nannten ihn beide so, auch im Gespräch mit Opa. Alle schienen damit rundherum zufrieden zu sein. Wir fühlten uns wohl eher als eine große Familie anstatt Arbeitgeber und Angestellte beziehungsweise Pensionsgast. Nein, was daran neu war, war vielmehr die Tatsache, daß Matilda ihre Hilfe anbot. Sie half Mary zwar oft im Haushalt, aber in letzter Zeit war Matilda viel zu beschäftigt mit ihren Korrekturen und Vorbereitungen zum Unterricht gewesen.

„Und was ist mit deinen Schulheften?“ fragte ich sie.

„Fertig. Endlich! Und eins kannst du mir glauben: Mir ist so richtig nach Feiern zumute!“

Matilda wirbelte um die eigene Achse, daß ihr der lange, weite Rock um die Beine flatterte. In der einen Hand hielt sie die Zuckerdose, in der anderen das Sahnekännchen.

Onkel Charlie sah ihr augenzwinkernd zu.

„Ohne Zucker und Sahne ließe sich bestimmt besser feiern“, spaßte er.

„Ach, Josch hat ja nie Zeit zum Feiern!“ seufzte Matilda und tat so, als schmollte sie. Dabei sah sie mich mit voller Absicht an und klapperte übertrieben mit den langen dunklen Wimpern.

Schallendes Gelächter erfüllte die Küche. Mit ihren Scherzen sorgte Matilda oft für allgemeine Heiterkeit, aber diesmal konnte ich über ihre witzige Bemerkung nicht lachen. Irgendwie überkam mich ein merkwürdiges Gefühl dabei, und ich ging auf den Haken neben der Tür zu, wo meine Stalljacke hing.

„Wo willst du hin?“ erkundigte sich Onkel Charlie, und als ich mich zu ihm umdrehte, sah ich, wie er Matilda gerade ein Augenzwinkern zuwarf. „Mußt du den Traktor schon wieder füttern?“

„Nein. Diesmal sind die Stalltiere an der Reihe", sagte ich so unbekümmert, wie ich nur konnte.

„Ist schon erledigt, Junge!" verkündete Opa.

Ich stand überrumpelt mit der Jacke in der ausgestreckten Hand da und sah von einem zum andern. Sie alle schienen bei glänzender Laune zu sein, und ich wußte nicht recht, ob sie es ernst meinten oder sich auf meine Kosten lustig machten. In meiner Verwirrung bat ich schließlich Mary mit einem fragenden Blick um Auskunft. Sie nickte nur.

„Die ganze Stallarbeit?" fragte ich.

„Restlos", bestätigte Opa.

Im ersten Moment wollte ich mich beschweren. Schließlich war das hier meine Farm, und ich konnte meine Arbeit selbst erledigen. Aber dann machte ich mir klar, welch ein Spielverderber ich gewesen wäre, wenn ich mich beschwert hätte. Außerdem war ich wirklich zum Umfallen müde. Also hängte ich meine Jacke wieder an den Haken zurück, drehte mich um und lächelte allen zu.

„Danke", sagte ich einfach und zuckte mit den Achseln. „Vielen Dank an den, der's für mich gemacht hat!"

„Wir haben alle geholfen", erklärte Opa. „Wenn alle mitmachen, ist die Arbeit ruck, zuck getan."

„Danke", sagte ich nochmals.

„Du siehst also", sagte Matilda verschmitzt und ließ ihre Wimpern wieder flattern, „daß du sehr wohl Zeit zum Feiern hast."

Diesmal ließ ich mir die Gelegenheit zu einer schlagfertigen Antwort nicht entgehen.

„Na gut", sagte ich. „Eine Runde Mühle, gleich nach dem Abtrocknen – aber ausnahmsweise!" Ich nahm mir ein Geschirrtuch und stellte mich neben Mary. „Ich trockne ab, und du räumst alles wieder ins Regal", wagte ich, Matilda herumzukommandieren.

„Mühle?" kommentierte Matilda schmollend. „Nicht so schön wie Maisrösten oder eine Tortenschlacht – aber wir werden uns wohl damit begnügen müssen", und, begleitet von dem Lachen der beiden älteren Männer, räumte sie das Geschirr so schnell ins Regal, wie ich es abtrocknen konnte.

Als der letzte Teller im Regal stand, setzten Matilda und ich uns ans Mühlebrett, und Mary holte eine Handarbeit hervor, an der sie immer arbeitete, sobald sie eine freie Minute hatte. Opa und Onkel Charlie wandten sich wieder ihrer Zeitung zu. Ich wußte nicht, ob es sich um die neueste Ausgabe handelte oder ob sie da eine alte Zeitung lasen, aber ich fragte auch nicht. Neben uns auf der Konsole krächzte knisternd das Radio. Die schwungvolle Musik gefiel mir, aber den Kommentaren zwischendurch schenkte ich keine Beachtung.

Es fiel mir nicht schwer, Matilda im Mühlespielen zu schlagen. Sie besaß einen kristallklaren Verstand und hätte mir eine echte Herausforderung bieten können, wenn sie sich nur mehr konzentriert hätte. Sie spielte eher aus Spaß an der Sache als ums Gewinnen, und dreimal hintereinander ging ich als Sieger hervor.

Nach der dritten Runde stand ich auf und streckte mich.

„Haben wir für einen Abend genug ‚gefeiert'?" fragte ich Matilda.

„Es wird wohl reichen müssen", sagte sie mit einer Kopfbewegung, die ihre hochgesteckten Locken tanzen ließ. „Aber beim nächsten Mal bitte ich mir Krockett aus, ja?"

Im Krockett war Matilda kaum zu schlagen. Immer wenn wir in Mannschaften spielten, hoffte ich, auf ihre Seite zu kommen. Jetzt lächelte ich bloß und versuchte, ein Gähnen zu unterdrücken.

Mary legte ihre Handarbeit beiseite.

„Möchtest du noch was essen oder trinken, bevor du zu Bett gehst, Josch?" erkundigte sie sich und stand von ihrem Stuhl auf, um zum Regal zu gehen.

„Nein danke. Es war 'n langer Tag. Ich glaub', ich leg' mich gleich aufs Ohr." Kaum hatte ich es gesagt, als mir auch schon dämmerte, daß der Tag für Mary ja genauso lang gewesen war. „Du mußt auch arg müde sein", sagte ich und sah mir ihr Gesicht näher an. „Du bist doch genauso lange auf den Beinen wie ich."

Mary wehrte ab und schickte sich an, eine Kanne Kaffee für Opa und Onkel Charlie zu kochen.

Es raschelte, als Opa seinen Zeitungsteil sinken ließ und sich die Brille abnahm.

„Ich muß morgen in die Stadt, Josch“, sagte er, faltete die Brille zusammen und legte sie auf die Kommode neben das knisternde Radio. „Brauchst du was?“

Ich überlegte mühsam, aber mein Kopf war einfach zu müde, weshalb ich ihn einfach nur schüttelte.

„Wenn mir noch was einfallen sollte, leg' ich dir 'nen Zettel in die Küche“, versprach ich. „Im Moment weiß ich nichts.“

„Hast du 'ne Liste, Mary?“ fragte Opa sie. „Oder möchtest du lieber mitkommen und alles selbst aussuchen?“

Ich blieb lange genug stehen, um zu sehen, wie Mary zögernd den Kopf schüttelte.

„Der Weg in die Stadt und zurück würde zuviel Zeit kosten“, meinte sie. „Ich geb' dir lieber eine Liste mit.“

Ich stieg drei Treppenstufen nach oben und drehte mich dann um.

„Ich hab' mir so meine Gedanken gemacht“, sagte ich halb im Scherz, halb ernst. „Wenn wir die Ernte für dieses Jahr unter Dach und Fach haben, dann sollten wir uns vielleicht eins von diesen Automobilen anschaffen. Damit können wir in Null Komma nichts in die Stadt und zurück fahren.“

Ich weiß zwar nicht, was ich erwartet hatte, aber mit meiner dahingesagten Bemerkung hatte ich für allerhand Aufregung gesorgt. Opa zog seine buschigen Augenbrauen in die Höhe und musterte mich eingehend, um zu ergründen, ob ich wohl ernst gemeint haben konnte, was ich da gesagt hatte. Onkel Charlie hörte auf, seine krummen Finger zu reiben, und starrte mich mit offenem Mund an. Mary stand mit dem Kaffeekessel, den sie gerade auf den Herd stellen wollte, wie festgewachsen da. Nur Matilda äußerte sich zu meiner Bemerkung.

„Hurra!“ rief sie nur, klatschte in die Hände und lief auf mich zu. „Hurra, Josch!“ sagte sie nochmal, die Wangen rosig und die Augen leuchtend. „Kauf eins, Josch! Kauf eins!“ Und sie versetzte mir eine blitzschnelle Umarmung, die mich beinahe um mein Gleichgewicht gebracht hätte.

„He, Moment mal!“ sagte ich und löste mich aus ihren Armen. „Ich hab' ‚vielleicht‘ gesagt – wenn die Ernte eingebracht ist. Wir haben ja gerade erst mit der Aussaat angefangen, falls du dich entsinnst. Bis zur Ernte müssen wir uns noch 'ne Weile gedulden.“

Matilda trat einen Schritt zurück. Ihre Augen leuchteten noch immer. Wieder klatschte sie in die Hände. Ihre Begeisterung war nicht zu dämpfen.

„Das nenne ich Feiern, Josch!“ sagte sie immer noch strahlend.

Ich ließ den Blick durch die Stube schweifen. Mary hatte den Kaffeekessel endlich auf die Herdplatte gestellt. Onkel Charlie hatte den Mund wieder zugeklappt und kaute an einer Schnurrbartecke, und Opas Augenbrauen saßen wieder an ihrem gewohnten Platz.

Ich zuckte unbeteiligt mit den Achseln.

„War ja nur 'ne Idee“, gab ich klein bei und machte, daß ich in mein Zimmer kam.

Kleine Gäste

Ich kam zügig mit der Aussaat voran. Der Traktor leistete knatternd und tuckernd seine Arbeit und verlangte nur geringfügige Wartungen und Reparaturen. Die Familie sprang auch weiterhin bei der abendlichen Stall- und Hofarbeit ein. Nur einmal wurde ich vom Regen aufgehalten, und dann auch nur für ein paar Tage – gerade lange genug, um tief Luft zu holen und ein paar Kleinigkeiten zu erledigen, die es immer auf einer Farm zu tun gibt.

Matilda ließ mir keine ruhige Minute mehr wegen des Automobils. Allmählich wünschte ich, ich hätte kein Wort davon erwähnt. Andererseits wurden durch ihre Argumente, die sie voller Begeisterung für den Kauf eines Automobils vorbrachte, möglicherweise Opa und Onkel Charlie beeinflußt. Wie dem auch sei, jedenfalls bekam ich nicht viel Widerstand gegen meinen Vorschlag zu hören, und alle schienen das Ergebnis der diesjährigen Ernte mit Spannung zu erwarten.

Etwa zur gleichen Zeit, als ich mit der Aussaat fertig wurde, fingen auch für die Schulkinder die Sommerferien an, und Matilda fuhr zu ihren Eltern nach Hause.

„Ach Josch", sagte sie hingerissen, bevor sie losfuhr, „ich kann's ja kaum abwarten, bis der Herbst kommt – und damit auch das Automobil! Das wird einen Spaß geben!" Sie stieß einen komischen Laut aus, ein Zwischending von Seufzen und Stöhnen.

„Ich hab' nichts versprochen", erinnerte ich sie. „Das Ganze war nur 'ne Idee."

„Ja, ich weiß. Aber wir werden eine Riesengaudi haben!" Anscheinend wollte Matilda die Möglichkeit, daß wir das Automobil nicht anschafften, keineswegs ins Auge fassen. Ich ließ die Sache auf sich beruhen.

Wie immer fiel Matildas Abschied von Mary recht überschwenglich aus. Die beiden waren wie zwei Schwestern und vermißten einander während der Sommermonate.

„Ach, ohne sie werd' ich mich furchtbar einsam fühlen", flüsterte Mary, als Matilda fort war, und wischte sich verstohlen mit dem Taschentuch über die Wange.

„Der Sommer geht schnell vorbei", versuchte ich sie zu trösten.

„Das Haus ist immer so ... so *ruhig*, wenn sie nicht da ist", sagte Mary.

In Gedanken mußte ich ihr da recht geben. Ohne Matildas übersprudelnde Lebenslust war es tatsächlich still im Haus.

„Du hast ja den Garten", gab ich Mary zu bedenken.

Sie nickte und schwieg; dann sagte sie ein wenig sehnsüchtig: „Vielleicht erlaubt Lou, daß Sarah Jane uns 'ne Weile besucht. Sie ist ja fast so plauderwütig wie Matilda."

Ich mußte schmunzeln. Sarah Jane war fast eine richtige junge Dame. Und Mary hatte recht: sie war tatsächlich „plauderwütig".

„Ja, vielleicht", antwortete ich. „Für ein paar Tage. Lou braucht sie daheim, um sie auf Botengänge zu schicken und ihre beiden kleinen Brüder in Schach zu halten."

„Lou braucht sie wirklich dringender als ich", sagte Mary nachdenklich und mehr zu sich selbst. „Das war eigensüchtig von mir ..."

„Gar nicht eigensüchtig", fiel ich ihr ins Wort. „Opa und Onkel Charlie – und ich auch, wir freuen uns doch alle, wenn sie kommt."

„Vielleicht könnte Jonathan auch mitkommen", warf Mary ein. „Dann hätte Lou nur das Baby."

Ich war mir nicht so sicher, ob Mary sich den lebhaften Jonathan zusätzlich zu Haushalt und Gartenarbeit zumuten sollte. Gerade wollte ich ihr das sagen, da legte sie mir ihre Hand auf den Arm, als hätte sie meine Gedanken erraten.

„Es wird schon nicht so schlimm werden", versicherte sie mir. „Sarah kann helfen, Jonathan zu versorgen und auf 'ner Farm gibt es jede Menge für 'nen Jungen zu tun, und im Garten ist noch nichts zu pflücken oder einzukochen, und normalerweise ist er nicht allzu ungestüm." Bei dieser letzten Bemerkung schaute sie ein wenig skeptisch drein. „Außerdem", fügte sie hastig hinzu, „käme dadurch 'n bißchen Leben ins Haus."

Ich sah auf die schmale Hand, die auf meinem Arm ruhte. Ich wollte kein Spielverderber sein, aber ich fragte mich ernstlich, ob sie recht bei Sinnen war, wenn sie glaubte, Jonathan würde nicht viel von ihrer Zeit beanspruchen.

„Und der lange Sommer würde dann auch schneller vergehen", kam sie kleinlaut zum Schluß.

„Wie wär's, wenn du's einfach mal für ein paar Tage probierst – ich meine, fürs erste? Aber gib acht, daß du dir nicht zuviel vornimmst!" riet ich ihr.

Mary lächelte, und ich konnte ihr anmerken, wie froh sie über meine Zustimmung war.

Nicht, daß Jonathan etwa ein ungezogener Junge wäre, und gewiß hatte ich nichts gegen meinen kleinen Neffen, aber er war nun einmal einer der lebhaftesten, neugierigsten Kinder, die mir je über den Weg gelaufen waren. Ständig richtete er mit seinem Forscherdrang irgendein Unheil an.

„Und halte ihn bloß vom Traktor fern!" schloß ich energiesch. Einmal hatte Jonathan Erdklumpen in den Benzintank gestopft.

Mary nickte nur.

„Ich spreche mit Lou, wenn ich das nächste Mal in die Stadt komme", nahm sie sich vor. Unwillkürlich stellte ich mir vor, wie dankbar Tante Lou die Gelegenheit beim Schopf ergreifen würde, Sarah und Jonathan auf Urlaub zu schicken.

Wie sie versprochen hatte, kam Mary mit Lou überein, und noch vor Ende der Woche hatten wir Sarah und Jonathan bei uns auf der Farm. Sarah ahmte mit Feuereifer alles nach, was Mary tat. Sie half beim Brotbacken, beim Buttermachen und bei der Wäsche. Sie ging sogar mit in den Garten und jätete Unkraut – dazu auch ein paar Möhren und Rüben – und wusch das Geschirr, wobei sie gemächlich arbeitete und eher in der warmen Seifenlauge spielte, als daß sie die Teller und Tassen sauberwischte. Insgesamt paßte Sarah recht gut in unser Leben auf der Farm, und wir hatten allesamt unseren Spaß an ihrem Geplauder und ihrem sonnigen Gemüt.

Opa und Onkel Charlie taten ihr Bestes, um den kleinen Jonathan zu beschäftigen. Sie schnitzten ihm Rohrpfeifen, Steinschleudern und eine Angel und brachten ihm ein kleines Scheunenkätzchen. Trotzdem gelang es Jonathan immer wieder, der Aufsicht der Erwachsenen zu entwischen und sich auf eigene Faust auf Abenteuersuche zu machen.

Während der wenigen Tage, die er bei uns verbrachte, richtete er allerhand Dummheiten an, und zwar nicht so sehr aus Boshaftigkeit, sondern weil er „bloß helfen" wollte. Er goß die Wasserschüsseln der Hühner aus und füllte sie mit Heu, weil die Hühner angeblich furchtbar hungrig dreinschauten. Er band den Farmhund mit so vielen Knoten an einen Baum, daß Opa fast einen geschlagenen Nachmittag dazu brauchte, ihn wieder zu befreien; „damit Fritz nicht vom Traktor totgefahren wird", hatte Jonathan gemeint. Mit seiner Steinschleuder, die eigentlich aus der Nähe des Wohnhauses verbannt war, schoß er einen Stein durch das Wohnzimmerfenster; der Stein war ihm „einfach nur so ausgerutscht", entschuldigte er sich. Er pflückte einen ganzen Eimer voll winziger Äpfel, die sich gerade an den Bäumen gebildet hatten; „für Marys Apfelkuchen", wie er erklärte. Er stattete den Hühnern einen Besuch im Hühnerstall ab und zielte mit zwei Dutzend Eiern nach der alten Sau, die in ihrem Pferch stand, um ihr beizubringen, „wie Pixie" Leckerbissen aus der Luft aufzuschnappen.

Was mich betraf, so war sein übelster Trick die Sache mit der Tintenflasche, die er sich in einem unbewachten Augenblick von Matildas Schreibtisch geholt hatte und mit der er sich an den ahnungslosen Chester heranschlich, um den Inhalt über dem Pferderücken auszugießen. Er wollte „Onki

Josch“ mit einem hübsch gesprenkelten Pferd überraschen, wie er es in einem Bilderbuch gesehen hatte.

An diesem Abend hielten wir Familienrat. Ich war drauf und dran, Jonathan wieder nach Hause zu schicken, aber Mary nahm ihn in Schutz und meinte, er sei im Grunde seines Herzens ein liebes Kind, dem man die Gelegenheit geben mußte, zu lernen, wie man sich auf einer Farm zu benehmen hat. Opa ergriff Partei für Mary. Woher sollte ein Vierjähriger wissen, was er durfte und was verboten war, wenn er sich nicht auf der Farm umschauen konnte? So blieb Jonathan also bei uns, aber wir erlegten ihm allerhand Maßregeln auf und bemühten uns, ihn keine Sekunde aus den Augen zu lassen.

Eines Nachmittags flickte ich gerade den Zaun an der hinteren Weide, als Jonathan sich zu mir gesellte.

„Hallo, Onki Josch!“ begrüßte er mich freundlich. Ich sah auf seine lebhaften Augen und seinen braunen Haarschopf hinunter.

„Hallo, Kumpel!“ gab ich ein wenig argwöhnisch zurück. „Weiß Mary, daß du hier bist?“

Anstelle einer Antwort streckte Jonathan mir einen kleinen roten Eimer so hoch entgegen, wie sein kurzer Arm es erlaubte.

„Hab’ dir was zu trinken gebracht“, verkündete er stolz. „Hast du Durst?“

Die Sommersonne brannte heiß, und ich war in der Tat durstig. Ich wischte mir den Schweiß von der Stirn und nahm den Eimer entgegen.

„Tante Mary hat gemeint, du wärst bestimmt durstig“, fuhr Jonathan fort. Lou hatte ihren Kindern beigebracht, Mary respektvoll mit „Tante“ anzureden.

Mein Blick wanderte zu dem Farmhaus in der Nähe. Es war nicht so weit bis dahin, als daß ich nicht schnell zu einem Schluck Wasser an den Brunnen hätte gehen können. Vielleicht hatte Mary gemeint, ein kleiner Spaziergang, verbunden mit einem „Botendienst“, würde dem Knirps guttun. Ich setzte mich also ins Gras und zog Jonathan auf meine Knie. Mit einer Hand hielt ich den Eimer aufrecht.

„Wo ist Mary denn?“ erkundigte ich mich und betrachtete die Schmutzspuren auf Jonathans Händen und Gesicht.

„Die hat Arbeit“, antwortete er.

„Und da hast du mir Wasser zu trinken gebracht, was?“

Er nickte.

„Das war aber lieb von dir“, lobte ich ihn. „Dank' dir!“

Ich hob mir den Eimer an die Lippen. Das Wasser war nicht so kühl, wie es sonst immer aus dem Brunnen kommt, und ich fragte mich im stillen, wie lange Jonathan wohl für die kurze Strecke hierher gebraucht hatte. Ob kühl oder nicht, Wasser war Wasser. Ich nahm noch einen großen Schluck.

„Was hast du denn heute schon alles gemacht?“ erkundigte ich mich.

Jonathan überlegte, bevor er mir eine Antwort gab.

„Ich hab' Opa im Garten geholfen“, sagte er strahlend und fügte dann bekümmert hinzu: „Aber dann hat Opa gesagt: ‚Das reicht jetzt, Jonathan!‘ und hat mich wieder zu Tante Mary geschickt.“

Ich zerzauste ihm den Haarschopf.

„Und warum hat er das gesagt?“ fragte ich ihn. „Hast du etwa Unkraut und Gemüse verwechselt?“

Jonathan nickte mit betrübtem Blick.

„Es waren wohl Erbsen“, gestand er, und ich mußte mir mit Mühe ein Lachen verbeißen.

„Dann hab' ich die Wäsche für Tante Mary reingeholt“, berichtete er weiter, endete jedoch mit einem mutlosen Achselzucken. „Sie mußte aber alles wieder auf die Leine hängen. Die Sachen waren noch nicht trocken.“ Sichtlich erleichtert fügte er dann hinzu: „Aber Tante Mary hat gar nicht mit mir geschimpft. Hat nur die Wäsche genommen und 'n paar Sachen wieder aufgehängt und …“ Er sah erst auf seine Schuhspitzen, dann in mein Gesicht. „Und 'n paar hat sie nochmal gewaschen und sie dann auch aufgehängt.“

Die arme Mary! Sie hatte auch so genug Arbeit, ohne die Wäsche zweimal waschen zu müssen.

„Guck mal, da kommt sie ja!“ rief Jonathan überrascht und zeigte in Richtung Farmhaus.

Er hatte recht. Mary und Sarah kamen auf uns zu.

„Wir haben dir was mitgebracht, Onkel Josch!“ rief Sarah schon von weitem.

Ich sah auf den kleinen Behälter in Sarahs Hand und dann auf Mary. Die beiden jungen Damen schienen sehr mit sich zufrieden zu sein.

„Muß ich jetzt raten, was es ist?“ fragte ich Sarah.

Außer Atem erreichte sie die Stelle, wo Jonathan und ich im Gras saßen.

„Es ist was zu trinken“, eröffnete sie mir stolz.

„Was zu trinken? Wie nett von dir! Aber Jonathan hier“, und ich zerzauste dem kleinen Knirps den Schopf, „der ist dir schon zuvorgekommen. Aber weißt du, noch 'n Schluck könnte auch nicht ...“

Weiter kam ich nicht. Mary war kreidebleich geworden. Sie schlug sich die Hand vor den Mund und starrte den roten Eimer an.

„Stimmt was nicht?“ fragte ich Mary, aber die Antwort erfuhr ich von Sarah, wenn auch auf etwas umständliche Weise.

„Da drin etwa?“ quietschte sie und zeigte mit dem Finger auf den roten Eimer im Gras. Bevor ich auch nur antworten konnte, fuhr sie fort: „Jonathan hat Opa im Garten gestört, weil er alles kaputtgeharkt hat, und da hat Opa ihn mit dem Eimer losgeschickt, um den Blumen Wasser zu bringen.“

Daran konnte ich nichts Schlimmes entdecken. Es machte mir nichts aus, mein Wasser mit den Blumen zu teilen. Aber Mary war noch immer bleich. Bis auf ein geflüstertes „O Josua!“ war sie stumm geblieben.

„Aber“, fuhr Sarah fort, „Jonathan hat das Wasser aus dem Viehtrog geschöpft.“

Einen Moment drohte mein Magen zu rebellieren. Ich befürchtete sogar, mich übergeben zu müssen. Bei der Vorstellung von Pferden und Kühen, die in meinem Trinkwasser herumgeschlürft und geschnauft hatten, wollten meine Innereien Kopfstand machen. Ich sah Marys gequältes, bleiches Gesicht vor mir. Doch plötzlich fand ich das Ganze urkomisch. Ich packte mir Jonathan, rollte mit ihm im Gras umher, kitzelte ihn und fing an zu lachen. Es war kein kurzes Kichern, sondern ein schallendes Gelächter aus vollem Halse. Marys Gesichtsfarbe kehrte bald zurück, und ich sah, wie sie hinter der vorgehaltenen Hand ein Lachen verbarg. Dann sah sie zu, wie Jonathan und ich uns zusammen im Gras kugelten, und stimmte in mein Gelächter ein. Jetzt tat mir der Magen vor lauter Lachen weh.

Als wir uns dann endlich wieder eingekriegt hatten, setzten wir uns zusammen auf den Boden und teilten uns die kühle Limonade, die Mary und Sarah mitgebracht hatten.

„Wenn ich mit den Kühen und Pferden aus einem Trog trinken kann, dann werd' ich's wohl auch überleben, mit meiner Verwandtschaft aus der gleichen Tasse zu trinken", sagte ich und fing wieder an zu lachen.

„Wir haben auch Plätzchen", teilte Sarah mir gewichtig mit. Ich glaube, sie wollte erreichen, daß ich mich endlich nicht mehr so albern aufführte. Sie schien beim besten Willen nicht zu begreifen, was ich so komisch daran fand, aus dem Viehtrog getrunken zu haben. Ich versuchte, gebührlich auf ihr Angebot einzugehen.

„Plätzchen? Welche Sorte denn? Wo hast du die denn nur aufgetrieben?"

„Es sind Zuckerplätzchen, und ich hab' sie selbst gebakken." Dann berichtigte sie sich eilig: „Tante Mary und ich haben sie zusammen gebacken."

„Krieg' ich auch eins? Krieg' ich auch eins, Sarah?" bettelte Jonathan, und tatsächlich waren genug Plätzchen für alle da.

Die Limonade und die Zuckerplätzchen hatten wohl eine heilsame Wirkung auf meinen Magen; jedenfalls zog der Schluck Wasser aus dem Viehtrog keine schädlichen Folgen nach sich, wenn ich mir auch vornahm, von jetzt an alles gründlich zu prüfen, was mein kleiner Neffe mir zu essen oder zu trinken anbot.

Sommer

Nachdem Sarah und Jonathan abgeholt worden waren, kehrte wieder Ruhe bei uns ein. Ich glaube, selbst Mary war für die Stille dankbar, wenn sie's auch nie zugegeben hätte. Der Garten bescherte ihr jetzt jede Menge Arbeit, und ihre Hände waren keine Sekunde lang müßig.

Auch für mich gab es im Sommer viel zu tun. Das Heu mußte gemacht werden, das Unkraut in Schach gehalten und das Vieh und die Zäune ständig überwacht werden. Kaum hatten wir's uns versehen, da ging der Sommer auch schon zur Neige.

Ich war für die Sonntage dankbar. Sonntags konnte man sich nämlich ohne jede Schuldgefühle eine Pause gönnen. Es tat einfach gut, zum Gottesdienst in die Stadt zu fahren, wenn ich auch der Ehrlichkeit halber zugeben muß, daß ich hinter dem gemächlich vorantrottenden Gespann nicht selten an ein Automobil dachte, mit dem sich die gleiche Strecke in einem Bruchteil der Zeit zurücklegen ließe.

An zwei Sonntagen waren wir bei Tante Lou und Onkel Nat mit ihren drei Sprößlingen zum Mittagessen eingeladen. Das war fast unsere einzige Gelegenheit, Neuigkeiten mit ihnen auszutauschen.

Der kleine Timothy wuchs so schnell heran, daß man kaum noch mitkam. Im Juni hatte er seinen ersten Geburtstag gefeiert, und jetzt war er vollauf damit beschäftigt, sich in der Kunst des Laufens zu üben – oder genauer gesagt: in der Kunst des Rennens. Timmy wollte immer mit von der Partie sein und folgte seinem älteren Bruder und seiner Schwester auf Schritt und Tritt, so schnell ihn seine kräftigen Beinchen tragen wollten.

„Die Ernte steht gut; alles reift sogar früher als sonst", vertraute ich Onkel Nat bei einem unserer gemeinsamen Sonntagsessen an. „Es könnte die beste Ernte werden, die wir je gehabt haben."

Dennoch musterte ich den Himmel täglich mit kritischem Blick. Niemand brauchte mir zu sagen, daß ein kräftiger Hagelsturm mit einem Schlag alles vernichten konnte, und insgeheim wünschte ich mir manchmal, einen kleinen Vertrag mit Gott abschließen zu können. Selbstverständlich unternahm ich keinerlei Versuche in der Richtung. Ich besaß genug gesunden Menschenverstand – und auch Glauben –, um mir klarzumachen, daß Gott sowieso genau wußte, was wir brauchten, und daß er schon für unsere Zukunft sorgen würde. Allerdings hoffte ich inständig, daß diese Zukunft nicht ausgerechnet Hagel mit sich bringen würde.

Und eines Tages kam Matilda schon wieder zurück. Die beiden Mädchen fielen einander um den Hals und jauchzten und lachten, als hätten sie einander jahrelang nicht gesehen. Sogar Opa und Onkel Charlie wurden mit einer stürmischen Begrüßung bedacht. Auch ich ließ mir eine kurze Umarmung gefallen. Dann schob ich Matilda eine Armlänge von mir und sah in ihr strahlendes Gesicht.

„Wie steht denn die Ernte, Josch?" platzte sie mit ihrer Frage heraus, bevor ich überhaupt den Mund aufmachen konnte. Nicht etwa: „Wie geht's dir?" oder dergleichen, sondern einfach nur: „Wie steht denn die Ernte?" Ich wußte haargenau, worauf sie hinauswollte, und beschloß, mich dumm zu stellen.

Achselzuckend setzte ich eine bekümmerte Miene auf.

„Vielleicht reicht's gerade, daß wir die Drescher bezahlen können", teilte ich ihr tonlos mit. „Natürlich nur, wenn wir keinen Hagel kriegen."

Matildas Mundwinkel sanken, und ein enttäuschtes Seufzen entfuhr ihr.

„Aber denk auch mal an das Gute", fuhr ich fort und klopfte ihr auf die Schulter. „Wenn sich das Wetter hält, bleibt uns genug Saatgut für nächstes Frühjahr."

Matilda schaute enttäuscht und ein wenig beschämt drein.

„Und ich habe allen meinen Freundinnen erzählt, daß wir ein ... ein Automobil bekommen", gestand sie leise.

„Das habe ich nicht fest versprochen, oder?" sagte ich, ohne die Miene zu verziehen. „Vielleicht solltest du demnächst besser aufpassen, was du deinen Freundinnen erzählst." Als sie aussah, als würde sie im nächsten Moment in Tränen ausbrechen, fand ich, es weit genug getrieben zu haben.

„Ich mach' ja nur Spaß", grinste ich sie an. „Das Getreide steht gut. Hervorragend sogar." Als Matilda im Begriff war, sich voller Begeisterung in meine Arme zu werfen, warnte ich sie schnell: „Denk dran, daß ich dir nichts versprechen kann. Das Automobil war nur 'ne Idee, weiter nichts. Wir werden's abwarten."

Aber Matilda schien sich keineswegs darum zu sorgen, wie das „Abwarten" ausgehen würde. Sie kannte mich wohl gut genug, um zu wissen, wie gern ich selbst so ein Vehikel hätte.

Sie boxte mich mit ihrer kleinen Faust ins Kreuz, aber in ihren Augen leuchtete es.

„Mensch, Josch", schalt sie mich aus, „du bist aber gemein!"

Opa lachte, und Onkel Charlie grinste nur.

Der Beginn des neuen Schuljahrs war eine recht schwierige Zeit für Tante Lou. Die kleine Sarah Jane zählte nämlich in diesem Jahr zu den Abc-Schützen. Ich hatte nicht gewußt, wie schwierig es für Mütter ist, ihr erstes Kind in eine ganz neue Welt loszuschicken. Um Sarahs willen bemühte Lou sich um eine muntere Einstellung, aber wenn es nur irgend in ihrer Macht gestanden hätte, den Kalender um ein oder zwei Jahre zurückzustellen, dann hätte sie nicht gezögert, das zu tun.

Mary kochte das letzte Obst und Gemüse des Sommers ein. Beim Anblick der Berge von Einmachgläsern auf unserer Küchenanrichte fragte ich mich, wie in aller Welt fünf Leute nur so viel an Lebensmitteln vertilgen sollten. Diese

Frage klärte sich dann aber, als ich sah, wie Opa und Mary eine ganze Anzahl von den Gläsern in den Einspänner luden und sie Tante Lou schickten. Als Mutter von drei kleinen Kindern und als Pfarrersfrau fand Lou bestimmt nicht viel Zeit zum Einkochen, meinte Mary. Lou war ihr zutiefst dankbar dafür. Von einem Pastorengehalt ließen sich wohl keine großen Sprünge machen, wenn ich auch noch nie ein Wort des Klagens von Lou gehört hatte.

Nun tauchten des öfteren kleine Broschüren und Zeitungsreklamen auf dem Küchentisch auf, in denen für unterschiedliche Automobile geworben wurde. Ich brauchte nicht zu raten, wer sie auf dem Tisch hinterließ, aber ich hätte gern gewußt, wie und wo Matilda sie auftrieb.

Ich las die Beschreibungen gründlich – genau, wie Matilda es sich erhofft hatte. Ich nahm sogar ein paar davon mit in mein Zimmer und studierte sie abends im Bett. Menschenskinder, es gab da ein paar echte Luxuswagen! Ich hatte gar nicht geahnt, daß eine solche Ausstattung überhaupt lieferbar war. Man konnte den Motor anlassen, ohne vorne zu kurbeln! Und dann schlug ich die Preise nach. Ich hatte auch keine Ahnung gehabt, wieviel Geld so ein Automobil kostete. Schließlich kamen mir ernste Zweifel an der ganzen Sache. Für das gleiche Geld ließe sich allerhand für die Farm anschaffen. Matildas kleine Kampagne könnte sich durchaus als zwecklos erweisen. Es wäre die reinste Torheit, so ein Ding zu kaufen.

Innerlich hin- und hergerissen fing ich mit den Erntearbeiten an. An manchen Tagen war ich fest davon überzeugt, ein Automobil „verdient“ zu haben. Die ganze Familie verdiente ein Automobil nach all den Jahren der kriechend langsamen Fortbewegung mit dem Gespann. Ich argumentierte damit, wieviel Zeit wir sparen würden. Am nächsten Tag dachte ich dann an die Farm, an die Kirche und an mein Versprechen, Carmen auf dem Missionsfeld finanziell zu unterstützen, an das Vieh, das ich kaufen könnte, und an Geräte für Marys Küche. In Gedanken strich ich das Automobil wieder von der Liste. So war ich innerlich hin- und hergerissen. Selbst durchs Beten wurde es nicht besser.

Die Ernte erwies sich in diesem Jahr tatsächlich als phänomenal; mit solchen Erträgen hatte ich nicht im entferntesten zu rechnen gewagt. Ich schaute zu, wie die Kisten bis zum Rand mit Getreide von allerbester Qualität gefüllt wurden. Ich mußte Herrn Sanders eine zusätzliche Tonne abkaufen und sie mit dem Traktor in den Hof ziehen. Auch diese Tonne wurde voll. Wegen der guten Qualität erzielte das Getreide einen guten Preis. Gott hatte uns wahrhaftig reich gesegnet.

Aber wie wollte er das Geld, das er mir anvertraut hatte, nun angelegt haben? Wie konnte ich mich als verantwortungsvoller Verwalter erweisen?

Tagsüber hatte ich noch jede Menge an Farmarbeit zu erledigen, aber abends studierte ich stundenlang die Zahlen, über die ich Buch geführt hatte. Ich rechnete hin und her. Mit jeder Ladung Getreide, die ich in die Stadt brachte, wuchsen die Ziffern in meinem kleinen Buch. Wir würden eine Summe übrig haben. Aber würde sie zu einem Automobil reichen? Und war ein Automobil überhaupt notwendig? Praktisch? Das Richtige für Familie Jones?

Ich wußte, daß alle gespannt meine Entscheidung abwarteten. Opa und Onkel Charlie zogen mich nicht zur Rechenschaft. Mary erwähnte das Automobil mit keinem Wort, aber ich konnte ihr anmerken, daß sie meinen Kampf um die Entscheidung teilte. Matilda hörte auf, mich zu bedrängen, aber in ihrem Blick lag ständig ein Fragen, und ich wußte, mit welcher Ungeduld sie darauf wartete, daß ich endlich zu einem Entschluß fand.

Eines Abends ging ich in mein Zimmer und holte sämtliche Werbeschriften hervor. Die mit dem glänzenden grauen Bentley legte ich als erste beiseite. Der Bentley war viel zu kostspielig, obwohl ich mir den Luxus eines flüchtigen Tagtraums erlaubte, in dem ich mir vorstellte, wie ich darin über unsere Landstraße brauste. Von den übrigen Broschüren sortierte ich ebenfalls eine Reihe aus. Mit dem wachsenden Berg von aussortierten Prospekten schmolz auch ein Stück von Josua Jones' Stolz dahin. Zum guten Schluß war ich bei einem schlichten, einfachen Autmobil der

Firma Ford angelangt. Den Ford konnten wir uns gut und gern leisten und dazu noch ein paar andere Dinge, die wir brauchten. Ja, den Ford würde ich kaufen. Ihn konnte ich gutem Gewissen anschaffen.

Erleichtert atmete ich auf, legte die Broschüre beiseite und blies meine Lampe aus. In der Dunkelheit kniete ich neben meinem Bett nieder zum Gebet. Jetzt, wo die Entscheidung endlich gefallen war und mein himmlischer Vater sein Einverständnis dazu zu geben schien, wurde ich endlich innerlich ruhig. In dieser Nacht schlief ich so gut wie schon lange nicht mehr.

Am nächsten Morgen beim Frühstück räusperte ich mich, um mir Gehör zu verschaffen.

„Ich habe vor, ein Automobil zu kaufen", kündete ich an. Weiter kam ich nicht. Matilda quietschte aufgeregt los, Mary lächelte und Opa nickte. Onkel Charlie grinste nur. Die langen Fahrten mit dem Kutschwagen waren eine schmerzhafte Angelegenheit für jemanden, der an Rheuma litt.

„Halt! Moment mal!" wehrte ich mit erhobener Hand ab und sah Matilda dabei an. „Wir können uns gut und gern ein Automobil leisten, aber keins der gehobenen Klasse mit allen Schikanen. So eins ist schließlich nicht nötig, und es würde uns nur 'ne Stange Geld kosten. Wir kaufen uns einen einfachen, praktischen Ford."

Matildas Begeisterung legte sich zusehends.

„Aber vier Räder wird er haben, und wir können damit hinfahren, wo wir wollen", betonte ich.

Matildas Miene hellte sich wieder auf.

„Wann?" fragte Opa, und obwohl er sich mächtig anstrengte, es nicht zu zeigen, lagen Spannung und Begeisterung in seiner Stimme.

„Ich fahre heute in die Stadt, um es zu bestellen", antwortete ich. Dabei hatte ich meine liebe Mühe dabei, nicht selbst vor Begeisterung an die Decke zu springen.

„Ach Josch!" Matilda klatschte vor Begeisterung in die Hände. „Das ist ja soooo aufregend!"

Onkel Charlies Grinsen wurde noch breiter.

Ich sah Mary an. Ihr Gesicht war gerötet, und ihre Augen leuchteten. Dann tat sie etwas völlig Unerwartetes: sie streckte ihre Hand nach meiner aus und drückte sie sanft.

Wenn es Matilda gewesen wäre, hätte ich mir nichts dabei gedacht. Ich hätte mir nicht einmal etwas dabei gedacht, wenn Matilda sich ungestüm in meine Arme geworfen und sich an meinen Hals gehängt hätte. So war Matilda halt. Aber Mary? Diese kleine, schüchterne Geste der Mitfreude ließ mir irgendwie das Herz schneller schlagen.

Ich wurde selbst ein bißchen rot und riß den Blick wieder von ihr los, um mich den übrigen Familienmitgliedern am Frühstückstisch zuzuwenden. Schließlich stand ich langsam auf.

„Ich ... ich bestelle es ... gleich heute, aber ich weiß nicht, wie lange es dauert, bis es ankommt."

Matilda sorgte für Ablenkung.

„Oh, ich hoffe, ganz bald!" rief sie und sprang von ihrem Stuhl auf. „Ach, hoffentlich beeilt man sich mit der Lieferung! Wir haben schließlich nicht mehr viel Zeit. Wir brauchen es noch vor dem Winter, damit wir lernen können, wie man damit fährt, bevor der erste Schnee ..."

Mitten im Satz brach sie ab. Ihr Blick begegnete meinem. Sie sah aus wie ein kleines Schulmädchen, das um eine Süßigkeit bettelt. Sie hatte die ganze Zeit „wir" gesagt, was gelinde gesagt eine Spur vermessen war, aber ich grinste ihr nur augenzwinkernd zu. Ich wußte ja, wie ihr zumute war.

Nach unserer gemeinsamen Andacht am Frühstückstisch ging ich wieder in mein Zimmer, faltete die Ford-Broschüre zusammen und steckte sie in meine Jackentasche. Sobald ich mit den letzten Stallarbeiten für den Vormittag fertig war, wollte ich Chester satteln und in die Stadt reiten.

Der Ford

Wie Matilda hoffte auch ich, daß das Automobil noch vor dem ersten Schnee eintraf. Ich wollte gern lernen, damit umzugehen, solange die Straßen noch befahrbar waren.

Obwohl ich jede Menge Arbeit hatte, muß ich gestehen, daß ich viel öfter als gewöhnlich in die Stadt ritt. Ich gab vor, dies und das aus den Geschäften nötig zu haben oder die Post holen zu wollen, aber in Wirklichkeit erkundigte ich mich mit größter Regelmäßigkeit nach dem Automobil.

Bei einem dieser Ausflüge in die Stadt fand ich einen langen Brief von Carmen am Postamt vor. Sie hatte von der Missionsgesellschaft den Bescheid erhalten, im kommenden Frühjahr nach Afrika ausreisen zu können. Vor lauter Freude und Begeisterung war ihre Handschrift, sonst – wie sie selbst – ordentlich und hübsch, flüchtig und fast liederlich zu nennen. Aus diesem Brief sprach der reinste Feuereifer.

„Ich kann's kaum fassen, Josch!" schrieb sie. „Endlich, nach all diesen Jahren, reise ich nach Afrika, nach Willis Afrika! Zu den Menschen, die ihm so ans Herz gewachsen waren! Ich werde nicht allzuweit von Willis Dorf untergebracht, und die Missionsgesellschaft hat mir eine Reise an sein Grab zugesagt. Ich werde die Erde sehen, unter der er begraben liegt. Anderen mag das nicht viel bedeuten, aber ich denke, Du wirst mich verstehen. Ich möchte persönlich Blumen auf Willis Grab legen, und ich möchte dort niederknien und Gott um seine Hilfe bitten, Willis Arbeit weiterzuführen.

Ich werde nicht in dieser Gegend bleiben, zumindest vorläufig nicht. Für eine alleinstehende Frau sei es dort zu primitiv, heißt es, und zur Zeit gibt es keine andere junge Mitarbeiterin für mich. Aber ich bete darum, daß Gott mir, wenn das nach seinem Willen ist, eine Missionarin zur Seite stellt, mit der ich dann eines Tages mitten in Willis Dorf wohnen und den Menschen dort die Frohe Botschaft bringen kann.

Er hat mir oft von ihnen geschrieben. Ich kann sie förmlich vor mir sehen. Da war der Häuptling, ein ziemlich kleiner Mann, nach unserem Maßstab, aber mit ungeheurer Autorität. Willi schrieb, daß die Leute ihm aufs Wort gehorchten. Und dann gab es eine alte Frau; ich hoffe, sie noch vorzufinden. Sie hat Willi zu essen gegeben, obwohl sie kaum genug für ihre eigene Familie hatte. Willi vermutete, daß sie selbst oft gehungert hat. Und dann die Kinder! Willi hat mir beschrieben, wie sie ihm auf Schritt und Tritt folgten, weil sie neugierig waren, was dieser sonderbare weiße Mann wohl vorhatte. Schließlich hat er mir viel von Andrew geschrieben. Andrew war nicht sein afrikanischer Name; Willi hatte ihm diesen Namen gegeben, nachdem er gläubig geworden war. Er war der einzige, den Willi zu Jesus geführt hat. Ich kann's kaum erwarten, ihn kennenzulernen."

Carmens Brief war noch längst nicht zu Ende, aber ich konnte nicht gleich weiterlesen. Es brauchte eine Weile, bis meine Augen trocken genug waren, um die Wörter auf dem Bogen entziffern zu können. Wenn ich Willi schon so schmerzlich vermißte, wie groß mußte dann Carmens Kummer erst sein!

Carmen schrieb, wie ungern sie ihre Mutter allein zurückließ. Aber nein, allein würde ihre Mutter ja gar nicht sein, berichtigte sie sich. Ihre Mutter hatte ja den gleichen Gott, der auch Carmen auf dem Missionsfeld zur Seite stehen würde.

„Du warst Willi und mir immer ein so guter Freund, Josch. Deine Freundschaft bedeutet mir jetzt mehr denn je. Und ich kann Dir gar nicht genug für Deine finanzielle Unterstützung danken, mit deren Hilfe ich nach Afrika reisen kann, wie Willi und ich es geplant hatten. Möge Gott

Dich segnen, Josch, und Dir die Wünsche Deines Herzens erfüllen, was oder wen das auch betreffen mag."

Das Wort „wen" hatte Carmen unterstrichen, und beim Lesen konnte ich mir das schelmische Augenzwinkern in ihrem Blick genau vorstellen. Ich spürte eine innere Leere. Würde es je ein Mädchen geben, das Carmens Platz in meinem Herzen einnehmen konnte? Ich schob den Gedanken beiseite. Carmen war im Begriff, nach Afrika auszureisen, und aus Gründen, die mir nach wie vor ein Rätsel waren, hatte Gott bestimmt, daß ich daheim auf der Farm bleiben sollte.

Ich las den letzten Abschnitt noch einmal durch. „Möge Gott Dich segnen, Josch, und Dir die Wünsche Deines Herzens erfüllen, was ..." Hier hielt ich inne. Ich war eigentlich in die Stadt gekommen, um mich nach dem Ford zu erkundigen. Beim Überfliegen von Carmens Briefbogen erschien mir der Gedanke an ein Automobil plötzlich ziemlich unwichtig.

„Herr", gestand ich in einem schlichten Gebet, „bei mir sind die Dinge wohl ein bißchen aus der richtigen Reihenfolge geraten. Klar, wir könnten gut ein Automobil gebrauchen. Ich habe lange hin- und herüberlegt und bin zu dem Schluß gekommen, daß so ein Vehikel eine gute Sache für uns wäre. Aber hilf mir, Herr, daß das Automobil nicht zum Allerwichtigsten in meinem Leben wird. Schließlich ist ein Automobil nichts weiter als ein Mittel zur Fortbewegung. Diese Afrikaner, von denen Carmen hier schreibt, das sind dagegen lebendige Menschen, und es geht darum, wo sie in der Ewigkeit sein werden. Hilf mir, daß ich mehr für sie bete, wenn Carmen ihnen bald das Evangelium bringt."

Ich faltete Carmens Brief wieder zusammen und steckte ihn in eine Jackentasche. Ich machte mir nicht einmal die Mühe, weiter unten an der Straße nach dem Automobil zu fragen. Es würde schon irgendwann eintreffen. Statt dessen steuerte ich mit Chester auf Tante Lous Haus zu. Die Kinder würden sich bestimmt über Besuch freuen, und eine gemütliche Tasse Kaffee bei Lou käme mir eigentlich ganz gelegen.

Als wir am nächsten Morgen aufwachten, war draußen alles verschneit. Ich will nicht leugnen, daß ich reichlich schockiert war. Immerhin hatte ich mir einige Hoffnungen gemacht. Aber dann schüttelte ich den Gedanken ab. Gewiß ließ sich so ein Automobil auch bei ein paar Zoll Schnee noch fahren.

Matilda dagegen konnte die Sache mit dem Schnee nicht so leicht abtun.

„Ach, wie schade!" klagte sie. „Was sollen wir jetzt nur tun? Was in aller Welt sollen wir tun, Josch? Jetzt haben wir Schnee, aber noch kein Automobil. Ach, es ist zum Weinen!" Sie ging ans Fenster und schob Marys sorgfältig geplätteten weißen Rüschenvorhang beiseite, um erneut zu stöhnen. „Wir werden wohl oder übel bei Eis und Schnee Autofahren lernen müssen. Dabei wäre alles viel einfacher gewesen, wenn ..."

„Alles halb so schlimm", beschwichtigte ich sie eilig. „Wir haben das Auto ja ohnehin noch nicht."

„Aber es könnte doch jederzeit ankommen, und der Schnee ..."

Bis zum Mittag war der Schnee so gut wie geschmolzen, und zwei Tage später wurde der Ford geliefert. Ich hatte geglaubt, für die Rolle eines Automobilbesitzers bereit zu sein, aber als ich den Bescheid erhielt, packte mich eine unbeschreibliche Aufregung, gefolgt von einem kalten Schweißausbruch. Meine Hände wurden feucht, mein Mund wurde trocken, und meine Knie fingen an zu zittern vor Spannung – und auch einer Spur von Beklommenheit.

Wir spannten den Wagen an, und Opa und Onkel Charlie fuhren mit mir in die Stadt. Auf Chester konnte ich nicht reiten, weil ich ja das Automobil nach Hause steuern mußte.

Wir kutschierten geradewegs zu Herrn Hickson, und ich gab mich betont lässig, als ich in sein Büro ging und ihm meldete, das Automobil abholen zu wollen. Den Rest des Geldbetrags hatte ich in meiner Jackentasche mit einer Nadel festgesteckt, damit ich keinen der Scheine verlieren konnte. Ich schickte mich gerade an, die Jacke aufzuknöpfen, um das Geld hervorzuholen, als Herr Hickson herbeigeeilt kam und noch im Gehen rief: „Hier längs, Josch! 'n Prachtstück ist es, 'n wahres Prachtstück! Komm nur und schau's dir an!"

Damit hatte er nicht übertrieben. Noch nie im Leben hatte ich soviel Glanz und Chrom gesehen. Da stand es, das Automobil, mit seinem schimmernden schwarzen Lack und seinen blitzblanken Fenstern. Ich holte tief Luft. Ein erhebender Anblick!

Die wenigen Automobile, die man auf unseren Straßen sah, kannte ich ziemlich gut. Manche davon waren sogar recht elegant, aber in meinen Augen war dieser Ford – mein erstes Automobil – das schönste von allen.

Ich trat einen Schritt näher und strich mit der Hand über den glänzenden Kotflügel. Herr Hickson öffnete eine Tür.

„Und sieh dir mal an, wie's drinnen ausschaut!" drängte er. „Guck mal, richtige Ledersitze! Schau nur!"

Ich spähte in das Wageninnere. Jawohl, Ledersitze aus dem feinsten schwarzen Leder, das man sich vorstellen konnte. Ich pfiff durch die Zähne. Dabei hörte ich, wie Onkel Charlie etwas zu Opa sagte, worauf Opa nur antwortete: „'ne Wucht, was?" Ich drehte mich um. Beide grinsten von einem Ohr zum andern. „Stehen einfach da und starren das Automobil an, als hätten sie noch nie eins gesehen", amüsierte ich mich im stillen.

„'ne Wucht!" sagte Opa noch einmal und strich mit der Hand über das schwarze Lederpolster. Onkel Charlies Schnurrbart zuckte. Mit seinen verkrüppelten Fingern berührte er das spiegelsaubere Glasfenster. Einen Moment bezweifelte ich, ob das Leben einen erhebenderen Moment bieten konnte als den Augenblick, wo man sein erstes Automobil, obendrein ein fabrikneues, zum erstenmal bestaunt.

Ich landete gerade rechtzeitig wieder auf dem Boden der Tatsachen, um mitzukriegen, wie Herr Hickson sagte: „... nur noch 'n paar Formalitäten sind zu regeln, dann kannst du gleich losfahren."

Herr Hickson ging in sein kleines Büro zurück, und ich schickte mich an, ihm zu folgen, wenn ich dabei auch fast in

Panik geriet. „Gleich losfahren" sollte ich, hatte Herr Hickson gesagt. Bestimmt war ihm aber nicht neu, daß ich noch nie im Leben am Steuer eines Automobils gesessen hatte. Er konnte doch unmöglich erwarten, daß ich …

„Haben Sie 'ne Gebrauchsanweisung für den Ford hier?" erkundigte sich Opa nüchtern bei Herrn Hickson. Eigentlich war ich derjenige, der diese Frage gestellt haben sollte.

„Aber sicher, aber sicher!" nickte Herr Hickson diensteifrig. „Ich hab' alles hier im Büro."

Ich verspürte große Erleichterung. Vielleicht brauchte ich mich nun doch nicht vor aller Augen zu blamieren.

„Joe Hess hat auch 'nen Ford. Ganz ähnlich wie dieser hier, nur nicht mehr so nagelneu", sagte Herr Hickson gerade. „Hat sich bereit erklärt, eben vorbeizukommen und 'ne Runde mit Josch zu fahren."

„Bestens! Prima Idee!" meinte Opa und fügte dann schnell hinzu: „Natürlich nur, bis Josch selbst mit dem Wagen zurechtkommt. Er kapiert's bestimmt blitzschnell. Fährt immerhin den großen Traktor, als wär's das Einfachste der Welt."

Wieder nickte Herr Hickson.

„Ich schicke Mickey rüber, daß er Joe holt", sagte er und rief auch gleich einen jungen Burschen aus dem Lagerschuppen, um ihn loszuschicken.

Anscheinend hatten alle vergessen, daß ich der eigentliche Käufer des Automobils war. Opa und Herr Hickson trafen da allerhand Vorkehrungen, ohne mich um meine Meinung zu fragen. Schließlich besannen sie sich aber doch auf mich, als es nämlich ans Bezahlen ging. Ich holte das Geld aus der Tasche, und Herr Hickson zählte es nach.

„Stimmt genau", sagte er.

Das wunderte mich nicht; immerhin hatte ich das Geld sorgfältig gezählt – dreimal sogar –, bevor wir uns auf den Weg hierher gemacht hatten. Als wir die Formalitäten erledigt hatten, war Joe eingetroffen. Allem Anschein nach war er gebührend beeindruckt von dem neuen Automobil. Er betrachtete es von allen Seiten und studierte sämtliche Details, besonders solche, die an seinem älteren Modell fehlten. Er sagte zwar nicht viel, aber er grinste und strich bewundernd mit der Hand über den schwarzen Lack.

Endlich stiegen wir alle zu unserer ersten Rundfahrt ein. Ich setzte mich vorn neben Joe, damit ich genau beobachten konnte, wie man so ein Automobil bedient. Opa und Onkel Charlie machten es sich auf dem Rücksitz bequem. Ich weiß nicht, wer von uns am meisten vor Spannung fieberte.

Herr Hickson warf den Motor mit der Kurbel an, und los ging's mit einem Ruck, bei dem Opa ein leises Ächzen ausstieß. Aber dann glitten wir auf der Hauptstraße an all den Läden und Leuten vorbei.

Wir verursachten ein beträchtliches Aufsehen. Das ist nicht übertrieben. Überall blieben die Leute stehen und drehten sich nach uns um. Ladenbesitzer eilten auf den Bürgersteig, hinter Fenstern flatterten Vorhänge, und kläffende Hunde jagten uns auf der Straße nach.

Wir fuhren immer schneller. Es dauerte nicht lange, bis wir regelrecht davonbrausten. Mir raubte das Tempo fast den Atem, aber Joe schien sich auf sein Handwerk zu verstehen und steuerte das Automobil, als wäre es ein Kinderspiel.

Auf offener Landstraße schlug er vor, daß ich's auch einmal probierte. Vor lauter Nervosität zitterten mir die Hände, aber ich kletterte hinter das Steuerrad und machte alles so, wie Joe mir gezeigt hatte. Jedenfalls annähernd so. Ich ließ die Kupplung etwas zu schnell kommen. Deshalb machte der Ford einen Satz wie ein Pferd, dem man die Sporen gegeben hat. Ich würgte den Motor ab, so daß Joe aussteigen und ihn wieder neu ankurbeln mußte. Beim nächsten Mal klappte es schon besser, und bald steuerte ich das Automobil auf der Straße entlang, als hätte ich mein Leben lang nichts anderes getan.

Als wir die Stadt wieder erreicht und Joe zu Hause abgeliefert hatten, beherrschte ich die Kunst des Autofahrens schon ganz gut. Wir beschlossen, einen Abstecher zu Nat und Lou zu machen, um unsere neue Anschaffung vorzuführen. Ich hoffte, daß Nat gerade daheim war. Mit so einem Automobil könnte ein Pastor sich bei seinen Hausbesuchen viel Zeit einsparen.

Jawohl, Nat war zu Hause, und wir mußten ihm jede Vorrichtung an dem Ford genauestens vorführen. Er studierte alles, schnalzte beeindruckt mit der Zunge und grinste von einem Ohr zum anderen. Ich kam mir noch stolzer und erwachsener vor als an dem Tag, als die Farm auf meinen Namen überschrieben worden war.

Endlich rissen wir uns von den Bewunderern unseres Fahrzeugs los und steuerten wieder der Straße zu. Jonathan heulte herzerweichend hinter uns her, weil er unbedingt mitkommen wollte. Ich hatte die ganze Familie schon eine Runde durch den Ort spazierengefahren, aber das reichte dem kleinen Kerl beileibe nicht. Er hätte am liebsten auf dem Autositz Wurzeln geschlagen.

Als wir wieder bei Herrn Hickson angekommen waren, stieg Opa aus und fing an, das Gespann von dem Pfosten loszubinden. Onkel Charlie schickte sich ebenfalls an, aus dem Wagen zu steigen, allerdings eine Spur widerwillig. Opa mußte es ihm wohl angemerkt haben.

„Fahr doch einfach bei Josch mit!“ schlug er vor. „Schließlich sind nicht zwei Leute dazu nötig, dieses alte Schneckengespann zu kutschieren.“

Dagegen hatte Onkel Charlie nichts einzuwenden. Er setzte sich wieder auf dem Ledersitz zurecht und sog tief die Herbstluft ein. Dann holte er seine Taschenuhr hervor und warf einen prüfenden Blick auf das Zifferblatt.

„So, Josch“, sagte er, und in seinen Augen funkelte es, „wollen doch mal schauen, wie lange wir jetzt bis zur Farm brauchen.“

Ich grinste und nickte, legte den Gang ein, und los ging's! Als wir die Stadt hinter uns gelassen hatten, gab ich ein bißchen mehr Gas. Der Fahrtwind fegte durch die offenen Fenster. Weit hinter uns konnten wir sehen, wie Opa das Gespann gerade erst auf die Landstraße lenkte. Dann verloren wir ihn wegen der Staubwolke hinter uns aus den Augen. Onkel Charlie und ich brausten zügig davon.

Wir versuchten nicht, irgendwelche Rekorde aufzustellen. Ich fuhr so vernünftig, wie ich konnte, aber trotzdem schafften wir den Heimweg in elf Minuten und siebenunddreißig Sekunden. Onkel Charlie lachte vergnügt, als er mir die Uhr vors Gesicht hielt.

Wir bogen in unsere Einfahrt ein. Ich konnte es kaum abwarten, den Mädchen das Automobil vorzuführen. Dann stellte ich bestürzt fest, daß der glänzende Lack mit Straßenstaub bedeckt war, und wünschte mir, das Übel in aller Eile beheben zu können, bevor ich den Wagen zur Schau stellte. Doch daraus wurde nichts, denn da kam Mary uns auch schon entgegengelaufen.

Ein Besucher

Ich hatte jede Menge Zeit, Mary das Automobil vorzuführen, sie auf eine Spazierfahrt mitzunehmen und den Lack und das Leder zu säubern, bevor Opa mit dem Gespann eintrudelte.

Eins hatte ich auf dem Heimweg gelernt: Die frische Herbstluft, die durch die offenen Fenstern hereingeweht kam, mochte zwar einen belebenden Effekt auf die Fahrgäste haben, aber auf unseren staubigen Landstraßen war so etwas äußerst unpraktisch. Ich beschloß, von jetzt an die Fenster geschlossen zu halten, sobald das Automobil in Bewegung gesetzt wurde. Das sagte ich auch zu Onkel Charlie, als er mir beim Wischen und Polieren zuschaute.

Nachdem Opa die Lebensmittel, die Mary bestellt hatte, in die Küche getragen hatte, brachte ich die Pferde in die Scheune und versorgte sie, um gleich darauf mit dem Polieren weiterzumachen. So ungern ich dem neuen Ford auch den Rücken kehrte, so gelang es Mary dann doch, mich zu Tee und Maisbrot in die Küche zu locken.

Sobald die Küchenuhr uns ankündigte, daß der Schulunterricht bald zu Ende sein würde, kletterten wir alle in das Automobil und machten uns auf den Weg, um Matilda abzuholen.

„Ich bin ja schon so darauf gespannt, was sie wohl für ein Gesicht macht, wenn sie uns auf den Schulhof fahren sieht!“ sagte Mary voller Vorfreude.

Ich fuhr langsam. Mir lag nichts daran, das Automobil wieder voller Staub zu kriegen, bevor Matilda es gesehen hatte. Trotzdem waren wir laut Onkel Charlies Taschenuhr vor der Zeit da, so daß wir am Hang hinter dem Schulhaus von der Straße abbogen. Wir wollten auf keinen Fall auftauchen, bevor Matilda ihre Schüler nach Hause geschickt hatte.

Endlich gab Onkel Charlie uns das Startzeichen, und ich sprang aus dem Wagen, um den Motor anzukurbeln, während Opa die notwendigen Knöpfe und Hebel bediente. Joe hatte zwar gemeint, daß man den Motor auch allein in Gang bekommen konnte, aber wie das funktionieren sollte, war uns noch nicht klar.

Auf dem Weg zum Schulhof kamen uns mehrere von Matildas Schulkindern entgegen. Demnach war der Unterricht also für heute beendet.

Wenn wir einen wahren Begeisterungssturm von Matilda erwartet hatten, so sollten wir nicht enttäuscht werden. Als wir auf den Schulhof fuhren, sahen wir sie am Fenster. Sie hatte sich wohl über das sonderbare Geräusch gewundert. Ein paar Sekunden stand sie wie vom Donner gerührt da, die Augen weit aufgerissen und die Hände auf den Mund geschlagen. Als Mary ihr heftig zuwinkte, löste sie sich endlich aus der Erstarrung, rannte zur Tür hinaus und wie ein Wiesel die Stufen hinunter.

„Es ist da! Es ist da!“ schrie sie, während sie auf uns zugelaufen kam. „Ach Josch, endlich ist es da!“ Ich beschloß, sie lieber nicht darauf hinzuweisen, daß mir das nicht neu war.

Mit keinem Blick würdigte sie den schwarzen Lack, den ich so mühsam wieder auf Hochglanz poliert hatte. Auch die funkelnden Glasfenster beachtete sie nicht. Ohne große Vorreden schwang sie sich zur Tür in den Wagen, kletterte behende über Mary hinweg und setzte sich zwischen uns.

„Zeig’s mir!“ quietschte sie. „Mach schon, zeig’s mir!“

„Wenn du so eingequetscht dasitzst, siehst du ja kaum was“, bemängelte ich und rutschte ein Stück beiseite, um ihr Platz zu machen. „Das Bestaunen mußt du schon von außen tun!“ Ich öffnete meine Tür.

Aber Matilda schüttelte so heftig den Kopf, daß sich ihre Locken aus den Haarklammern lösten.

„Aber nein!“ protestierte sie und schob meine Hand vom Türgriff. „Zeig mir, wie man fährt!“

Opa prustete los, und Onkel Charlie lachte. Mary zuckte nur mit ihren schmalen Schultern und lächelte. Ich war vollkommen überrumpelt. Ich hatte keineswegs vor, Matilda Fahrunterricht in meinem nagelneuen Automobil zu erteilen. Ich hatte das Fahren ja gerade erst selbst gelernt. Also versuchte ich, sie hinzuhalten.

„Wir sind gekommen, um dich abzuholen", erklärte ich ihr. „Bist du für heute fertig mit der Schule?"

Einen Moment schien sie nicht zu begreifen. Sie holte ein paarmal Luft und antwortete dann beinahe wieder mit normaler Stimme: „Nein, meine Bücher liegen noch im Klassenzimmer, und ich muß noch die Tafel putzen und die Schule abschließen."

Also stiegen wir alle wieder aus. Mary putzte die Tafel, während Matilda ihre Bücher zusammensuchte. Onkel Charlie und Opa vertieften sich in eine Landkarte an der Wand, aber ich ging nur in dem Klassenzimmer umher und malte mir aus, wie es damals ausgesehen hatte, als ich noch hier zur Schule gegangen war.

In der Fensterreihe dort hatte Avery gesessen, dann ich, dann Willi. Ich sah ihn ja noch förmlich vor Augen: sein widerspenstiger Haarschopf, der ihm ständig in die Stirn fiel, die Nasenspitze voller Sommersprossen, das Gesicht zu einer Faltenlandschaft verzogen, während er sich mit einer Rechenaufgabe abquälte.

Jäh wandte ich mich ab und ging nach draußen. Auch jetzt noch waren die Erinnerungen zu schmerzlich.

„Ich warte draußen", sagte ich so beiläufig wie möglich und schloß die Schultür hinter mir, als wollte ich damit auch die Erinnerungen einsperren.

Bald war Matilda mit allem fertig, und wir kletterten ins Automobil zurück, um die Heimfahrt anzutreten. Doch zuvor nahmen wir eine Umverteilung der Sitzplätze vor. Mary kletterte zwischen Opa und Onkel Charlie auf den Rücksitz. Es war zwar etwas eng, aber darüber beklagte sich niemand. Matilda saß vorn neben mir. Ihr Blick blieb kein einziges Mal an dem Lederpolster haften; statt dessen starrte sie wie gebannt auf das Lenkrad und beobachtete jede Bewegung, die ich machte. Ich wußte genau, daß diese junge Dame mir keine Ruhe lassen würde, bis ich ihr das Autofahren beigebracht hatte.

Aber mir war noch nicht sehr danach zumute, mein Automobil mit jemandem zu teilen. Nicht einmal mit Matilda.

„Wie wär's, wenn du dich gemütlich in das Polster sinken ließest, um die Fahrt einfach nur zu genießen?“ schlug ich ihr vor. „Schließlich wirst du nicht jeden Tag mit dem Automobil von der Schule abgeholt, weißt du.“

Ich glaube, diesen Wink mit dem Zaunpfahl begriff sie. Sie ließ sich tatsächlich in das Lederpolster sinken. Halbwegs wenigstens. Aber ihren Blick konnte ich noch immer auf meinen Händen spüren.

Es dauerte jedoch nicht lange, bis ich mich erweichen ließ und Matilda ein paar Fahrstunden gab. Dazu wagten wir uns nicht bis auf die Landstraße vor, sondern begnügten uns mit der Zufahrt zu unserem Hof. Matilda begriff schnell, das muß ich ihr lassen. Ich erbot mich, auch Mary das Autofahren beizubringen, aber die lächelte nur und meinte, sie überließe das Fahren lieber mir.

Das Automobil erwies sich in der Tat als äußerst praktisch. Bei unseren Fahrten in die Stadt sparte es uns viel Zeit. Wir freuten uns immer auf die Sonntagsfahrten in die Stadt. Es war zwar reichlich eng in dem Fahrzeug, aber darüber beklagte sich niemand.

Und dann lag bald eine so hohe Schneedecke, daß man mit dem Automobil nicht mehr vorankam. Ich fuhr es in den Schuppen, den ich eigens dafür gebaut hatte, und wir waren wieder auf unser Schlittengespann angewiesen. Nun erschien uns der Weg in die Stadt so endlos weit wie noch nie.

Eines Abends veranstaltete der Hund ein solches Gebell, daß wir alle von unseren Plätzen aufstanden, um aus dem Fenster zu sehen. Wir erwarteten niemanden. Draußen herrschte eine ziemlich eisige Kälte, obwohl kein scharfer Wind blies und der Mond hell schien. Trotzdem konnten wir uns nicht erklären, wozu jemand um diese Zeit zu Pferd einen Besuch bei uns machen sollte. Einen Moment befürchtete ich, daß es schlechte Nachrichten aus der Stadt sein könnten, die Onkel Nat uns bringen wollte.

Aber es war gar nicht Onkel Nat. Erleichtert stellte ich fest, daß der Besucher ein Fremder war. Völlig fremd war er zwar auch wieder nicht. Ich hatte ihn ein paarmal gesehen, und später, bei der Begrüßung in der Küche, stellte sich heraus, daß sowohl Mary als auch Matilda ihn kannten.

Aber als Opa ihm die Tür öffnete, schien er keinen blassen Schimmer zu haben, wer der junge Mann war. Er reichte ihm trotzdem die Hand zur Begrüßung und bat ihn herein.

„Wenn ich mich nicht irre, hatte ich noch nicht das Vergnügen“, sagte Opa beim Händeschütteln, und der Mann antwortete putzmunter: „Sanders. Will Sanders. Wir haben die Farm dort drüben gekauft“, und er deutete mit einer Kopfbewegung in Richtung Osten.

„Sanders?“ wiederholte Opa. „Den müßt' ich doch eigentlich kennen.“ Er schaute ein bißchen verwirrt drein. „Das war nicht etwa Ihr Vater, oder?“

„Nein, Sir. Mein ältester Bruder. Der hat die Farm gekauft. Mein Vater lebt jetzt schon seit fast sieben Jahren nicht mehr.“

„Das tut mir leid“, sagte Opa aufrichtig. „Kommen Sie doch rein und setzen Sie sich zu uns. Was können wir für Sie tun?“

Der junge Mann wehrte nur unbefangen ab.

„Danke, gar nichts“, antwortete er. „Ich bin nur zu Besuch gekommen.“ Er machte keine Anstalten, sich auf einen Stuhl zu setzen.

Bis jetzt hatte die Unterhaltung ohne uns stattgefunden. Will schien zu meinen, das müßte schleunigst geändert werden. Sein Blick wanderte durch die Stube. Er nickte Onkel Charlie zu, musterte mich kurz und wandte sich dann den Mädchen zu. Dabei lüftete er den Hut und sagte mit einer leichten Verbeugung: „Guten Abend, Fräulein Turley und Fräulein Hopkins.“

Jetzt sah ich mir den Mann ein bißchen näher an.

Er war etwas größer als ich, hatte breitere Schultern und schmalere Hüften. Sogar bei dem schwachen Lampenlicht konnte ich sein dunkles, lockiges Haar und seine tiefen Augen erkennen. Wenn er lächelte, kamen seine ebenmäßigen, weißen Zähne zum Vorschein. Selbst ich war nicht so arg auf den Kopf gefallen, um nicht zu wissen, daß Frauen ihn für einen gutaussehenden Burschen halten würden. Ich rutschte unbehaglich auf meinem Stuhl hin und her, als Mary und Matilda seinen Gruß erwiderten. Beide hatten leicht gerötete Wangen und ein Leuchten im Blick.

Mary kam als erste näher.

„Aber kommen Sie doch herein, Herr Sanders!“ sagte sie freundlich. „Möchten Sie Hut und Mantel ablegen?“

Will Sanders reichte Mary seinen Hut und zog seinen schweren Wintermantel aus. Mary nahm beides und hängte die Sachen an einen Haken in der Ecke, der für Gäste reserviert war.

Ich hatte Matilda noch nie so lange schweigen gesehen.

„Ich wußte gar nicht, daß Sie noch hier sind“, sagte sie endlich mit einem schüchternen Blick in seine Richtung.

„Nun, eigentlich hatte ich vorgehabt, über den Winter in die Stadt zurückzuziehen, aber mein Bruder braucht jemanden, der ihm mit dem Vieh hilft.“

Wieder rutschte ich unbehaglich umher.

„Haben Sie Josch schon kennengelernt?“ fragte Mary, als sie mit dem Aufhängen von Hut und Mantel fertig war.

Sein Blick wanderte zu mir. Er musterte mich gründlich, bevor er langsam und ziemlich bedächtig sagte: „Nein, ich fürchte, das Vergnügen hatte ich noch nicht.“ Dabei lächelte er eine Spur zu anbiedernd, fand ich.

Ich ging auf ihn zu und reichte ihm die Hand. Das war ich ihm als Nachbar schuldig. Er schüttelte sie fest. Ich fragte mich, ob er mir mit seinem eisernen Griff eine Schmerzensgrimasse entlocken wollte, und packte meinerseits fester zu. Dieser Bursche sollte merken, daß andere Männer auch Kraft in den Fingern hatten.

Einen Moment begegneten sich unsere Blicke. In seinem stand eine Art von unausgesprochener Herausforderung. Ich hatte keine Ahnung, was das zu bedeuten hatte, aber wohl war mir dabei nicht gerade zumute.

Nachdem wir eine Weile dagesessen hatten und uns über allerhand Alltägliches wie das Wetter und das Viehfutter unterhalten hatten, schlug Matilda eine Runde Halma vor. Wir schoben die Stühle um den Tisch zurecht. Das Spiel ging glatt über die Bühne. Aus Gründen, die ich selbst nicht begriff, lag mir plötzlich ungeheuer viel daran, das Spiel zu gewinnen. Ich gewann. Aber nur knapp. Beim nächsten Spiel gewann Mary. Das machte mir überhaupt nichts aus, aber es ärgerte mich, daß der junge Sanders Zweiter wurde.

Mary machte uns einen kleinen Imbiß, und Opa und Onkel Charlie gesellten sich zu uns an den Tisch. Matilda bestritt den größten Teil der Unterhaltung. Sie plauderte munter mit Will Sanders, der sich hin und wieder zu Mary umwandte, um sie auch mit ins Gespräch zu ziehen. Ich saß ziemlich unbeteiligt dabei. Mir konnte das Ganze sowieso egal sein. Dann sagte Matilda etwas, das mich aufhorchen ließ: „Josch hat einen nagelneuen Ford, aber bei dem Schnee hat er ihn vorläufig in den Schuppen gestellt."

Ich spürte, wie sich der Stolz in mir breitmachte. Was meinen neuen Ford betraf, so war ich diesem geschniegelten Stadtfritzen eine Nasenlänge voraus. Mit seiner Antwort rückte er mir dann allerdings kräftig den Kopf wieder zurecht.

„Ich habe einen silberfarbenen Bentley, aber ich habe ihn in der Stadt gelassen. Ich war mir nicht sicher, in welchem Zustand die Landstraßen um diese Jahreszeit sind, und ich wollte ihn auf keinen Fall beschädigen. Im Frühjahr hole ich ihn vielleicht."

Ich hatte ein komisches Gefühl in der Magengrube.

Mary sagte nichts, aber Matilda schwärmte: „Einen silberfarbenen Bentley? Ich habe einmal einen auf einem Werbeprospekt gesehen. Hinreißend sah er aus, einfach hinreißend!"

Der junge Mann nickte nur unbewegt, als wäre der silberfarbene Bentley das geringste seiner zahlreichen „hinreißenden“ Besitztümer.

Nachdem massenhafte Belanglosigkeiten, die in erster Linie um Will Sanders kreisten, in der Runde ausgetauscht waren, beschloß er endlich, sich wieder auf den Heimweg zu machen. Wenn er geglaubt hatte, ich würde ihn am Gehen hindern, dann hatte er sich getäuscht. Beim Verabschieden versprach er, bald wieder zu Besuch zu kommen. Nicht etwa: „... wenn's recht ist“ oder: „... wenn ich darf“, sondern einfach nur „Bis bald also! Ich komme wieder, sobald ich Zeit habe.“ Unverschämtheit, so was!

Als er endlich gegangen war, nahm ich die erstbeste Gelegenheit wahr, mich in mein Zimmer zu verziehen, ohne unhöflich zu wirken. Durch die geschlossene Tür konnte ich Mary und Matilda reden und kichern hören. Sie führten sich wie zwei kleine Schulmädchen auf. Das Ganze ging mir derartig gegen den Strich, daß ich mich kaum auf meinen Bibelabschnitt für heute abend konzentrieren konnte. Trotzdem konnte ich mir einfach nicht erklären, was mich eigentlich so mißmutig stimmte. Ich tat mein Bestes, um alles abzuschütteln und endlich einzuschlafen, aber das wollte mir nicht gelingen. Unruhig wälzte ich mich auf meinem Kopfkissen hin und her, bis ich die Uhr drei schlagen hörte. Noch immer kein Schlafen. Ich boxte mit der Faust in mein Kopfkissen und wünschte mir sehnlichst, diesem Kerl nie im Leben begegnet zu sein.

Allerhand Ärger und Sorgen

Abgeschlagen und mißgestimmt wachte ich am Morgen auf. So verstört war ich lange nicht mehr gewesen, und ich verstand mich einfach selbst nicht. Ich wußte bloß, daß es irgendwie mit diesem jungen Spund von Will Sanders zu tun hatte, aber womit er sich eine solche Mißgunst meinerseits eingehandelt hatte, konnte ich mir auch nicht erklären. Eigentlich hatte er 'nen anständigen Eindruck gemacht und hatte sich auch wie ein Gentleman benommen, als er bei uns – wenn auch ungeladen – hereingeplatzt war.

Niemand schien sich an seinem plötzlichen Auftauchen zu stören, und ich hatte das Gefühl, als hätten sich einige der Hausbewohner sogar ausgesprochen über seinen Besuch gefreut.

Irgendwie hatte er einen wunden Punkt bei mir erwischt. Nachdem ich gründlich über alles nachgegrübelt hatte, wurde mir klar, daß es mich bodenlos geärgert hatte, wie Matilda und Mary ihn mit Beachtung und Anerkennung überschüttet hatten. Ich hatte kein Recht, mich darüber aufzuregen, aber ich tat's trotzdem. Warum war ich nur so machtlos dagegen? Und warum fühlte ich mich von diesem neuen Nachbarn so in die Ecke gedrängt?

Ach, ich schob das Ganze von mir. In meiner gegenwärtigen Verfassung wurde ich sowieso nicht damit fertig.

Ich erledigte die Stallarbeit und ging dann zum Frühstück ins Haus. Es war später als sonst, und der Tisch war schon bis auf zwei Gedecke abgeräumt.

„Matilda mußte schon frühstücken, damit sie nicht zu spät zur Schule kam", erklärte Mary ohne die Spur eines Vorwurfs in der Stimme. Immerhin hatte ich den anderen mit meiner Trödelei leichte Unannehmlichkeiten bereitet.

Mary füllte die beiden Teller mit Pfannkuchen und Schinkenspeck und stellte zwei Tassen mit Kaffee auf den Tisch.

„Opa und Onkel Charlie haben mit Matilda gefrühstückt“, fuhr sie fort. Darüber, daß sie selbst auf mich gewartet hatte, verlor sie kein Wort.

Ich nickte ihr nur zu, und als sie sich zu mir an den Tisch setzte, sprach ich wie gewöhnlich das Tischgebet.

„Stimmt was nicht in der Scheune?“ erkundigte sie sich.

Einen Moment begriff ich nicht, worauf sie hinauswollte; doch dann wurde mir klar, daß ihr nicht entgangen war, wie lange ich mich heute mit der Stallarbeit aufgehalten hatte.

„Nein, alles in Ordnung“, versicherte ich ihr hastig. „Bin wohl heute nicht so flott wie sonst mit der Arbeit vorangekommen. Hab' letzte Nacht irgendwie nicht gut geschlafen.“

Damit war das Thema meiner Ansicht nach zu Genüge abgehandelt, aber Mary sah mich forschend an.

„Du wirst doch wohl nicht etwa krank, oder?“ fragte sie besorgt.

„Ich? I wo! Mir hat nur irgendwas schwer im Magen gelegen, glaub' ich. Bin's wohl nicht gewohnt, so spät am Abend noch zu essen.“

Mary sagte nichts mehr, aber ihren Blick konnte ich immer noch auf mir spüren. Obwohl mir nicht sonderlich nach Frühstück zumute war, wagte ich nicht, einen Rest von dem Essen auf dem Teller zu lassen.

Wir aßen schweigend. Es gab ohnehin nicht viel, worüber ich mich unterhalten wollte. Mary merkte es mir an und versuchte gar nicht erst, mich mit einem belanglosen Gespräch aufzumuntern.

„Wo sind Opa und Charlie eigentlich?“ fragte ich schließlich doch. Es war ungewöhnlich, daß die beiden Männer um diese Tageszeit nicht in der Küche saßen.

„Onkel Charlie ist wieder in sein Zimmer gegangen. Zum Lesen, hat er gesagt, aber ich glaube, er hat letzte Nacht auch ziemlich schlecht geschlafen. Und Opa ist im Schuppen und bastelt an dem Schlitten für Sarah und Jonathan. Hat gemeint, der Frost könnte jetzt jederzeit so bitter werden, daß es aus ist mit dem Arbeiten draußen."

Ich nickte. Ja, das Wetter könnte tatsächlich bald unwirtlich werden. Wir hatten immerhin Ende November.

Nach einem weiteren Schweigen räumte Mary unsere Teller ab und schenkte frischen Kaffee nach. Sie setzte sich wieder auf ihren Stuhl und trank einen kleinen Schluck von dem heißen Gebräu. Dann stellte sie die Tasse auf den Tisch zurück.

„Mike hat kurz bei uns reingeschaut, als du in der Scheune warst", erzählte sie mir, und ich sah überrascht auf. Ob Mike wohl schlechte Nachrichten gebracht hatte? Es war schon länger her, seitdem Marys Bruder bei uns gewesen war, und zur Frühstückszeit kam eigentlich niemand nur zum Plaudern.

Mary erwiderte meinen Blick.

„Er hat das Leben auf der Farm satt", sagte sie ruhig, aber in ihren Augen lag Kummer. Ich wußte nicht, ob sie sich eher um Mike oder um ihre Eltern sorgte.

„Er ist in die Großstadt unterwegs, um sich eine Arbeit zu suchen. Mit dem frühen Zug will er los."

Meine eigenen Sorgen erschienen mir plötzlich nicht mehr so wichtig. Mary brauchte allen Beistand, den ich ihr nur geben konnte. Ich sah Tränen in ihren Augen glitzern, aber sie kämpfte tapfer dagegen an. Wenn ich sie doch nur irgendwie trösten könnte! Wenn ich ihr doch irgendwie begreiflich machen könnte, daß ich Verständnis für ihren Kummer hatte! Aber ich saß einfach nur da und suchte unbeholfen nach Worten, ohne zu wissen, was ich sagen sollte. Schließlich versuchte ich, ihr zu helfen, indem ich sie einfach dazu brachte, sich ihren Kummer von der Seele zu reden.

„Hat er gesagt, wie lange er fortbleiben will?"

Mary senkte den Blick.

„Er kommt überhaupt nicht mehr nach Hause", sagte sie leise.

„Das ... das tut mir aber leid!" murmelte ich und nahm Marys Hand, die auf dem gewürfelten Tischtuch lag, in meine.

„Kann … kommt denn dein Vater ohne ihn auf der Farm zurecht?“ fragte ich weiter.

Mary sah mich an, und jetzt rannen ihr die Tränen über die Wangen. Sie klammerte sich an meiner Hand fest, als wäre sie ein Rettungsring.

„Ach Josch“, flüsterte sie, „ich sorg’ mich ja viel mehr um Mike! Ich habe so sehr dafür gebetet, daß er … daß er auch gläubig wird. Was soll nur aus ihm werden, wenn er in der Großstadt an die falsche Sorte von Freunden gerät?“

Ich streckte den Arm aus, um Marys Hand mit meiner anderen Hand zu umschließen.

„Weißt du was?“ tröstete ich sie. „Wir können auch weiter für ihn beten. Gebet funktioniert auch auf die Entfernung. In der Großstadt gibt’s auch so was wie ’ne ‚richtige Sorte von Freunden‘, weißt du. Vielleicht schickt Gott ihm haargenau die Leute über den Weg, die ihm am besten helfen können – und von ihnen wird er sich Dinge sagen lassen, die er uns nie abgenommen hätte.“

Mary hörte aufmerksam zu. Sie schwieg eine Zeitlang, dann sah sie mich wieder an und versuchte trotz der Tränen ein Lächeln. Sie zog ihre Hand zurück und suchte in ihrer Schürzentasche nach einem Taschentuch. Als sie sich die Augen trockengewischt und die Nase geputzt hatte, war sie wieder die alte.

„Papa wird schon irgendwie zurechtkommen“, sagte sie leise. „Mike hat sich ja noch nie viel aus der Farmarbeit gemacht. Aber Mama wird’s das Herz brechen.“ Und wieder rollte ihr eine Träne über die Wange.

Ich saß da und dachte an Mary; dachte an ihre Mutter und ihren Vater und an deren Sorge um Mike.

„Hat es etwa einen Streit gegeben?“ fragte ich, obwohl ich genau wußte, daß mich das nichts anging. Mary lächelte.

„Genau das hab’ ich Mike auch gefragt“, antwortete sie, „aber so war’s nicht, hat er gesagt. Er hat bloß daheim angekündigt, daß er fort will, und sie haben gar nicht erst versucht, ihn zum Bleiben zu überreden. Mama hat wohl ein bißchen geweint, hat er gesagt, aber das hatte er nicht anders erwartet.“

Mary stand auf und traf die Vorbereitungen zum Geschirrspülen. Ich dachte eine Weile über das nach, was sie erzählt hatte. Es schien nicht viel zu geben, was ich unternehmen konnte.

Doch da kam mir plötzlich eine Idee.

„Du, wie wär's, wenn du für 'n paar Tage nach Hause fährst?" schlug ich ihr vor.

Mary fuhr auf dem Absatz herum und starrte mich aus großen Augen an.

„Das geht auf keinen Fall!" wehrte sie ab.

„Warum denn nicht? Für 'n paar Tage werden wir schon zurechtkommen."

„Aber ... aber das Essen und alles ..."

„Wir kochen schließlich nicht zum ersten Mal selbst." Jetzt war ich restlos davon überzeugt, daß ein paar Tage des Zusammenseins genau das richtige für Mary und ihre Mutter wären.

„Aber ... aber Matilda ... ihre Pausenbrote und ..."

„Das machen wir schon. Ich schmiere ihr die Brote sogar eigenhändig, wenn sie mich läßt."

„Aber ich ... ich weiß gar nicht, was ich sagen soll!"

„Dann sag doch einfach ja! Wirklich! Wir werden schon zurechtkommen – wenn du uns nur nicht allzulange ausbleibst."

Ich konnte Mary ansehen, daß sie innerlich hin- und hergerissen war. Einerseits wollte sie liebend gern zu ihrer Mutter, aber andererseits nahm sie ihre Pflichten bei uns auch sehr ernst.

„Wirklich, Mary", drängte ich und stand auf, um ihr das Geschirrtuch aus den Händen zu nehmen.

„Jetzt lauf schnell und pack dir ein, was du für die nächsten paar Tage brauchst. Inzwischen hole ich Chester und spanne ihn vor den Schlitten."

„Meinst du das wirklich im Ernst?" fragte Mary ein letztes Mal.

„Und ob!" Ich drehte sie sachte um und schob sie auf ihr Zimmer zu.

Endlich war sie bereit zu gehen, aber dann sagte sie noch

über die Schulter hinweg: „Aber das Geschirr … Ich habe ja noch nicht mal das Geschirr gespült."

Ich sah auf das Geschirr, das noch ungespült war. Das Geschirr vom ersten Frühstück hatte Mary schon längst wieder sauber ins Regal gestellt.

„Das erledige ich, sobald ich wieder zu Hause bin!" versprach ich, und Mary fügte sich.

Als sie in ihrem Zimmer verschwunden war, holte ich mir meine Winterjacke und meine Mütze vom Haken neben der Tür und ging in die Scheune, um Chester anzuspannen. Den Koffer in der Hand, stand Mary schon vor der Tür, als ich mit dem Schlitten vorfuhr. Ich half ihr mit den Decken, und dann ging die Fahrt los. Chester war übermütig; er war in letzter Zeit nicht oft an die frische Luft gekommen und schlug deshalb jetzt ein flottes Tempo an. Wenn ich ihn nicht gebremst hätte, wären wir beim Einbiegen auf die Landstraße aus der Kurve geflogen.

Mary und ich sagten nicht viel, aber wir genossen beide die Schlittenfahrt. Ich konnte Mary anmerken, wie sie ruhiger wurde und das Leuchten in ihre Augen zurückkehrte. Meine Güte, war ich froh, daß ich den Einfall gehabt hatte, sie für ein paar Tage nach Hause zu schicken!

Als wir in den Turleyschen Hof einbogen, fragte Mary plötzlich: „Wie lange soll ich bleiben?"

„Nun, … so lange, wie du's für nötig hältst", antwortete ich bedächtig.

Mary setzte ein verschmitztes Lächeln auf.

„Du wirst mich doch wohl nicht loswerden wollen, Josch, oder?"

„Ehrlich gesagt", gab ich ebenso verschmitzt zurück, „hoffe ich sogar, daß du recht bald gehörige Sehnsucht nach uns bekommst."

Mary errötete leicht, und ich mußte einfach lachen.

„Im Ernst?" fragte sie, als sie sich wieder gefangen hatte.

„Im Ernst. Wie wär's mit Sonntag?"

„So lange? Heute ist doch erst Mittwoch!"

„Ich weiß. Und ich werde die Tage zählen. Komm mir also bloß nicht zu spät zurück!"

Wieder errötete Mary.

„Du, was meinst du: Ob Matilda wohl gern am Freitag abend zu uns kommen würde?“ fragte sie dann. „Sie hat noch nie bei uns übernachtet, und ... und ich glaub’, mit ihrer quirligen, lebhaften Art könnte sie Mama vielleicht ’n bißchen aufheitern.“

Ich brachte Chester vor der Haustür zum Stehen.

„Ich sag’ Matilda Bescheid“, versprach ich. „Sie kommt bestimmt gern, und ich bringe sie zu euch.“

Ich half Mary aus dem Schlitten und griff dann wieder nach den Zügeln.

„Möchtest du mit reinkommen, Josch?“ fragte Mary.

„Ich glaube, deine Mama ist heute am liebsten mit dir allein“, antwortete ich. „Außerdem“, setzte ich grinsend hinzu, „wartet ja daheim das Geschirr auf mich, falls du dich entsinnst!“

Mary lachte leise und wurde dann wieder ernst.

„Dank’ dir, Josch!“ sagte sie. „Danke, daß du soviel Verständnis für mich hast!“

Ich nickte nur und kletterte in den Schlitten zurück.

„Du, Josch!“ rief Mary mir leise nach. Ich drehte mich zu ihr um. Leicht tanzten die Schneeflocken um sie her. Ein paar davon landeten auf ihren Haaren, die unter der pelzbesetzten Mütze hervorschauten. Ihre Augen leuchteten, und ihr Gesicht war wie von einem plötzlichen Einfall erhellt. Ich wartete nur und dachte dabei, welch einen Anblick sie mit ihrem Koffer in der Hand bot.

„Du, Josch“, wiederholte sie, „ein Automobil ist eine feine Sache. Wirklich. Aber ... aber es geht doch nichts über eine Fahrt im Pferdeschlitten mit Chester, nicht?“

Ich lachte. Mary hatte den Nagel auf den Kopf getroffen!

„Das müssen wir öfter machen“, antwortete ich. „Erinnere mich daran, ja?“

Und mit einem letzten Winken wendete ich Chester und ließ ihn fast im Galopp vom Hof laufen. Mary hatte wirklich recht: Es ging tatsächlich nichts über eine flotte Schlittenfahrt mit Chester, und ich hatte vor, die Heimfahrt in vollen Zügen zu genießen.

Aber irgendwie machte die Heimfahrt dann doch nicht so viel Spaß, wie ich mir vorgestellt hatte.

Das Geschirr brauchte ich nicht mehr zu spülen, als ich wieder zu Hause ankam. Onkel Charlie hatte das schon erledigt. Er hatte auch noch eine Kanne Kaffee gekocht, und Opa hatte sich zu ihm an den Tisch gesetzt. Als ich in die Küche kam, hefteten sich zwei Augenpaare auf mich.

„Stimmt was nicht, Junge?“ fragte Opa.

Ich goß mir eine Tasse Kaffee ein und setzte mich zu den beiden, um ihnen von Mikes Abreise und Marys Sorge um ihre Mutter zu erzählen.

„Das haste richtig gemacht, Junge!“ nickte Opa. „Wir haben Mary ja viel zuviel mit Beschlag belegt. Ihre Mutter braucht sie schließlich auch.“

Onkel Charlie schlürfte nur seinen Kaffee und wippte auf den hinteren Stuhlbeinen.

„Und was ist mit Matilda?“ fragte er dann nach einer Weile.

„Mary möchte sie gern übers Wochenende zu sich nach Hause einladen“, antwortete ich. „Das tut Matilda bestimmt gern.“

„Heute ist erst Mittwoch“, gab Onkel Charlie zu bedenken.

„Bis Freitag werden wir uns schon irgendwie durchschlagen“, meinte ich, und Opa nickte.

„Ich hab’ sowieso zur Zeit nichts Dringendes zu erledigen. Nur die Stallrunde. Da kann ich gut im Haushalt mithelfen.“

Onkel Charlie schmunzelte.

„Mit deinen Kochkünsten ist es aber nicht allzuweit her, Josch!“ spaßte er.

Ich grinste nur.

„Dann kochst du halt, und ich mach’ den Abwasch“, forderte ich ihn heraus.

Onkel Charlie nickte. „Abgemacht!“ willigte er ein.

„Wär’ doch gelacht, wenn wir’s nicht schafften“, meinte Opa, aber seine Stimme klang längst nicht so zuversichtlich. Ich glaube, wir alle hatten gar nicht geahnt, wie sehr wir Mary brauchten, bis wir sie nun plötzlich entbehren mußten.

Matilda freute sich auf das Wochenende bei Mary und ihren Eltern. Wir hatten ausgemacht, daß wir am Freitag erst zu Abend essen und das Geschirr abwaschen würden, und dann würde ich Matilda mit dem Schlitten zu den Turleys bringen.

Wir waren fast mit dem Abwasch fertig, als der Hund uns mit seinem Gebell einen Besucher meldete. Es war wieder Will Sanders. Diesmal war er mit dem Pferdeschlitten gekommen. Ich mußte grinsen, als ich ihn sah. Eins stand fest: Er hatte nicht viel Zeit vergeudet, um seine Ankündigung in die Tat umzusetzen. Nur, daß er sich diesmal vergeblich bemüht hatte. Wir waren nämlich gerade im Begriff, zu den Turleys zu fahren.

Opa ließ ihn zur Tür herein. Voller Selbstbewußtsein betrat er die Küche und warf einen Blick um sich. Ich weiß nicht, ob ich's mir nur einbildete oder ob es ihn tatsächlich belustigte, mich mit dem Geschirrtuch in der Hand zu sehen.

„Nein, wie schade!“ rief Matilda aus. „Wir sind gleich hier fertig, und dann fahre ich übers Wochenende zu Mary.“

„Ich denke, Mary wohnt hier!“ antwortete er.

„Ja, schon“, erklärte Matilda hastig, „aber sie ist auf ein paar Tage zu ihren Eltern gefahren. Sie bekommen einander ja kaum zu sehen, obwohl sie hier in der Nachbarschaft wohnen, und deshalb hat Josch ihr ein paar Tage freigegeben.“

Letzteres hatte Matilda mit einem Anflug von Stolz in der Stimme gesagt, aber ich glaube, Will Sanders war vollkommen unbeeindruckt geblieben. Wie dem auch sei, jedenfalls ging er mit keinem Wort darauf ein, sondern sagte zu meinem maßlosen Erstaunen zu Matilda: „Dann erlauben Sie, daß ich Sie fahre!“

Na, so eine Dreistigkeit! So ruhig, wie ich nur konnte, widersprach ich: „Mein Pferd wartet schon in der Scheune. Ich brauche es nur noch vor den Schlitten zu spannen.“

„Aber meins ist schon angespannt. Es ist doch nicht

nötig, daß Sie bei der Kälte die Fahrt machen, wenn ich Matilda genausogut zu Mary bringen kann."

Er schenkte meinem Stirnrunzeln keine Beachtung und setzte noch hastig hinzu: „Ich wollte Mary sowieso besuchen."

Das konnte ich ihm wohl kaum verbieten.

„Ach, wie nett von Ihnen!" trällerte Matilda. „Josch und Chester sind Ihnen gewiß sehr dankbar."

Also, wie Chester darüber dachte, wußte ich zwar nicht, aber Joschs Meinung kannte ich nur zu gut. Allerdings behielt ich diese tunlichst für mich. Es wäre sowieso zwecklos, sie zu äußern.

„Von mir aus", sagte ich statt dessen zu Matilda. „Komm, ich mach' den Abwasch zu Ende!"

„Oh, ich danke dir!" antwortete sie, stellte sich auf die Zehenspitzen und verabreichte mir eine ihrer spontanen Umarmungen, mitten vor Will Sanders. Das war mir zwar peinlich, aber ich ließ es nicht ohne eine Spur von Stolz geschehen. „Na, was halten Sie denn davon, Herr Sanders?" hätte ich am liebsten gesagt, unterließ es aber und schickte mich statt dessen an, den Tisch abzuwischen und die Spülschüssel zu leeren.

Ihre Tasche in der Hand und ihren warmen Mantel bis unters Kinn zugeknöpft, tauchte Matilda bald wieder aus ihrem Zimmer auf. Ich sah den beiden nicht einmal nach, und als Matilda mir zurief: „Gute Nacht, Josch!", bekam sie nur ein leises Brummen als Antwort.

Den ganzen Abend war ich schlechter Laune. Es war fast neun Uhr, als mir einfiel, daß Chester immer noch fix und fertig gezäumt in der Scheune stand. Mißmutig zündete ich die Laterne an und zog mir die warme Jacke an.

„Tut mir leid, mein Lieber!" entschuldigte ich mich bei ihm und befreite ihn von seinem Zaumzeug. „Hab' dich ja ganz und gar vergessen! Uns beide hat man wohl heute abend – hm, sitzengelassen."

Ich warf das Zaumzeug mit einer solchen Wucht wieder an den Haken, daß Chester aufschrak.

Beschwichtigend strich ich ihm über Hals und Rücken.

Die Tinte, die Jonathan über ihm ausgegossen hatte, hatten Sonne und Regen inzwischen fast völlig ausgebleicht.

„Schon gut, Chester!“ sagte ich. „Hab’ wohl heute ziemlich miese Laune, weißt du. Erst müssen wir hier ohne Mary zu Rande kommen. Einen Haushalt selbst zu schmeißen ist nicht gerade ’n Kinderspiel für drei Männer, die eigentlich was Besseres gewöhnt sind. Und dann kommt dieser Schnösel daher und … und macht Matilda schöne Augen … und Mary auch.“

Ich weiß zwar nicht, ob ich tatsächlich viel Verständnis von einem Pferd erwartete, aber die nächsten fünf Minuten redete ich unentwegt auf Chester ein. Als ich wieder in die Küche kam, hatte ich mich so weit beruhigt, daß ich vielleicht sogar bald schlafen konnte.

„Ich mach’ heute abend ’n bißchen früher Zapfenstreich“, sagte ich zu Opa und Onkel Charlie, die anscheinend nicht überrascht waren. Sie wünschten mir eine gute Nacht, ohne groß von der Zeitung aufzuschauen, und ich ging die Treppe nach oben in mein Zimmer.

Großes Kopfzerbrechen

Aber auch diesmal wurde aus dem Einschlafen nichts. Ich wälzte mich hin und her, ohne daß meine Gedanken zur Ruhe kamen. Pixie wurde allmählich sauer auf mich. Sie verließ ihr warmes Plätzchen am Fußende, wo sie immer schlief, und ließ sich neben mir nieder. Sie winselte leise und wedelte sachte mit dem Schwanz. Dann leckte sie mir über das Gesicht. Ich weiß nicht, ob sie mir damit ihr Beileid bekunden oder mich endlich zur Ruhe ermahnen wollte, damit sie schlafen konnte. Auf jeden Fall tat mir ihre Zuwendung gut.

Ich strich ihr über das seidenweiche Fell. Sie ließ sich eine Weile streicheln und kletterte dann ans Fußende zurück, drehte sich ein paarmal um die eigene Achse und rollte sich zusammen. Ich hörte sie gähnen. Sie war anscheinend der Meinung, ihr Bestes getan zu haben, und wollte sich nun ihrem wohlverdienten Schlaf widmen.

Endlich gab ich's auf. Ich tastete auf meiner Nachtkonsole nach den Streichhölzern und zündete meine Lampe an. Matilda hatte gerade einen Stapel frischer Tageszeitungen bekommen. Ich beschloß, mir eine davon aus der Küche zu holen und 'ne Weile zu lesen.

An der Treppe stellte ich überrascht fest, daß unten in der Küche noch Licht brannte. Ob da jemand krank geworden war? Dann fiel mir Onkel Charlie ein. Der stand oft des Nachts auf und saß allein am warmen Küchenofen, wenn ihn das Rheuma zu arg plagte. Ich beschloß, mich zu ihm zu gesellen und uns einen heißen Kakao zu kochen.

Aber unten an der Treppe hörte ich Stimmen. Demnach war Opa also auch noch auf. Ich hatte mich wohl doch noch nicht so lange schlaflos in meinem Bett gewälzt, wie ich geglaubt hatte. Es war mir halt nur wie mehrere Stunden vorgekommen.

„Glaubste, der ist auf Freiersfüßen?“ fragte Onkel Charlie gerade.

Ein kurzes Schweigen folgte, bevor Opa mit einem leisen Lachen antwortete: „Ich will ’nen Besenstiel fressen, wenn's nicht so ist, aber auf wen hat er's wohl abgesehen?“

„Matilda?“

„Das hab’ ich auch zuerst gedacht, aber neulich hat er Mary regelrecht mit Komplimenten überschüttet. Und haste heute abend mitgekriegt, wie er gesagt hat, daß er Mary besuchen wollte?“

„Ja, hab’ ich.“

Ich hörte das Scheppern einer Kaffeetasse, die auf den Tisch gestellt wurde. Ein Stuhl schabte auf dem Linoleumboden. Dann räusperte sich Onkel Charlie.

„Vielleicht will er alle beide ’n bißchen näher kennenlernen“, meinte er.

„Damit kommt man bei solchen Sachen auf keinen grünen Zweig“, bemerkte Opa.

Onkel Charlie grunzte. Er war sein Leben lang Junggeselle gewesen. Vielleicht kannte er sich ja genug aus, um Opa recht zu geben. Ehrlich gesagt, hatte ich mir noch nie Gedanken darüber gemacht, ob es einmal ein junges Mädchen in Onkel Charlies Vergangenheit gegeben hatte.

„So ist es. Auf keinen grünen Zweig“, bestätigte Onkel Charlie.

„Nett sind sie ja alle beide“, warf Opa ein.

„Hm. Wirklich riesig nett!“ pflichtete Onkel Charlie ihm bei.

„Weiß gar nicht mal, für welche ich mich entscheiden würde.“

Darüber schien Onkel Charlie in Ruhe nachzudenken. Ich hörte wieder die Kaffeetassen scheppern.

„Was weißte eigentlich über den Mann?“ fragte Onkel Charlie, und ich konnte mir vorstellen, was dabei in seinem Kopf vorging. Nicht auszudenken, wenn so ein Tunichtgut von der Straße hereingeschneit kam und einem von unseren Mädchen das Leben schwermachte. So was kam nicht in Frage.

Opa brummte:

„Hab' mich ein bißchen in der Stadt umgehört", fügte aber dann schleunigst zu seiner Verteidigung hinzu: „Ganz allgemein, versteht sich. Anständige Leute seien es, heißt es. Drei Söhne. Die Eltern sind umgekommen, als der jüngste noch 'n ganz kleiner Steppke war. Henry heißt der. Will ist zwei Jahre älter. Der älteste Sohn und seine Frau haben die beiden jüngeren Jungs bei sich aufgenommen. Will hat die Schule absolviert und sich dann in der Stadt 'ne Arbeit gesucht."

Eine Zeitlang herrschte Schweigen, während die beiden Männer sich das Gesagte durch den Kopf gehen ließen. Opa sagte als erster wieder etwas.

„Konnte kein Haar in der Suppe entdecken", gestand er.

Wieder Schweigen. Ich weiß nicht, was für 'ne Stimmung unten in der Küche war, aber was mich betraf, so spürte ich einen Knoten in der Magengegend, und der Mund wurde mir trocken. Meine Hände fingen an zu schmerzen, und dann sah ich, daß ich sie so fest zu Fäusten geballt hatte, daß sich die Nägel in die Handflächen bohrten.

„Jedenfalls, wenn du mich fragst", fuhr Opa fort, „dann wird's höchste Zeit, daß Josch sich zu einer von beiden entschließt. Sonst wird er sich nämlich mit den Resten begnügen müssen."

Ich spürte, wie mir die Luft ausging.

„Vielleicht will er ja keine von beiden!" meinte Onkel Charlie.

Opa schnaubte verächtlich.

„Wenn das so ist", stellte er fest, „dann ist er dümmer, als ich gedacht hätte."

Matildas Zeitungen waren längst vergessen. Sogar an dem Kakao lag mir jetzt nichts mehr. Die Unterhaltung in der Küche ließ es mir heiß und kalt über den Rücken laufen.

„Schwierige Entscheidung!" sagte Opa nachdenklich. „Wirklich schwierig."

„Beide kann er nicht kriegen“, meldete Onkel Charlie sich wieder zu Wort.

„Vielleicht war’s ’n Fehler, beide zu uns zu holen“, meinte Opa nach einer Pause. „Also, die beiden sind so ... so verschieden und trotzdem beide so ... so nett; sie sind ja eher wie Schwestern für Josch als ... als junge Mädchen, denen er den Hof machen könnte.“ Lange Pause. „Und wie in aller Welt soll man einem Mädchen seine Aufwartung machen, wenn sie im gleichen Haus wie man selbst wohnt?“

„Genau“, stimmte Onkel Charlie zu, „und wenn man beide nett findet, wie macht man dann der einen den Hof, ohne daß sich die andere vor den Kopf gestoßen fühlt?“

„Also, dieser Will scheint da keine Schwierigkeiten zu sehen. Der ist auf Freiersfüßen, das ist so klar wie Kloßbrühe.“

Wieder Schweigen.

„Meinste, ob die Mädchen ...?“ fing Opa an, aber Onkel Charlie fiel ihm ins Wort.

„Du warst schließlich auch dabei. Jedes Mädchen fühlt sich geschmeichelt, wenn einer ihr den Hof macht.“

„Ob sie wohl wissen, welche von beiden er sich ausgesucht hat?“

„Keine Ahnung. Vielleicht. Frauen haben da ’nen siebten Sinn“, überlegte Onkel Charlie.

Ich fragte mich nicht einmal, woher Onkel Charlie sich da so gut auskannte.

Ein Stuhl schabte auf dem Fußboden. Jemand stand auf. Ich wollte gerade die Flucht ergreifen, aber Onkel Charlie – oder war es Opa? Nein, Onkel Charlie war’s; ich konnte ihn an seinen schlurfenden Schritten erkennen – ging nur an den Herd, wo die Kaffeekanne stand.

Ich hörte, wie der Kaffee eingeschenkt wurde und Onkel Charlie sich wieder setzte. Schweigend tranken die beiden ihren Kaffee und hingen wohl jeder seinen eigenen Gedanken nach.

„Vielleicht macht Josch sich ja überhaupt nichts aus den Mädchen“, sagte Opa dann.

„Und ob er das tut!“ stellte Onkel Charlie nüchtern fest.

„Aber welche von beiden hat er denn im Auge?“

„Weiß nicht. Aber egal sind sie ihm nicht. Er geht ja innerlich die Wände hoch.“

Er schien ’ne Menge über mich zu wissen – vielleicht sogar mehr als ich selbst.

„Das hab’ ich ja noch nicht mal gemerkt“, gestand Opa. „Woran siehst du das denn?“

„Ach, an allerhand Kleinigkeiten. Manchmal vergeht ’ne halbe Nacht, bis er endlich schläft. Ich höre, wenn er sich im Bett wälzt. Am nächsten Morgen ist er dann so reizbar wie ’ne Bärenmutter mit ihren Jungen. Ich seh’, wie er von dem einen Mädchen zum andern guckt – und als dieser Bursche dann heute abend auftauchte, da war Josch stocksauer.“

„Ach, wirklich? Meinst du wirklich?“ Opas Stimme klang regelrecht aufgeregt.

Ich hatte genug gehört. Das Ganze schlug mir allmählich auf den Magen. Ich machte einen Schritt zurück, um mich auf Zehenspitzen wieder in mein Zimmer zu verziehen. Dann traf mich ein Wort aus Opas Mund wie ein Blitz aus heiterem Himmel.

„Eifersüchtig, was?“

Eifersüchtig? Ich und eifersüchtig? Na, so was! Eifersucht war etwas Schlimmes. Fast so schlimm wie Habgier. Gegen eine solche Anschuldigung wollte ich mich bitte schön verwahren!

„Wenn er eifersüchtig ist, dann ist er vielleicht doch verliebt. Oder vielleicht will er auch nur für beide den Beschützer spielen“, fuhr Opa fort.

„Ich glaub’ eher, er ist verliebt.“

„Aber in wen?“

Onkel Charlie überlegte. Dann antwortete er bedächtig: „Ich glaube, das weiß Josch nicht mal selbst so genau.“

„Na, dann wird’s aber höchste Zeit, daß er sich das klarmacht“, sagte Opa ernst. „Dieser junge Bursche Will hat nämlich nicht vor, viel Zeit zu vergeuden.“

„Stimmt. Der ist auf Freiersfüßen, garantiert!“

„Genau“, pflichtete Opa seinem Bruder bei, um dann so

ratlos wie beim ersten Mal hinzuzufügen: „Aber ich hab' keine Ahnung, auf wen er's nun abgesehen hat."

Ich kroch in mein Zimmer zurück, einen Stein in der Magengegend und die Knie steif vor Anspannung. Pixie rührte sich nicht einmal, als ich mich wieder unter meiner Bettdecke ausstreckte. Jedes Wort, das da unten in der Küche gefallen war, hatte mich mit Abscheu erfüllt. Das war wohl der gerechte Lohn fürs Lauschen. Aber eigentlich hatte ich ja gar nicht die Absicht gehabt, die beiden Männer zu belauschen; es hatte sich halt so ergeben, und nachdem ich die ersten paar Sätze mitgekriegt hatte, hätte ich wohl kaum mir nichts, dir nichts in der Küche auftauchen können.

Will machte also jemandem den Hof? War dieser Jemand Matilda? Oder Mary? Also, ich wußte es jedenfalls nicht, das stand fest. Und wenn er schon sein Auge auf eins der Mädchen geworfen hatte, dann würden wir sie bald verlieren. Das paßte mir irgendwie nicht. Matilda und Mary gehörten fast wie zwei Schwestern zusammen, wenn man mich fragte. Und außerdem gehörten sie alle beide hierher zu uns.

Aber nein. Das war ja völliger Unsinn. Das wußte ich doch selbst. Eines Tages, und vielleicht sogar in nicht allzu ferner Zukunft, würden wir eins oder auch beide Mädchen hergeben müssen. Wir konnten die beiden unmöglich ihr Leben lang bei uns auf der Farm behalten. Weder die eine noch die andere. Das war ein erschreckender Gedanke. Will würde mit der einen losziehen, und dann würde irgendein junger Spund hereingeschneit kommen und der anderen schöne Augen machen.

Bei dem bloßen Gedanken kochte mir das Blut in den Adern.

Aber *eifersüchtig*? Welchen Grund hatte ich schon zur Eifersucht? Immerhin hatte ich kein Anrecht auf die Mädchen – ich meine, kein persönliches Anrecht. Ich hatte weder der einen noch der anderen je den Hof gemacht. Und keine der beiden hatte mir je schöne Augen gemacht. Höchstens aus Spaß.

Ich dachte an Matildas spontane Umarmungen, und in der Dunkelheit lief ich rot an. Dann fiel mir ein, wie Mary sachte meine Hand berührt hatte und wie ihr dabei ein tiefer Ausdruck von Sorge und Verständnis im Gesicht gestanden hatte, und ich wurde noch röter. Vielleicht mochten die beiden mich ja tatsächlich ... ich meine, vielleicht sahen sie in mir mehr als so etwas wie einen Bruder. Das war mir bislang noch nie in den Sinn gekommen. Aber wenn ... wenn's so war, wenn die Möglichkeit bestand, dann ... dann sollte ich vielleicht was unternehmen. Ehrlich gesagt, behagte mir die Aussicht darauf, mein Leben wie Onkel Charlie als Junggeselle zu fristen, nicht sonderlich. Ich hätte eigentlich ganz gern eine Frau gehabt, in die ich mich verlieben konnte, und eine eigene Familie.

Aber zuerst ... zuerst hieß es, meiner zukünftigen Frau den Hof zu machen.

Wie man so etwas anstellt, wußte ich nicht so genau. Na, wenn man's so machte wie dieser Will, dann war eigentlich gar nichts dabei. Man kam einfach zu Besuch, wenn einem danach zumute war, und machte Scherze und Komplimente. So was konnte schließlich jeder!

Aber für meinen Geschmack war's damit nicht getan. Ich fand, daß ein Mädchen eigentlich mehr an Aufmerksamkeit verdiente. Das war sogar ihr gutes Recht. Wenn ich schon einer jungen Frau den Hof machte, dann würde ich mir allerhand Nettes einfallen lassen, um ihr damit eine Freude zu machen.

Matilda zum Beispiel. „Sie mag Blumen ... und Parfüm ... und Ausflüge in die Stadt und hübsche, modische Schmuckstücke", zählte ich in Gedanken auf. „Sie mag Musik, sie lacht gern, und sie freut sich über Picknicks im Grünen und Fahrten mit dem Automobil." Also, bei Matilda fielen mir gleich eine ganze Menge an Unternehmungen ein, mit denen ich ihr den Hof machen konnte.

Angenommen, ich machte Matilda den Hof. Wie lange mußte man als Mann einem Mädchen den Hof machen, bis er es bitten konnte, seine Frau zu werden? Dieses Hofmachen konnte immerhin auf die Dauer eine Menge Zeit und

Geld in Anspruch nehmen. Klar, es würde auch eine Menge Spaß machen. Besonders, wenn die junge Frau es so richtig genoß, umworben zu werden, wie Matilda es bestimmt tun würde. Vielleicht würde sie's sogar so gründlich genießen, daß sie überhaupt nicht mehr damit aufhören wollte. Ja, Matilda würde so etwas in vollen Zügen genießen, das stand fest.

Aber was danach? Irgendwie konnte ich mir Matilda nicht so recht in der Küche an dem heißen Herd vorstellen, wie sie Brot backte und das Gartenobst einkochte. Oder mit dem Waschbrett, wie sie die schmutzigen Farmstrümpfe wusch. Nein, so glänzend Matilda sich auch dazu eignete, ihr den Hof zu machen, so unpassend war sie für die Rolle einer verheirateten Frau.

Bei Mary dagegen war das etwas anderes. Ich hatte Mary Dutzende von Malen dabei erlebt, wie sie die Arbeiten, die im Haushalt anfielen, verrichtete. Das war etwas so ... so Natürliches für Mary. Sie tat ihre Arbeit ohne Murren, ohne groß darüber zu reden; sie schien sie sogar irgendwie gern zu tun. Mary in der Küche, das war durchaus denkbar. Aber mir wollte ums Verplatzen nicht einfallen, wie man ihr den Hof machen könnte. Sie schien sich einfach nichts aus Parfüm oder hübschen Schmuckstücken oder Spitzentaschentüchern oder dergleichen zu machen. Niemals bettelte sie um einen Ausflug mit dem Automobil oder um ein Picknick im Grünen. Beim besten Willen fiel mir nichts ein, das Mary dazu veranlassen würde, mir spontan um den Hals zu fallen oder vor Freude mädchenhaft zu kichern.

Da lag ich nun und quälte mich mit Fragen ab, die ich noch nie erwogen hatte. Ich überlegte hin und her. Sosehr ich mich auch anstrengte, ich fand keinen Ausweg. Eins war mir allerdings irgendwie unbewußt klar: nämlich daß ich den Kopf nicht länger in den Sand stecken durfte, sondern daß ich mich zu irgendeinem Entschluß durchringen mußte. Meine ganze Zukunft hing davon ab.

Auf Wachposten

Auch wenn ich mich die halbe Nacht mit der Frage herumgequält hatte, war ich der Lösung am nächsten Morgen, als ich zur Stallrunde aufstand, keinen Zoll näher. Nur eins war mir klar: Ich hatte zwei junge Mädchen im Haus, die bei den meisten jungen Männern in der Nachbarschaft als erstklassige Heiratskandidatinnen galten, und ich hatte ihre Gegenwart die ganze Zeit als eine Selbstverständlichkeit betrachtet.

Ich wußte auch, daß es, falls ich mich für eine der beiden entschließen sollte – und ich mußte schon ein arger Bohnensimpel sein, das nicht zu tun –, höchste Zeit war, mit dem Hofmachen anzufangen. Das schwierigste an der ganzen Sache war die Qual der Wahl. Die beiden waren grundverschieden voneinander – aber nett waren sie jede auf ihre Art.

Matildas quirlige, muntere Art brachte Leben ins Haus. Wir alle mochten sie sehr. Selbst Opa und Onkel Charlie zählten immer die Tage, bis sie von einem Besuch bei ihren Eltern zurückkam. Alles machte irgendwie mehr Spaß, wenn Matilda mit von der Partie war.

Dann dachte ich über Mary nach. Mary war ruhig und alles andere als quirlig. Aber Mary war auch ... nun, sie hatte ein Herz, treu wie Gold. Sie war verläßlich, und man mußte sie einfach mögen. Ich weiß gar nicht, was wir nur ohne Mary anfangen sollten.

Matilda oder Mary. Wie sollte man nur zwischen den beiden wählen? Und welche Auswirkungen auf unseren Haussegen würde es haben, wenn ich der einen den Hof machte und der anderen nicht?

Eigentlich hatte ich keinen Grund zu der Annahme, daß

die Mädchen gespannt wie 'n Flitzebogen auf Josch Jones' erste Annäherungsversuche warteten. Keine der beiden hatte mir je zu verstehen gegeben, daß sie in mir mehr als nur einen Mitbewohner der Farm sahen. Womöglich war es eine dreiste Vermessenheit von mir, wenn ich mir einbildete, daß eine von ihnen meine kleinen Geschenke überhaupt annehmen würde.

Dann kam mir ein anderer Gedanke in den Sinn. Was, wenn ich mich für eine der beiden – Matilda oder Mary – entschied und anfing, ihr den Hof zu machen, aber einen Korb bekam? Das war immerhin möglich.

Dieser Gedanke behagte mir ganz und gar nicht. Ich erinnerte mich nur zu gut daran, wie ich geglaubt hatte, Carmen im Nu für mich gewinnen zu können, aber sie hatte statt dessen ihre Verlobung mit Willi bekanntgegeben.

Aus lauter Angst davor, mir eine Abfuhr einzuhandeln, beschloß ich jetzt beim Füttern der Schweine und Kühe, mich in den nächsten paar Tagen zurückzuhalten und einfach nur auf Wachposten zu stehen. Ich wollte mal ein paar Fühler ausstrecken, um auszukundschaften, ob eine der beiden eventuell geneigt wäre, sich von Josua Jones den Hof machen zu lassen.

Mit einem wachen Auge für winzige Anzeichen kam ich ins Haus und setzte mich zu der Familie an den Frühstückstisch.

Matilda erzählte eine lustige Begebenheit aus der Schule. Eins der Kinder hatte einen Aufsatz über den Winter geschrieben. Darin hatte es geheißen: „Das Beste am Winter ist, daß die Moskihtos", so buchstabierte Matilda das Wort aus dem Aufsatz, „nach Süden fliegen, um andere Völker zu beißen."

Matilda wollte sich schier ausschütten vor Lachen, als sie diese Geschichte erzählte. Auch Opa lachte, und Onkel Charlie grinste belustigt. Matilda hatte einfach einen umwerfenden Sinn für Humor.

Als Opa mit der Morgenandacht fertig war, sammelte Matilda ihre Schulbücher und nahm den warmen Mantel vom Haken. Plötzlich kam mir ein Einfall.

„Chester ist in seiner Box“, sagte ich. „Was hältst du davon, wenn ich ihn schnell vor den Schlitten spanne und dich zur Schule bringe?“

Sie sah mich aus großen, fragenden Augen an und verpaßte mir dann eine stürmische Umarmung.

Das deutete ich als Einwilligung und grinste vor mich hin, während ich in meine schwere Jacke schlüpfte und zur Scheune ging. Vielleicht war das Hofmachen doch gar nicht so schwierig.

Draußen war es eisiger geworden, und der Wind fegte die Schneeflocken vom Himmel. Ich war froh, daß ich den Einfall gehabt hatte, Matilda zur Schule zu bringen. Zu Fuß wäre der Weg heute ziemlich beschwerlich gewesen.

Ich breitete die schwere Schlittendecke über das Mädchen, und dann fuhren wir los. Chester warf den Kopf in die Luft und schnaubte vor lauter Ungeduld. Er konnte es kaum erwarten, auf offener Straße loszugaloppieren. Matilda streckte sich dem Wind entgegen. Sie freute sich offensichtlich über die flotte Fahrt in dem offenen Schlitten, der mühelos über den hartgefrorenen Boden glitt.

Ich beobachtete sie unauffällig. Sie fand hohe Geschwindigkeiten unwiderstehlich. Wenn sie die Zügel in den Händen gehalten hätte, dann hätte sie Chester ganz sicher im vollen Galopp losrasen lassen. Auch so ließ ich Chester ein bißchen mehr Freiheit als sonst, damit ich mich an Matildas Begeisterung weiden konnte.

Als wir vor der Schule angekommen waren, half ich ihr dabei, ihre Siebensachen zusammenzusuchen und aus dem Schlitten zu steigen. Ihr Gesicht war gerötet, aber ob das von der Freude an der flotten Schlittenfahrt oder von dem kalten Wind kam, wußte ich nicht.

„Nach der Schule hole ich dich wieder ab“, versprach ich, und sie bedankte sich mit einem hübschen Lächeln.

Ich sah ihr nach, bis sie in dem Gebäude verschwunden war, und stellte dabei fest, daß sich eine Rauchfahne aus dem Schornstein emporkräuselte. Der junge Smith hatte demnach seine Arbeit getan, so daß der Kanonenofen tüchtig Wärme im Klassenzimmer verbreitete.

Matilda drehte sich noch einmal um und winkte mir zu, bevor sie die Tür hinter sich schloß. Ich winkte zurück und schnalzte mit der Zunge, worauf Chester nur gewartet hatte. Er machte auf der Stelle kehrt und trottete vom Schulhof.

Ich war mit dem Verlauf der Fahrt äußerst zufrieden. Natürlich hatte ich keinerlei Liebeserklärungen von mir gegeben, aber Matilda hatte offensichtlich nichts gegen meine Gesellschaft einzuwenden gehabt. Ich würde halt auch weiterhin Augen und Ohren offenhalten und weitere Gelegenheiten abwarten.

Aber während ich noch wartete, sollte ich mir vielleicht ein paar Manöver ausdenken, um Mary einer kleinen Prüfung zu unterziehen.

Mein Vorhaben hätte glänzend funktioniert, wenn dieser Will Sanders nicht gewesen wäre. „Abwarten und Tee trinken“ war eben nicht besonders praktisch, wenn er alle paar Tage bei uns an die Tür klopfte.

Ich mochte diesen Burschen immer noch nicht besonders gut leiden. Opas nächtliche Unterhaltung mit Onkel Charlie war mir noch deutlich in Erinnerung. „Der Kerl ist auf Frauensuche, da gibt's keine Zweifel“, dachte ich, aber genau wie Opa kam ich einfach nicht dahinter, auf welches der beiden Mädchen er es nun abgesehen hatte.

Ich hatte nicht viel zu sagen, als er kam; ich saß einfach nur da und sah zu. Er spaßte und lachte mit Matilda, und im nächsten Moment drehte er sich zu Mary um und lud sie zu einem Stadtfest ein. Das Stadtfest fiel auf den gleichen Abend wie Matildas alljährlicher Schülerabend, weshalb Mary ihm auch einen Korb gab. Er lächelte aber nur und sagte: „Dann vielleicht beim nächsten Mal!“ und Mary nickte.

Mit der Weihnachtszeit kehrte auch Will Sanders wieder bei uns ein. Er hatte jedem der Mädchen ein Geschenk mitgebracht: ein Paar warme Handschuhe. Als er endlich wieder gegangen war, sprachen die beiden Mädchen ganz offen darüber.

„Ich hätte mir ja nie träumen lassen, daß wir auf seiner

Geschenkliste stehen“, sagte Matilda. „Ich habe überhaupt nicht daran gedacht, ihn auf meine Liste zu setzen.“

„Ich auch nicht“, sagte Mary und starrte die Handschuhfinger abwesend an. „Was machen wir denn jetzt bloß? Es wäre wohl furchtbar unhöflich, wenn wir ihm kein Gegengeschenk machten.“

Sie sah Matilda flehend an, als wünschte sie sich nichts sehnlicher als Matildas Bestätigung, daß so etwas ganz und gar nicht unhöflich sei. Opa war derjenige, der es sagte.

„Ich finde, dazu besteht kein Anlaß, so, wie die Sache im Moment aussieht“, meinte er.

Ich wußte zwar nicht genau, wie Opa das gemeint hatte, aber ich war durchaus bereit, ihm recht zu geben.

Die Mädchen überlegten gemeinsam hin und her.

„Du, ich hab' eine Idee!“ fiel Mary plötzlich ein. „Wir geben ihm einfach zusammen ein Geschenk!“

„Zusammen?“ fragte Matilda stirnrunzelnd.

„Ja. Ein einziges Geschenk, und zwar von uns beiden.“

Matildas Miene erhellte sich.

„Au prima! Das machen wir!“ quietschte sie.

Ein paar Tage später packten die beiden ein Paar Strümpfe ein und unterschrieben die Karte mit beiden Namen. Ich will gar nicht leugnen, daß ich eine Art von Genugtuung dabei verspürte. Dann machte ich mir allerdings etwas klar, das ich noch gar nicht bedacht hatte: Es könnte die Mädchen empfindlich gestört haben, daß Will die beiden im dunkeln darüber gelassen hatte, welche von beiden er mit seinen Bemühungen eigentlich umwerben wollte.

Am Weihnachtstag wickelte ich dann meine Geschenke aus. Matilda hatte mir ein Paar edle Manschettenknöpfe überreicht. Von Mary hatte ich einen handgestrickten Schal und passende Handschuhe dazu bekommen. Ich weiß gar nicht, wie sie nur die Zeit gefunden hatte, das alles zu strikken, ohne daß ich etwas gemerkt hatte, aber ich freute mich riesig über die Geschenke, besonders weil sie einiges über die beiden Geberinnen aussagten.

„Will Sanders“, dachte ich im stillen, „jetzt sind Sie an der Reihe, eifersüchtig zu werden!“

Die heftigen Winterstürme ließen mit der Zeit nach, und bis zum Frühling war's jetzt nicht mehr lange. Ich brannte schon förmlich darauf, endlich wieder auf meine Felder zu können. Ich konnte es kaum erwarten, den Ford aus dem Schuppen zu holen und mir den Fahrtwind wieder neu um die Ohren blasen zu lassen. Den ganzen Winter über hatte mir vor jeder Fahrt in die Stadt mit dem langsamen Pferdegespann gegraut. Diese Fahrten im Schneckentempo hatte ich immer so lange hinausgeschoben, wie's nur ging.

An einem solchen Tag kam ich 'ne Spur mißgestimmt wegen der schneebedeckten Straße nach Hause. Nachdem ich die Pferde versorgt hatte, packte ich die Lebensmittel, die ich in der Stadt gekauft hatte, und ging ins Haus, um mich bei 'ner Tasse Kaffee und etwas von Marys Gebäck wieder aufzuwärmen.

Kein Kaffeeduft schlug mir entgegen. Opa und Onkel Charlie saßen am Tisch. Es war offensichtlich, daß sie schon seit Stunden da saßen, nicht weil sie das so wollten, sondern weil sie wohl nicht wußten, was sie statt dessen tun sollten. Der Anblick war so ungewohnt, daß er mir einen tüchtigen Schrecken versetzte.

„Wo ist denn Mary?" fragte ich, während mein Blick in der Küche umherschweifte.

Schweigen. Dann räusperte Opa sich, und Onkel Charlie scharrte mit den Füßen.

„Sie ist nach Hause geholt worden", erklärte Opa. „Ihre Mutter ist krank."

„Krank?" wiederholte ich und dachte dabei an all die Jahre, die Marys Mutter im Bett zugebracht hatte. „Wie krank denn?"

„Weiß auch nicht genau", sagte Opa. „Die Jüngste ist hergeritten, furchtbar verstört war sie, und hat gerufen, Mary soll schnell kommen. Also ist Mary mit ihr fort. Ohne groß zu fackeln, hat sie sich einfach hinter ihre Schwester aufs Pferd geschwungen, und dann sind sie auch schon losgeritten."

Ich stellte die Lebensmittel ab und eilte zur Tür.

„Mary hätte Chester satteln sollen“, murmelte ich unterwegs.

„Wo willste hin?“ rief Opa mir nach. Dann fügte er so behutsam, wie er nur konnte, hinzu: „Josch, bei solchen Sachen haben manche Leute am liebsten nur die Verwandtschaft um sich.“

Aber davon ließ ich mich nicht beirren.

„Mary ist Verwandtschaft!“ warf ich über die Schulter zurück, und Opa ließ es dabei bewenden.

Ich gab mich gar nicht erst mit Sattel und Zaumzeug ab. Band nur den Halfterriemen los, führte Chester aus seiner Box und schwang mich auf seinen Rücken. Er wollte rasen; ich ließ ihn gewähren. Es war nicht einfach, ihn nur mit dem Halfter zu zügeln. Ich glaube, ich ritt ziemlich rücksichtslos. Bald hatten wir den Turleyschen Hof erreicht, und ich sprang von Chester, band ihn an das Tor und lief zum Haus.

Ich klopfte höflich an, bevor ich zur Hintertür eintrat. Niemand hatte mir geöffnet; die Tür war nicht abgeschlossen, und ich ging einfach rein. In der Küche holte ich tief Luft. Plötzlich kamen mir die ersten Zweifel. Was bildete ich mir eigentlich ein, daß ich einfach bei einer Nachbarsfamilie ins Haus eindrang? Wie konnte ich es nur wagen, ungebeten hier aufzutauchen?

Irgend etwas sagte mir, daß die Antwort auf diese Fragen nur aus einem Wort bestand: „Mary“. Ich hatte das Gefühl, daß sie mich jetzt brauchte. Trotzdem hätte ich nicht einfach hier ... Ich ging wieder zur Tür, um draußen zu warten, aber in dem Moment kam Lilli, die jüngere Schwester, in die Küche. Sie wischte sich gerade die Tränen aus dem Gesicht, als sie kam, und als sie mich dann sah, blieb sie erschrocken stehen. Dann erkannte sie mich und kam einen Schritt näher.

„Ich ... ich bitte um Verzeihung“, entschuldigte ich mich. „Ich ... ich dachte, daß ich vielleicht ... daß Mary vielleicht ... Soll ich den Doktor holen? Oder kann ich sonst irgendwie helfen?“

Sie schüttelte den Kopf, und wieder liefen ihr die Tränen

über die Wangen. Ich ging auf sie zu, aber sie wandte sich ab, weil sie nicht wollte, daß ich sie weinen sah. Ich wußte nicht, was ich tun oder sagen sollte; ich stand einfach nur da und knetete unbeholfen meine Mütze in den Händen.

„Josch?“ Es war nur ein Hauchen und kam von Marys Lippen. Ich fuhr zu ihr herum, die Augen voller Fragen.

„Josch“, sagte sie noch einmal.

Ich sah in ihr tränennasses Gesicht. Ihre Haare waren wirr und ihr Rock voller Straßenschmutz, ein Zeichen dafür, wie eilig sie es gehabt hatte, um zu ihrer kranken Mutter zu kommen.

Ich trat auf sie zu.

„Wie geht's ihr?“ fragte ich. „Kann ich ...“

Aber Mary unterbrach mich mit bebender Stimme.

„Sie ist tot, Josch.“

Und dann hielt ich sie auch schon in meinen Armen und ließ sie einfach nur weinen. Ich weinte wohl auch ein bißchen mit ihr, während ich mit einer Hand ihre sonst so ordentlichen Haare zu entwirren versuchte. Ab und zu hörte ich meine eigene Stimme, aber ich sagte immer nur: „Ach Mary, Mary! Das tut mir leid. So leid!“

Endlich löste sie sich aus meinen Armen. Wir standen allein in der großen Farmküche. Ich sah Mary an, um festzustellen, ob sie sich gefangen hatte und ob ich sie jetzt loslassen sollte, aber sie nickte mir nur kurz zu und ging dann auf das Regal zu.

„Papa braucht 'nen Kaffee“, sagte sie nüchtern und schickte sich an, den Kessel aufzusetzen.

Aber Herr Turley trank den Kaffee nicht. Ich wüßte nicht, daß überhaupt jemand von der Kanne trank. Das ganze Haus war viel zu verstört, zu betroffen, um auch nur an Kaffee oder sonst etwas zu denken.

Schließlich fand ich doch noch eine Gelegenheit, um Onkel Nat zu holen. Einerseits war ich froh, der bedrückten Stimmung zu entkommen, aber andererseits tat es mir leid, Mary in ihrem Kummer allein zu lassen.

Die Beerdigung fand zwei Tage später statt. Mike kam nach Hause, aber danach blieb er nur ein paar Tage, bevor er wieder in die Großstadt zurückfuhr. Mary blieb eine ganze Woche daheim. Es erschien uns wie eine halbe Ewigkeit. Selbst als sie dann wieder da war, wußte ich kaum, was ich sagen oder tun sollte. Natürlich trauerte sie immer noch. Aber wie sollte man jemandem, der gerade einen Trauerfall erlebt hatte, helfen, ohne den Kummer noch schlimmer zu machen? Der einzige Trost, der mir einfiel, bestand darin, ihr die Arbeit so leicht wie möglich zu machen. Ich sorgte dafür, daß die Holzkiste und die Wasserbehälter immer voll waren. Ich half beim Abwasch, wenn ich gerade im Haus war. Besonders achtete ich darauf, die schmutzigen Farmstiefel draußen zu lassen; ich zog sie sogar aus, bevor ich über die hintere Veranda ins Haus kam.

Immer wenn ich Tränen in ihren Augen glitzern sah, hätte ich sie am liebsten wieder in meine Arme genommen, um sie vor dem Kummer und Schmerz zu beschützen, aber das hätte irgendwie unpassend gewirkt. Statt dessen legte Matilda dann den Arm um sie, und ich verließ die Stube verwirrt und traurig.

Irgendwie gelang es uns, die Tage hinter uns zu bringen, bis der Frühling kam und draußen wieder alles grünte und blühte.

Frühling

Die Feldarbeit und die Aussaat forderten meine gesamte Aufmerksamkeit. Ich hatte nicht einmal Zeit, mir den Kopf darüber zu zerbrechen, welches der beiden Mädchen ich nun umwerben sollte. Höchstens an den Abenden, wenn Will Sanders bei uns an die Tür klopfte. Er kam immer noch mindestens einmal in der Woche. Die Aussaat schien Will nicht annähernd so sehr zu beanspruchen wie mich.

Er lud Matilda zu Spaziergängen ein und lobte Marys Torten und Kuchen über den grünen Klee. Er schlug Picknicks und Ausflüge vor und versprach, bei nächster Gelegenheit den silberfarbenen Bentley aus der Stadt mitzubringen. Ich versuchte, ihm einfach keine Beachtung zu schenken und meinen täglichen Pflichten nachzugehen. Schließlich hatte ich so viel Arbeit, daß ich kaum Zeit zum Grübeln hatte – nicht einmal über Will Sanders.

Matilda ließ mir keine Ruhe wegen des Fords. Sonntags fuhren wir damit zur Kirche, und manchmal machten wir auch kleine Fahrten ins Grüne. Matilda bat sich aus, hin und wieder auch am Steuer zu sitzen. Sie machte ihre Sache sogar recht gut. Bald bat sie darum, auf eigene Faust in die Stadt zu fahren oder Mary zu einem Besuch nach Hause zu bringen. Mir fiel kein triftiger Grund ein, weshalb ich ihr das nicht erlauben sollte, und so überließ ich ihr das Automobil. Matilda schien enorm stolz darauf zu sein, am Steuer zu sitzen.

Marys Vater hatte der Verlust seiner Frau schwer getroffen. Wie geplant, heiratete Marys Schwester Faye im Mai. Mary war eine der Brautjungfern. Wir waren alle zu der schlichten Trauung eingeladen. Mary trug ein zartgrünes Kleid, das den kastanienroten Glanz ihrer Haare unterstrich und den grünen Flecken in ihren Augen ein Echo bot. Das Kleid stand ihr fabelhaft, fand ich.

Alle bemühten sich um eine möglichst fröhliche Stimmung bei der Hochzeit, aber im Grunde wußte jeder, daß das nur gekünstelt war. Es war das erste große Familienereignis, bei dem Frau Turley fehlte, und alle vermißten sie sehr.

Besonders für die junge Lilli war es schwer. Sie war jetzt die einzige Tochter, die noch zu Hause wohnte, und ich glaube, darunter litt sie sehr. Wahrscheinlich machte sie sich auch Gedanken um ihre eigene Zukunft. Würde sie es ihrem Vater je zumuten können, ihn eines Tages zu verlassen, um selbst zu heiraten?

Ich schlug Mary vor, nach der Hochzeit ein paar Tage zu Hause zu verbringen, und sie tat es ohne jeden Einwand. Sie blieb drei Tage, und als ihr Vater sie wieder zu uns brachte, trug er eine große Kiste ins Haus und stellte sie in der Küche ab.

Wir waren alle froh, Mary wieder bei uns zu haben. Sobald sie ihren Hut abgelegt hatte, schnürte sie sich die Schürze um. Als nächstes schürte sie das Feuer im Herd und setzte den Teekessel auf. Herr Turley sah ihr bei der Arbeit zu. Ich fragte mich, was wohl gerade in seinem Kopf vorging. Vielleicht erinnerte ihn Marys Anblick an ihre Mutter. Wie dem auch sei, jedenfalls ließ er sie keine Sekunde aus den Augen.

Als der Tee fertig war und Mary ihn zu dem Rest ihres Orangenkuchens servierte, blieb Herr Turley lange sitzen. Opa und Onkel Charlie bemühten sich, eine Unterhaltung mit ihm zu führen, aber er brachte nur wortkarge Antworten zustande. Andererseits schien er's auch mit dem Heimweg nicht besonders eilig zu haben. Vermutlich graute ihm davor, in sein leeres, stilles Haus zurückzukehren. Lilli war für ein paar Tage bei einer Freundin, erklärte Mary.

„Bleiben Sie doch zum Abendbrot!“ lud Opa ihn ein.

„Die Stallarbeit wartet“, brummte Herr Turley und schickte sich an, von seinem Stuhl aufzustehen.

„Die Stallarbeit geht einem mit vollem Magen leichter von der Hand", führte Opa ins Feld.

Herr Turley nickte und setzte sich wieder.

Zum guten Schluß spielte Onkel Charlie 'n paar Runden Mühle mit Herrn Turley, während Mary das Essen kochte. Weil ich derweil meine Stallrunde machte, sah ich nichts von dem Spiel, aber später hieß es, Herr Turley sei nicht so recht bei der Sache gewesen. Wenigstens hatte das Spiel seinen Zweck als Zeitvertreib erfüllt.

Nach dem Essen machte Herr Turley immer noch keine Anstalten, sich zu verabschieden. Er saß nur schweigend da und drehte und wendete seine Kaffeetasse in den Händen. Schließlich gab er sich einen Ruck und fing an zu sprechen.

„Hab' vor, das Vieh zu verkaufen", begann er. „Mike ist nicht mehr da, und für mich allein lohnt sich die Schufterei in der Scheune nicht mehr."

Wir starrten ihn überrascht an, obwohl eigentlich nichts Verwunderliches an dem war, was er gesagt hatte.

„Brauchst du irgendwas davon für deine Herde, Josch? Hab' 'ne erstklassige Milchkuh dabei. Hat schon dreimal Zwillinge gehabt in den fünf Jahren, seitdem sie kalbt."

Das klang vielversprechend. Ich nickte.

„Ich schau' sie mir gern mal an", versprach ich.

„Hab' auch 'ne prima Zuchtsau. Neun Ferkel pro Wurf im Durchschnitt. Sie ist zwar groß, aber nicht tolpatschig. Hat sich noch nie auf eins von den Ferkeln gesetzt. Weißt du, 'ne große Sau läßt sich manchmal einfach mitten auf die Ferkel plumpsen. Diese hier nicht. Die schiebt sie erst alle zur Seite, bevor sie sich hinlegt."

Das war durchaus bemerkenswert, fand ich. Wieder nickte ich.

„Kannst jederzeit vorbeikommen, Josch. Schau dir an, ob was für dich dabei ist. Würd' die Tiere lieber an dich verkaufen, als sie zum Schlachthof zu geben."

Als Herr Turley sich erhob, stand ich auch auf.

„Und Sie wollen wirklich alle Tiere verkaufen?" fragte ich. Irgendwie konnte ich das kaum glauben.

Er seufzte tief.

„Ja“, antwortete er schließlich. „Trage mich schon länger mit dem Gedanken. Hab’ einfach keine Lust, bei Wind und Wetter draußen im Stall zu schuften. Jetzt, wo die Tiere vom Sommergras gut im Futter sind, ist die beste Zeit zum Verkaufen. Ich verkauf’ sie nach und nach, und bis zum Herbst bin ich sie dann los.“

„Klar“, nickte ich. „Klar. Ich komm’ rüber, sobald ich Zeit habe.“

„Kein Grund zur Eile“, sagte Herr Turley. „Komm, wenn du mit der Aussaat fertig bist.“

Dann gab er Mary einen Kuß auf die Wange, bedankte sich bei Opa für die Einladung zum Essen und nahm seinen Hut.

Der Mann tat mir unendlich leid. Ich war froh, daß draußen noch Arbeit auf mich wartete. Wenigstens hatte ich ’ne Beschäftigung und mußte nicht dauernd Marys betrübten Blick aushalten.

Als ich vom Stall wieder ins Haus kam, hatte Mary die große Kiste auf den Küchentisch gestellt und wickelte gerade einen blanken Gegenstand aus, um ihn Matilda zu zeigen.

„Ooooh!“ hörte ich Matilda hauchen. „Das ist ja wunderschön!“

„Ja, das finde ich auch“, sagte Mary leise. „Schon als kleines Mädchen habe ich die Stücke immer bestaunt. Sie standen in Mamas Vitrine, und ich hab’ oft davor gestanden und sie einfach nur angeguckt. Mama hat mir nie erlaubt, sie anzufassen. Sie wollte keine Fingerspuren darauf haben. Als ich dann älter war, hat Mama mir beigebracht, wie man behutsam damit umgeht. Ich durfte sogar jedes Teil polieren.“

„Wie viele Teile hat das Service denn?“ fragte Matilda.

„Ein großes Tablett, ein kleineres Tablett, Kaffeekanne, Teekanne, Sahnekännchen, Zuckerdose, Zuckerlöffel und Kuchenheber.“

„Wunderschön sind sie, jedes Teil für sich!“ schwärmte Matilda.

Ich sah zu, wie Mary liebevoll mit der Hand über das silberne Service strich.

„Papa hat einen Zettel in Mamas Bibel gefunden", erklärte sie mit Tränen in den Augen. „Darauf stand, daß ich das Silber bekommen sollte. Die Bibel hat sie Mike hinterlassen, Lilli hat ihre Rubinbrosche bekommen und Faye das Porzellan."

„Oooh!" staunte Matilda. Wahrscheinlich hätte sie am liebsten zu Mary gesagt, wie glücklich sie sich schätzen konnte, aber angesichts der Lage war eine solche Bemerkung wohl kaum angemessen.

Wir brauchten nicht zu rätseln, wie sehr Mary an ihrem Silberservice hing. Nachdem sie jedes Teil einzeln angeschaut hatte, polierte sie das ganze Service noch einmal sorgfältig. Dann schickte sie sich an, die Teile behutsam wieder in die weichen Stofflappen einzuwickeln, in denen sie verpackt gewesen waren, und legte sie mit tränenfeuchten Augen wieder in die Kiste zurück.

Opa räusperte sich.

„Wie wär's, wenn du sie da in den Eckschrank stellst", schlug er vor, „wo du sie jederzeit sehen kannst?"

Mary zögerte, warf einen Blick auf den Eckschrank und ging dann zu Opa, um ihm kurz in die Arme zu nehmen. Ich weiß nicht, was sie ihm zuflüsterte, aber um Opas Schnurrbart zuckte es ein wenig, und dann räumte Mary einen Platz für ihr Service auf dem mittleren Regalbrett frei. Dort sah das Silber wirklich hübsch aus, und es verlieh unserer Farmküche einen Hauch von Eleganz.

Wir hatten uns wohl alle bald an den Anblick gewöhnt, aber ich sah Marys Blick öfters in die Ecke schweifen. Einmal, als Tante Lou zu Besuch kam, benutzte sie das Service sogar, und an dem Sonntag, als Onkel Charlie Geburtstag hatte, schenkte sie uns zum Geburtstagskuchen den Kaffee aus der glänzenden Kaffeekanne ein. Sarah war begeistert.

„Woher hast du das, Tante Mary?" wollte sie mit leuchtenden Augen wissen. Marys Augen leuchteten nicht weniger, als sie antwortete: „Es hat einmal meiner Mama gehört."

„So was Hübsches hab' ich ja noch nie gesehen!" fuhr Sarah fort. „Woher hatte deine Mama es denn?"

„Ihre Großmutter hat's ihr vererbt. Die hatte es zur Hochzeit von einer älteren Frau bekommen, bei der sie angestellt war. Mama hat mir erzählt, daß alle wie vom Donner gerührt waren. Die alte Frau war eigentlich immer nur griesgrämig und furchtbar geizig gewesen, und so ein schönes Geschenk hatte niemand je von ihr erwartet."

Mary lachte leise. Zum ersten Mal seit langem hörte ich sie lachen. Sie lächelte zwar oft und aufrichtig, aber richtig gelacht hatte sie lange nicht mehr. Mit dem sanften Lachen hob sich eine schwere Last von meiner Seele. Ich sah mich in der Runde um und fragte mich, warum nicht auf der Stelle ein Fest gefeiert wurde, aber außer mir hatte anscheinend niemand bemerkt, daß Mary wieder lachte.

Aber ich steckte mir den Klang dieses Lachens tief in die Taschen meiner Erinnerung, um ihn in den nächsten Tagen immer wieder hervorzuholen.

Sobald ich mit der Aussaat fertig war, ritt ich zu Herrn Turley. Ich kaufte ihm die Kuh ab, von der er gesprochen hatte, und dazu zwei ihrer Kälber. Ich kaufte auch die Sau mitsamt ihrem letzten Wurf. Da die Sau vorerst nicht bewegt werden durfte, einigten wir uns darauf, daß Herr Turley sie noch ein paar Wochen für mich versorgen würde.

Herr Turley setzte sein Vorhaben in die Tat um und verkaufte alles Vieh, das er besaß. Nachbarn besuchten ihn, um sich Tiere auszusuchen, die sie gebrauchen konnten. Ein Farmer ohne Vieh kam mir sonderbar vor, aber eigentlich hatte man auch schon mit der Feldarbeit genug zu tun, und Mike schien, wie Herr Turley ja schon gesagt hatte, nicht daran interessiert zu sein, je wieder nach Hause zurückzukommen. Das Großstadtleben sagte ihm wohl sehr zu, und er hatte eine Arbeitsstelle gefunden, die ihm gefiel.

Lilli machte einen rastlosen Eindruck. Sie legte in diesem Jahr keinen richtigen Küchengarten an. Mary pflanzte dafür um so mehr an und richtete sich auf eine geschäftige

Einkochzeit ein. Sie holte mehrere Kisten mit Einmachgläsern aus dem Keller ihrer Mutter, um diese für ihren Vater und Lilli zu füllen.

Matilda erwähnte mir gegenüber, daß Mary ihre Schwester Faye vielleicht gern noch einmal vor dem langen, arbeitsreichen Sommer besuchen würde. Ich wußte selbst, daß Mary ihre Schwestern längst nicht oft genug zu sehen bekam.

„Vielleicht läßt sich das einrichten“, nickte ich Matilda zu, als wir müßig auf der Schaukelbank auf der Veranda hin und her wippten.

Zum ersten Mal seit mehreren Monaten hatten wir etwas Zeit füreinander gefunden, und ich machte mir klar, daß bald die Schulferien begannen und Matilda sich für den Sommer von uns verabschieden würde. Insgeheim fragte ich mich jetzt, ob ich mich etwa durch meine Arbeit vom Hofmachen hatte abhalten lassen. „Wenn ich so weitermache, dann werd' ich nie 'n Mädchen zum Heiraten finden!“ warf ich mir vor.

Vielleicht war mir die Angelegenheit inzwischen nicht mehr so dringend, überlegte ich. Wir hatten gehört, daß Will Sanders das Stadtleben vorzog und aus diesem Grund wieder in die Großstadt zurückgekehrt war. Ich muß gestehen, daß ich eine winzige Spur von Schadenfreude verspürte, wenn ich daran dachte.

Matilda riß mich aus meinen Gedanken.

„Du brauchst dich gar nicht weiter darum zu kümmern, Josch“, sagte sie gerade. „Ich kann Mary doch zu Faye fahren.“

Ich wollte gerade widersprechen, als mir einfiel, daß es eigentlich keinen Grund gab, weshalb Matilda das nicht können sollte. Sie beherrschte das Autofahren so gut wie ich. Und außerdem würde Mary sich nicht so zur Eile gedrängt fühlen, wenn ich nicht ungeduldig darauf wartete, endlich wieder zur Stallarbeit nach Hause zu kommen.

Ich nickte, ohne etwas zu sagen, und fragte mich dabei insgeheim, ob ich dafür wohl eine von Matildas spontanen Umarmungen bekommen würde. Ziemlich schamlos überlegte ich schon, ob ich diese dann einfach erwidern sollte. Aber die Umarmung blieb diesmal aus. Im nächsten Moment öffnete sich die hintere Haustür, und Mary trug ein Tablett mit kalter Limonade auf die Veranda.

„Weißt du was?“ quietschte Matilda. „Josch hat erlaubt, daß ich dich mit dem Automobil zu Faye bringe, bevor ich für den Sommer nach Hause fahre.“

In dem Dämmerlicht leuchteten Marys Augen, und ich sah sie lächeln. Sie sagte zwar nichts, aber ihr Blick begegnete meinem, und ich sah ihr Dankeschön darin. Einen Moment lang fragte ich mich, wie es wohl sein mochte, von Mary umarmt zu werden. Und dann fiel mir wieder ein, wie sie mich einmal umarmt hatte, nicht stürmisch und blitzschnell wie Matilda, sondern haltsuchend wie ein Kind, das sich verirrt hat, hilfsbedürftig und verstört. Ich hatte das Gefühl gehabt, ihr Beschützer zu sein. Obwohl es ein trauriger Moment gewesen war, gehörte er zu meinen kostbarsten Erinnerungen. Trotzdem konnte ich mir nicht recht erklären, warum ...

Aber da wurde ich wieder aus meinen Gedanken gerissen.

„Wann sollen wir denn fahren?“ fragte Matilda gerade.

Mary stellte das Tablett ab und reichte uns jedem ein Glas.

„Da bleibt uns nicht viel Auswahl“, erinnerte sie Matilda. „Du hast nur noch sieben Unterrichtstage.“

War die Zeit wirklich so schnell vergangen? Es schien, als hätte das Jahr gerade erst angefangen, und jetzt standen schon die Sommerferien vor der Tür.

„Ja, das stimmt“, seufzte Matilda.

„Am besten suchen wir uns 'nen Tag aus, an dem wir uns nicht wegen der Dunkelheit beeilen müssen“, meinte Mary. „Samstag vielleicht.“

„Samstag“, wiederholte Matilda. „Prima Idee!“ Dann zeigte sie sich von der taktvollen Seite und fragte mich: „Brauchst du den Ford am Samstag, Josch?“

Ich schüttelte den Kopf. Ich hatte noch jede Menge auf dem Feld zu tun.

„Dann fahren wir am Samstag morgen los!" bestimmte Matilda.

Mary schien zu überlegen.

„Das wird vielleicht gehen", sagte sie schließlich. „Ich könnte den Männern das Mittagessen im voraus kochen, und zum Abendessen sind wir rechtzeitig wieder da."

Als Matilda am nächsten Tag zur Schule ging, gab Mary ihr einen Brief an Faye mit. Matilda ließ den Brief von einem ihrer Schüler, der auf dem Heimweg an Fayes Haus vorbeikam, an sie abgeben. Faye schickte eine Antwort zurück, aus der hervorging, daß sie die beiden jungen Frauen also am Samstag zu Besuch erwartete.

Am Samstag morgen holte ich das Automobil aus dem Schuppen, füllte den Tank und prüfte die Reifen. Einer der Reifen war etwas platt, weshalb ich die Pumpe holte und ihn aufpumpte. Dann legte ich die Schlüssel für Matilda auf den Tisch und ging aufs Feld, wo die Bracharbeiten auf mich warteten.

Mitten am Nachmittag wurde ich von einem plötzlichen Regenguß überrascht. Ich sah mir die dunklen Wolken eine Weile an und fuhr dann den Traktor wieder in den Schuppen.

„Hoffentlich sind die Mädchen nicht ausgerechnet jetzt unterwegs!" dachte ich, aber dann hörte der Regen auch schon wieder auf. Als die Mädchen nicht kamen, sorgte ich mich auch nicht weiter um sie und fing mit der Stallarbeit an.

Zur Essenszeit war immer noch nichts von einem herannahenden Automobil zu hören. Ich dachte an Marys ausdrückliches Vorhaben, zeitig zum Abendbrot wieder daheim zu sein, und es ärgerte mich ein bißchen, daß sie uns hungrige Männer vor lauter Schwatzen ganz und gar vergessen hatte.

Ich machte mit der Stallarbeit weiter und war überrascht, als Opa zu mir in den Schweinestall kam. Nachdem wir eine Weile über dies und das geredet hatten, sah er mir ins Gesicht.

„Die Mädchen sind noch nicht zu Hause, Josch."

Das war mir nicht neu. Ich nickte ziemlich verbissen.

„Es ist längst Essenszeit", fuhr Opa fort.

„Dann machen wir uns das Essen halt selbst!" knurrte ich. „Wär' schließlich nicht das erste Mal."

Ich fragte mich, wieso Opa und Onkel Charlie nicht in der Küche waren und genau das taten. Erwarteten sie etwa von mir, nicht nur die Stallarbeit, sondern auch noch das Essen ...

Aber Opa trat mit dem Fuß gegen einen Heuballen; dann begegneten sich unsere Blicke.

„So was ist gar nicht Marys Art, Junge!"

Endlich sickerte es durch meinen begriffsstutzigen Schädel. Opa machte sich Sorgen! Ich warf einen Blick zum Himmel. Es war tatsächlich schon reichlich spät. Ich war derjenige, der sich längst gesorgt haben müßte. Hatte eben nur das Falsche gedacht.

„Ich hol' Chester!" sagte ich und warf den Futtereimer neben dem Schweinepferch auf den Boden. Ich hatte Chester noch nicht fertig gesattelt, als ich Stimmen hörte. Jemand rief meinen Opa. Ich ließ Chester in der Scheune stehen und ging, um nachzusehen, wer da gekommen war und was es für Neuigkeiten gab. Es war einer von den Smiths-Jungen, aber anscheinend hatte er schon mit Opa gesprochen; jetzt wendete er sein Pferd und stob wieder vom Hof.

Ich wollte ihm nachrufen, er solle zurückkommen, aber dann sah ich, daß Opa noch dastand, die Hände haltsuchend am Torpfosten. Ich lief zu ihm. Sein Gesicht trug einen verstörten Ausdruck.

„Die Mädchen ..." keuchte er. „Es hat einen Unfall gegeben. Das Automobil ist umgekippt!"

Endlich erwacht

Ich stand einfach nur da, starrte Opa an und rätselte an seinen Worten herum. Irgendwie begriff ich nicht, was los war.

„W-w-was?" hörte ich mich endlich stottern.

Opa antwortete nicht. Er hielt sich noch immer an dem Pfosten fest und schwankte leicht hin und her, als wehte ein orkanartiger Wind.

Onkel Charlie brachte uns beide wieder auf den Boden der Wirklichkeit zurück. Mit seinen zwei Gehstöcken kam er aus dem Haus gehumpelt, um sich zu erkundigen, was vorgefallen war. Er hatte das galoppierende Pferd gehört und sich gleich Sorgen gemacht. Das konnte ich an seinem Gesicht ablesen, als er jetzt eine Erklärung verlangte.

„Was ist? Ist den Mädchen was passiert?"

„Das ... das Automobil ist umgekippt!" Ich wiederholte die Worte, die ich gerade von Opa gehört hatte, ohne sie selbst zu begreifen. „Der junge Smith ..." Aber mehr wußte ich ja selbst nicht. Ich packte Opa am Arm.

„Was hat er gesagt?" wollte ich wissen.

Opa schüttelte den Kopf, als wollte er dadurch versuchen, einen klaren Gedanken zu fassen. Trotzdem brauchte er einige Minuten, bis er etwas über die trockenen Lippen brachte.

„Er hat gesagt, daß ... daß der Ford umgekippt ist."

„Ich weiß, ich weiß", hörte ich mich voller Ungeduld sagen, „aber sind sie verletzt?"

Mein gesunder Menschenverstand sagte mir, daß Verletzungen in einem solchen Fall sehr wahrscheinlich waren. Ich fing an zu zittern. „Wie ... wie schlimm ..." stotterte ich, aber ich brachte die Frage nicht zu Ende.

„Ich ... ich weiß nicht“, sagte Opa schaudernd. „Der ältere Junge ist los, um den Doktor zu holen. Mehr ... mehr hat er nicht gesagt.“

Jetzt löste ich mich aus der Erstarrung. Ich rannte zur Scheune und rief Opa über die Schulter zu: „Wo sind sie?“

„Bei den Smiths!“ rief Opa zurück, und ich rannte weiter, um Chester aus der Scheune zu holen. Mir war, als wäre mein ganzer Leib in einen Schraubstock geklemmt. Um beide Mädchen war ich außer mir vor Sorge, aber aus meinem Mund kam nur das eine Wort: „Mary!“

Vielleicht hätte mich das nicht überraschen sollen; weiß nicht genau. Wahrscheinlich hätte ich's von Anfang an wissen sollen, aber jetzt, beim Laufen, war mir plötzlich sonnenklar, daß ich's nicht ertragen könnte, wenn Mary etwas ... wenn Mary etwas zugestoßen wäre.

Chester hatte sich nicht vom Fleck gerührt. Er hatte wohl gespürt, daß ich den Sattel noch nicht festgeschnallt hatte. Wenn er auch nur einen Schritt getan hätte, wäre der lose Sattel garantiert zu Boden gefallen. Ich riß ihn einfach von Chesters Rücken und warf ihn beiseite. Für Riemen und Schnallen hatte ich jetzt keine Zeit.

Noch in der Scheune schwang ich mich auf Chesters Rükken und duckte mich unter dem Torbalken. Ich nahm mir nicht mal die Zeit, um den Riegel vorzuschieben, wie Opa es mir beigebracht hatte. Ich gab Chester die Fersen, und los ging's.

Zum ersten Mal in meinem Leben ließ ich Chester eine längere Strecke im Galopp laufen, ohne ihn zu zügeln. Er schien mir anzumerken, wie verstört ich war, und nutzte die Gelegenheit weidlich. Obwohl die Smiths eigentlich nicht weit von uns entfernt wohnten und ich im Galopp ritt, erschien mir die Strecke heute endlos lang.

Am liebsten hätte ich einfach losgeheult, aber ich war vor Angst wie versteinert. Nicht einmal der peitschende Wind trieb mir die Tränen in die Augen. Mein ganzes Wesen war wie gelähmt und eiskalt. Ich wußte nur, daß Mary verletzt war – vielleicht sogar schwer ... vielleicht war sie sogar ... „Schneller! Ich muß zu Mary!“ schrie es in mir.

Als wir den Hof der Familie Smith erreichten, vergaß ich, das Pferd zu zügeln, und beinahe hätten wir die Einfahrt verpaßt. Chester machte eine große Kurve, als ich ihn zum Einbiegen bringen wollte, und wäre beinahe gegen den Zaun gerannt. Das war noch einmal glimpflich abgegangen, aber der um Haaresbreite verhinderte Unfall brachte mich wieder zur Vernunft.

Ich riß Chester herum und brachte ihn unter Kontrolle, als wir auf den Hof ritten. Ich sprang ab und warf die Zügel achtlos über einen Zaunpfosten. Das Pferd des Doktors stand am Koppelzaun. Ich schickte ein Stoßgebet für ihn und die Mädchen zum Himmel, während ich zur hinteren Haustür rannte.

Ich hab' wohl gar nicht erst angeklopft; genau kann ich mich nicht mehr erinnern, aber dann stand ich auf einmal bei den Smiths in der großen Küche. Frau Smith erging sich gerade kopfschüttelnd über den tragischen Unfall.

„... nein, es ist ein Jammer!“ sagte sie gerade. „Und dabei so nette Mädels! Wenn man bedenkt, daß ...“

„Wo sind sie?“ fiel ich ihr ins Wort. Sämtliche Anstandsregeln ließ ich dabei außer acht.

„Der Doktor ist bei ihnen“, antwortete sie, ohne sich von meiner Unhöflichkeit beirren zu lassen.

„Wie ... wie ...“ Aber ich brachte die Frage noch immer nicht heraus.

Frau Smith schüttelte nur den Kopf. Mütterliche Anteilnahme trieb ihr Tränen in die Augen. Ich hielt es nicht länger aus. Am liebsten hätte ich laut geschrien. Frau Smith goß eine Tasse Kaffee ein, und ich wußte genau, daß sie von mir erwartete, mich an den Tisch zu setzen und den Kaffee zu trinken. Ich wandte mich ab und biß mich auf die Unterlippe, um meine Beherrschung nicht zu verlieren. Ich mußte es wissen. Ich mußte endlich Bescheid wissen!

„Wo sind sie?“ fragte ich Frau Smith noch einmal und rang dabei um eine möglichst feste Stimme.

„Die junge Lehrerin, Miss Matilda, ist in Jamies Zimmer“, antwortete sie bedächtig. „Wir dachten, daß ...“

„Wo ist Mary?“ fiel ich ihr wieder ins Wort. Aber darauf bekam ich keine Antwort. In diesem Moment betrat nämlich Herr Smith die Küche. Er ließ sich auf einem Stuhl am Tisch nieder und nahm sich die volle Kaffeetasse. Frau Smith holte eine frische Tasse.

„'ne Schande, Josch, 'ne richtige Schande!“ begann Herr Smith und schüttelte teilnahmsvoll den Kopf. „Hast das Automobil gerade erst neu gekriegt, aber ich fürchte, es hat 'n paar arge Schrammen abgekriegt.“ Beim Anblick des Entsetzens in meinem Gesicht fuhr er hastig fort: „Also, Jamie und ich haben's gleich mit dem Gespann aus dem Graben gezogen. Haben's wieder aufrecht hingestellt, aber das Gestell ...“

Ich war fassungslos. Da lamentierte Herr Smith wegen meines Automobils, während die Mädchen irgendwo in diesem Haus lagen, und zwar in einem Zustand, den ich nur erahnen konnte, und der Doktor sich bemühte, sie wieder zusammenzuflicken.

„Das Auto ist mir egal!“ explodierte ich. Aber das war ungerecht von mir. „Tut mir leid!“ entschuldigte ich mich. „Ich wollte nur ... nur ... Was ist mit den Mädchen? Sie müssen wissen“, erklärte ich und ging auf Herrn Smith zu, „daß ich überhaupt keine Ahnung davon habe, was passiert ist. Wie schwer ...“

„Der Doktor wird bestimmt ...“ begann Frau Smith, aber ich drehte mich nicht einmal zu ihr um.

„Also, vermutlich waren sie auf dem Heimweg“, unterbrach Herr Smith seine Frau, „als der Regenguß losbrach. Die Straße war wohl ziemlich glatt. Du weißt ja, wie das ist.“

Ich nickte, und Herr Smith trank einen Schluck Kaffee.

Mit einem Kopfnicken drängte ich ihn zum Weiterreden. „Der Regen ist doch schon Stunden her!“ dachte ich.

„Also, sie sind von der Straße abgekommen. Das Automobil hat sich überschlagen. Miss Matilda konnte keine Hilfe holen. Wahrscheinlich hat sie 'n gebrochenes Bein – und manche andere Verletzung dazu.“

„Und Mary?“ fragte ich wie betäubt.

„Sie war unter dem Automobil festgeklemmt. Konnte auch keine Hilfe holen."

Unter dem Automobil festgeklemmt? Alles um mich her begann sich zu drehen. Mary war unter das Automobil geraten. Vielleicht war sie ... Womöglich hatte sie ...

„Mary", hörte ich mich wieder sagen, aber diesmal klang es flehend. „Bitte, lieber Gott, laß Mary nicht ..."

„Zu dumm, daß sie so lange da im Regen liegen mußten", sagte Herr Smith gerade. „Auf der Straße sind nicht viele Leute unterwegs. Jamie und ich waren zufällig ..."

Aber jetzt hielt es mich nicht länger. Ich kannte die Spielregeln: Man hatte sich zu gedulden, bis der Doktor mit seinem Patienten fertig war und einem die Erlaubnis gegeben hatte, an das Bett zu kommen. Aber das war Mary! Ich mußte einfach Bescheid wissen, wie's um sie stand.

Ich ging zu der Tür, die zu dem inneren Teil des Hauses führte. Nur aus der Küche kamen Geräusche; sonst war alles still. „Josch", rief Frau Smith hinter mir her, „Josch, du solltest aber nicht ..."

Da war die Treppe. Ich ging nach oben. Links und rechts vom Flur waren mehrere Türen. Vier insgesamt. Wahrscheinlich alles Schlafzimmer. Ich öffnete die erste Tür. Niemand war in dem Zimmer. Ich hastete zum nächsten. Dort war der Doktor. Er beugte sich über das Bett, auf dem jemand still dalag. Ich kam näher, obwohl etwas in mir am liebsten die Flucht ergriffen hätte.

Es war Matilda. Ihre Haare waren feucht und wirr, ihr Gesicht voller blauer Flecken und Pflaster. Ein Bein schaute aus der Decke hervor. Es steckte in einem weißen Verband. Frau Smith hatte wohl mit ihrer Vermutung recht gehabt.

Ich hatte noch nie einen Menschen in einem solchen Zustand gesehen. Matilda sah entsetzlich aus.

Als sie mich erkannte, fing sie an zu weinen.

„Ach Josch, es tut mir ja so leid!" schluchzte sie. „Der Regen ... die Straße war einfach zu ..."

Der Doktor schickte mich nicht aus dem Zimmer. Er trat sogar einen Schritt beiseite, um mir Platz zu machen.

Ich kniete neben Matilda und strich ihr über die wirren Haare.

„Schon gut!" sagte ich heiser. „Schon gut. Weine nicht! Werd nur schnell wieder gesund, ja?"

Am liebsten hätte ich mit Matilda geweint, aber ich konnte nicht. Meine Augen waren immer noch trocken. Mein Hals war trocken. Ich konnte kaum sprechen. Ich strich Matilda nur über die Haare und versuchte, sie zu beschwichtigen.

Allmählich schien sie sich zu beruhigen. Ich stand wieder auf und sah dem Doktor geradewegs ins Gesicht.

„Wie ... wie geht's ..." stotterte ich los.

„Mary?" vollendete er meine Frage.

Ich nickte nur stumm.

„Sie ist in dem Zimmer gegenüber", sagte der Doktor und wandte sich wieder zu Matilda um.

Ich schluckte mühsam und ging wieder auf den Flur hinaus. Die ersten paar Schritte ging ich wie mit Stiefeln aus Blei. Ich bekam kaum einen Fuß vor den anderen, und dann fing ich fast an zu rennen.

Die Tür war zu, und schaudernd drückte ich die Klinke. Matildas Anblick hatte mir ziemlich schwer zugesetzt. Wie würde ich Mary vorfinden? Sie war ... sie war unter dem Automobil festgeklemmt gewesen. Alles in mir sträubte sich dagegen, in das Zimmer zu gehen – aber ich mußte es einfach wissen. Ich mußte zu ihr.

So leise wie möglich öffnete ich die Tür. Eine kleine Lampe auf der Kommode warf ein schwaches Licht auf Marys bleiches Gesicht. Ein Auge war von einem großen weißen Verband bedeckt, und auch der eine Arm, der auf der Bettdecke lag, war verbunden. Mary war mit zwei schweren Flickendecken zugedeckt. „Was verbergen die Dekken?" fragte ich mich. „Sie war unter dem Automobil festgeklemmt ..."

Mein Blick wanderte zu ihrem Gesicht zurück. So aschfahl. So still. Die Augen geschlossen. War sie ... war sie schon tot? Und dann sah ich eine kaum merkliche Regung, fast wie ein Schaudern.

Mit wenigen Schritten war ich bei ihr, kniete neben ihrem Bett und strich ihr sanft über das verletzte Gesicht.

„O Mary, Mary!“ flüsterte ich.

Ihre Wimpern hoben sich. Ihr Blick richtete sich auf mein Gesicht. „Josch?“ fragte sie leise.

„Ich hab' ja solche Angst gehabt“, gestand ich und strich ihr mit der Hand sanft über die Wange. „Ich hab' solche Angst gehabt, dich zu verlieren ... solche Angst, daß ...“

„Mir geht's gut“, flüsterte sie und streckte ihren verbundenen Arm nach mir aus.

„Rühr dich nicht!“ ermahnte ich sie schnell, weil ich befürchtete, sie könnte sich noch mehr Schaden zufügen.

„Mir geht's gut“, flüsterte sie noch einmal.

„Aber ... aber du warst doch unter dem Automobil festgeklemmt ...“

„Durch ein Wunder festgeklemmt“, erklärte Mary und brachte sogar ein schwaches Lächeln zustande. „Ein bißchen hat's mich zwar am Arm erwischt – aber ansonsten war's nur mein Ärmel. Der Doktor sagt, ich hätte schwer Glück gehabt.“

„Du ... du bist gar nicht verletzt?“

Mary bewegte sich und stöhnte.

„Das habe ich nun auch wieder nicht gesagt“, gestand sie, aber als sie das Entsetzen in meinen Augen sah, fügte sie hastig hinzu: „Aber es ist nichts Ernstes und nichts, das nicht wieder heilen würde.“

„Danke, Gott!“ sagte ich und schloß fest die Augen. Dann widmete ich mich wieder Mary. „Ich hatte ja solche Angst, daß ... daß ... Ich wußte nichts von allem, bis Billie zu uns kam ...“

„Tut mir leid, Josch. Wir konnten einfach keine Hilfe holen. Wir konnten euch keinen Bescheid geben. Wir konnten nicht zu einem Nachbarn gehen. Wir konnten nicht mal auf die Straße zurück und ... und euer Abendbrot ...?“

Ich unterbrach sie. Der Gedanke daran, wie ungehalten ich auf unser Essen gewartet hatte, ließ mich schamrot werden. Ich sah auf Marys Gesicht, das so blaß im Lampenlicht auf dem Kissen lag. „Ich hätte's eigentlich von selbst wissen sollen. Hätte mir alles zusammenreimen müssen“, warf ich mir vor. „Wie konnte ich nur so dumm sein!“

„Aber du konntest doch nichts von allem ahnen“, widersprach Mary. „Manchmal kommen wir halt später, als wir vorhatten. Es gibt Dinge, die einen aufhalten. Aber zu spät zum Abendbrot zu kommen ... Kein Mensch konnte wissen, daß wir da im Graben lagen“, erklärte Mary, und ich wußte, daß sie mich damit in Schutz nehmen wollte. Das tat sie immer. Immerzu fand sie eine Entschuldigung für mich, wenn ich etwas Dummes gesagt oder getan hatte.

Ich strich ihr eine Haarsträhne aus der Stirn.

„Vielleicht hab' ich's irgendwie schon die ganze Zeit gewußt“, murmelte ich, „aber dann mußte so etwas passieren, bis mir endlich klar wurde ...“

Mary sah mich fragend an.

„Aber du hattest doch gar nicht wissen können, daß wir den Unfall hatten“, sagte sie.

„Nein“, antwortete ich. „Ich meine mich – uns beide. Ich habe Todesängste ausgestanden, Mary, daß ich dich verlieren könnte, bevor ich dich gewonnen hatte. Ich hatte ja keine Ahnung, bis ... bis ...“ Schaudernd verstummte ich.

„Josch“, sagte Mary leise, aber beharrlich, „wovon redest du denn?“

Ich sah sie an, meine Mary, wie sie da weiß und still in dem fremden Bett lag. „Sie hätte ums Leben kommen können!“ Bei dem Gedanken setzte mir fast der Herzschlag aus. „Ich hätte sie verlieren können. Aber sie ist noch hier ...“

Ich versuchte zu sprechen, aber die Kehle war mir wie zugeschnürt. Mühsam schluckte ich und versuchte es noch einmal, den Blick geradewegs auf Marys Augen gerichtet.

„Ich ... ich liebe dich“, stieß ich hervor. „Vielleicht war das schon immer so ... oder wenigstens schon lange, aber ... aber ich war einfach zu blind, um das zu merken, bis heute. Ich ...“

Aber Marys Flüstern brachte mich zum Verstummen. „Ach, Josch!“ sagte sie leise und berührte meine Wange mit der Hand, und ich sah, wie ihre Augen sich mit Tränen füllten.

Dann kamen auch mir die Tränen, heiße Tränen. Ich legte meinen Kopf an Marys Schulter und weinte mir all die ausgestandenen Ängste der letzten Stunden von der Seele. Mary ließ mich weinen und strich mir nur sanft über den Kopf, die Schultern und den Arm.

Als ich mich wieder gefangen hatte, entschuldigte ich mich nicht für meinen Ausbruch. Irgendwie wußte ich, daß Mary das nicht für nötig halten würde.

„Ich liebe dich", sagte ich noch einmal aus tiefer Überzeugung heraus.

„Gott sei Dank für das Automobil!" sagte Mary mit einem verhaltenen Lächeln.

„Wie?"

„Gott sei Dank für den Ford. Und den Regen. Und die glatte Straße. Und unseren Unfall!" Jetzt lächelte sie strahlend, aber ich begriff kein Wort von dem, was sie da gesagt hatte. Womöglich litt sie an Halluzinationen.

„Ach, Josch!" rief sie mit leuchtenden Augen. „Du weißt ja gar nicht, wie lange ich mich schon danach sehne, diese Worte von dir zu hören!"

„Du meinst ..."

„Ich liebe dich doch schon seit ... seit Urzeiten!" sagte sie leidenschaftlich. „Ich hatte ja solche Angst, daß ich bei dir nie auf Erwiderung stoßen könnte!"

Mir war zumute, als hätte gerade eine gewaltige Explosion in meinem Kopf – oder Herzen – stattgefunden. „Ich liebe Mary. Mary liebt mich!" Sie würde wieder gesund werden. Wir konnten ein gemeinsames Leben beginnen. Ich konnte sie bitten, meine Frau zu werden.

Ich mußte es in Worte fassen – wenigstens zum Teil.

„Du liebst mich also?"

Mary nickte.

„Schon immer", sagte sie nur.

„Und ich liebe dich. So sehr!"

Wieder nickte Mary. Ihre Wangen leuchteten rosig.

„Dann ..." fing ich an, aber plötzlich zögerte ich. Irgendwie wäre das ihr gegenüber nicht gerecht. Langsam schüttelte ich den Kopf.

„Nein“, sagte ich, „das frage ich dich jetzt nicht. Noch nicht. Ich werde dir den Hof machen, wie sich's gehört. Damit du etwas mehr Zeit hast.“

Ein Fragen flackerte in Marys Blick.

„Aber nicht viel Zeit“, beeilte ich mich hinzuzufügen. „Ich könnt's nicht aushalten, lange zu warten, jetzt, wo ich's weiß. Und mach dich auf eins gefaßt: ich werde dich bitten, meine Frau zu werden. Am besten überlegst du dir bald die Antwort!“

„Ach Josch!“ flüsterte Mary.

Der Doktor hätte sich keinen unpassenderen Zeitpunkt aussuchen können. Ich hatte Mary gerade zum ersten Mal geküßt und dabei festgestellt, daß das Küssen eine durchaus angenehme Tätigkeit ist. Weil ich jetzt wußte, daß sie nicht ernsthaft verletzt war, zog ich sie ein wenig näher an mich. Ihre Wimpern flatterten schon in Erwartung des nächsten Kusses, und ihre Arme umschlangen meinen Hals. Ich weiß nicht, ob es das Quietschen der Türangeln oder das „Ähem!“ des Doktors war, was mich aus meiner Traumwelt riß, aber ich wäre dem guten Doktor äußerst dankbar gewesen, wenn er ein paar Minuten später eingetreten wäre.

Wie im siebten Himmel

Unten in der Küche hatten sich inzwischen auch Opa und Onkel Charlie eingefunden, außerdem Onkel Nat. Alle waren sehr besorgt wegen der Mädchen und sprachen nur mit gedämpfter Stimme.

Ich dagegen, ich wäre am liebsten durch die Küche gehüpft und getanzt, wie Pixie sich früher aufgeführt hatte. Kaum zu glauben, daß ich erst vor einer halben Stunde die größte Angst meines Lebens durchgemacht hatte! Jetzt ging ich wie auf Wolken. Zu gern hätte ich auf der Stelle allen den Grund meiner Freude erzählt – aber ich wußte, daß das jetzt nicht angebracht war. Schon allein, weil Mary nicht dabeisein konnte. Trotzdem war mir beinahe schwindlig vor Freude über meine soeben entdeckte Liebe. Ich spürte mehrere Augenpaare auf mir und fragte mich, ob sie mir womöglich bis ins Herz sehen konnten. Nur mühsam behielt ich die Fassung.

„Es geht ihnen gut“, berichtete ich so lässig, wie ich nur konnte. „Beiden. Sie haben nur ’n paar Kratzer und blaue Flecken und ein gebrochenes Bein abgekriegt.“

Das war zwar nicht unbedingt das, was man unter „gutgehen“ versteht, aber die übrigen schrieben das gewiß meiner Erleichterung zu.

„Gott sei Dank!“ sagte Opa, und Onkel Nat schloß sich an. Dann neigten wir alle den Kopf zum Gebet, und Onkel Nat dankte Gott für seine Bewahrung. Kaum hatte er geendet, als ich auch schon mit Fragen bombardiert wurde.

„Dann hat Miss Matilda also tatsächlich das Bein gebrochen?“ vergewisserte Herr Smith sich mit einem vielsagenden Blick in die Runde.

Ich nickte.

„Und was noch?“ wollte Opa wissen. „Wo ist sie noch verletzt? Ist es schlimm?“

„Nur ein paar Schrammen und blaue Flecken. Nichts, was nicht bald wieder heilen würde. Hat sich Sorgen wegen des Automobils gemacht.“ Ich fand es immer noch unglaublich, daß Matilda überhaupt einen Gedanken daran verschwenden konnte, wo uns doch einzig und allein an der Gesundheit der beiden Mädchen lag.

„Und Mary?“ fragte Onkel Charlie. Seine Stimme zitterte ein wenig.

Schon beim Klang ihres Namens machte mein Herz einen Sprung, und ich hätte wetten mögen, daß ich puterrot anlief.

„Der geht's gut, wirklich gut.“ Sosehr ich mich auch bemühte, ich konnte meine Freude nicht verbergen. „Sie hat ... sie hat auch 'n paar Schrammen ... eine über dem Auge und eine am Arm. Jede Menge blaue Flecken, aber keinen einzigen gebrochenen Knochen!“ Vor lauter Anspannung und Sorge merkte niemand etwas von meinem Feuereifer. Keiner warf mir den schrägen, fragenden Blick zu, den ich eigentlich verdient hätte. Alle waren nur einfach erleichtert und froh und wechselten dankbare Blicke untereinander.

„Aber das Automobil hatte sie doch unter sich begraben“, beharrte Herr Smith, der die übrigen vermutlich gewarnt hatte, in Marys Fall sei durchaus das Schlimmste zu befürchten.

„Der Doktor meint, sie hat riesiges Glück gehabt“, erklärte ich. „Eigentlich hatte's nur ihren Ärmel erwischt. Ihr Arm hat zwar eine Quetschung abgekriegt, aber es hätte viel, viel schlimmer ausgehen können.“

Wieder erhob sich ein allgemeines Gemurmel.

„Jetzt setzt du dich aber erst einmal her und trinkst 'ne Tasse Kaffee, Josch!“ hörte ich Frau Smith sagen. „Du bist ja fast so bleich wie 'n Gespenst!“

Sämtliche Augenpaare richteten sich auf mich. Und dann geschah etwas äußerst Sonderbares. Plötzlich fing alles um mich an, sich wie ein Karussell zu drehen. Ich spürte, wie ich mich mitdrehte. Entweder drehte ich mich zu schnell oder nicht schnell genug; jedenfalls wollte ich zu dem Stuhl gehen, den Frau Smith mir angeboten hatte, aber meine Füße gehorchten mir nicht. Außerdem war der Stuhl plötzlich an einer ganz anderen Stelle. Ich wußte nicht, was mit mir los war.

Ich glaube, Onkel Nat fing mich auf; genau weiß ich's nicht. Ich kam erst auf Frau Smiths Sofa wieder zu mir. Der Doktor hatte sich über mich gebeugt. Ich sah lauter Gesichter über mir. Es dauerte eine Weile, bis mir klargeworden war, was passiert war, und dann hätte ich vor Beschämung im Boden versinken mögen. Schließlich waren es die Mädchen gewesen, die den Unfall gehabt hatten, und wer wurde hier ohnmächtig? Ich!

Ich wollte mich aufrecht hinsetzen, aber der Doktor hinderte mich mit der Hand daran.

„Immer mit der Ruhe, Josch!“ sagte er. „Du hast heute abend schon allerhand durchgemacht.“

Bildete ich es mir nur ein, oder versteckte sich da ein Schmunzeln in seiner Stimme? Schlagartig fiel mir wieder ein, wobei er mich vorhin oben in dem Schlafzimmer überrascht hatte, und ich spürte, wie ich rot wurde. Das schien aber niemandem aufzufallen.

„Frau Smith bringt dir gleich heiße Brühe und etwas Brot“, sagte der Doktor. „Wahrscheinlich hast du noch keinen Bissen Abendbrot gehabt.“

Um nichts in der Welt hätte ich mich wie ein Kind füttern lassen, aber die Anweisung des Doktors, mich ganz langsam aufzusetzen, befolgte ich gehorsam. Dann löffelte ich die heiße Brühe und aß das Brot dazu. Bald lichtete sich der Nebel in meinem Kopf, und ich konnte wieder klar denken. Zugleich kehrte auch die Erinnerung an meine große Entdeckung wieder, und ich konnte meine Freude nur mühsam verbergen.

Sobald ich den Doktor davon überzeugt hatte, daß ich wieder ganz der alte war, stand ich auf.

„Darf ich Mary ... die Mädchen noch einmal besuchen?“ fragte ich.

„Matilda schläft schon; Mary womöglich auch. Ich hab'

ihr ein Beruhigungsmittel verabreicht. Du kannst kurz bei ihr hineinschauen, aber nur für 'ne Sekunde, hörst du?"

Daß er dabei mit den Augen gezwinkert hatte, war mir nicht entgangen. Errötend nickte ich und ging zur Treppe.

Mary schlief schon fast, als ich leise an ihre Bettkante trat.

„Der Doktor hat mir erlaubt, dir gute Nacht zu sagen", flüsterte ich. „Aber lange darf ich nicht bleiben."

Marys verträumtes Lächeln rührte bestimmt eher von dem Schlafpulver als von meiner Gegenwart her.

„Wie fühlst du dich denn?" fragte ich und nahm ihre Hand in die meine.

„Schläfrig", murmelte sie.

„Du wirst mir ja wohl keinen Rückzieher machen, oder?" spaßte ich. „Hast's dir doch nicht etwa anders überlegt, nachdem du Zeit zum Nachdenken hattest?"

Mary versuchte zu lächeln, aber es wurde nur der schläfrige Anflug eines Lächelns daraus. Mühsam hielt sie die Augen offen und umfaßte meine Hand.

„So leicht kommst du mir nicht davon, Josch!" gab sie zurück. „Ich werde dich nämlich beim Wort nehmen."

Ich beugte mich vor und küßte sie.

„Ich liebe dich, Mary!" sagte ich ihr noch einmal. „Das wird sich niemals ändern!"

Sie regte sich und versuchte noch ein Lächeln. Der Schlaf hatte sie beinahe übermannt.

Ich kniete mich neben ihr Bett, den einen Arm um ihren deckenumhüllten Körper gelegt und mit der anderen Hand die ihre umfassend.

„Schlaf nur ein!" flüsterte ich. „Ich bleib' bei dir, bis du fest schläfst."

Sie drehte mir den Kopf zu, so daß ihre Wange an meiner ruhte, und seufzte zufrieden. Kurz darauf verrieten mir ihre regelmäßigen Atemzüge, daß sie eingeschlafen war. Ich gab ihr einen Kuß auf die Stirn und stand auf.

Sie schlief so friedlich, so schön. „Sogar mit ihren Verbänden und Schrammen ist sie das … das hübscheste Mädchen der Welt, meine Mary!" dachte ich. Ich konnte es kaum erwarten, bis sie wieder gesund war und ich ihr den Hof machen konnte, wie sich's gehörte.

„Gute Nacht, Mary!" flüsterte ich. Und nachdem ich mich vergewissert hatte, daß der Doktor nicht etwa an der Tür lauerte, probierte ich ein Wort aus, das ich noch nie gesagt hatte, nur um zu versuchen, wie's klang.

„Gute Nacht, mein Liebling!"

Es klang gar nicht schlecht.

Matildas Eltern borgten sich ein Automobil und kamen, um sie nach Hause zu holen, wo ihre Mutter sie pflegen konnte. Da es ohnehin nicht mehr lange bis zu den Sommerferien war, wurden die Kinder einfach etwas früher als sonst entlassen.

Mary ging zu ihrem Vater und ihrer Schwester Lilli nach Hause. Ich vermißte sie zwar arg, aber was das Umwerben betraf, war es wesentlich einfacher so. Wie sollte man nämlich einer jungen Dame seine Aufwartung machen, die im gleichen Haus wie man selbst wohnt? Und außerdem meinte Mary, daß es auf diese Weise nicht soviel Gerede unter den Leuten geben würde. Daran hatte ich überhaupt noch nicht gedacht, aber wenn es Mary so lieber war, dann würde ich mich gern fügen und während der Sommermonate auf ihre Anwesenheit bei uns verzichten.

Als meine Verwandten und Freunde erfuhren, daß ich Mary nun nach allen Regeln der Kunst den Hof machte, mußte ich allerhand an Scherzen über mich ergehen lassen. Nicht, daß mir das etwas ausgemacht hätte – ganz im Gegenteil: ich genoß es eigentlich sehr. Und Mary schien sich auch nicht daran zu stören. Es war einfach prima, als „Pärchen" zu gelten. Wir gehörten schließlich auf eine ganz besondere Weise zueinander.

Den Ford bearbeitete ich mit einem Hammer und einem Holzklotz. Vollkommen bekam ich ihn zwar nicht wieder hin, aber wenigstens stand er anschließend wieder auf vier Rädern und ließ sich fahren. Ich kaufte sogar etwas Farbe für die Kratzer im Lack, aber so wie früher glänzte der

Wagen nicht. Ich gebe zu, daß mir sein Anblick nicht sonderlich zusagte, aber zu meinem eigenen Erstaunen machte mir das nicht halb so viel aus, wie ich befürchtet hatte. Und außerdem, so besann ich mich, hat der Unfall Mary und mich schließlich zusammengeführt.

Während Marys Abwesenheit übernahm Onkel Charlie wieder das Regiment in der Küche. Seine Kochkünste hatten merklich nachgelassen. Zuweilen war ich versucht, mich darüber zu beschweren, aber andererseits nahm ich ohnehin kaum wahr, was ich überhaupt aß. Ich war viel zu sehr damit beschäftigt, an Mary zu denken!

Jeden Tag, an dem ich mit der Arbeit rechtzeitig fertig wurde, fuhr ich mit meinem demolierten Ford los, um sie zu besuchen. Ich brachte ihr Feldblumen mit, von denen ich wußte, daß sie ihr besonders gefielen. In der Stadt kaufte ich ab und zu eine Kleinigkeit, über die sie sich freute. Ich erntete das Gemüse aus ihrem Garten und beförderte es zu ihr, damit Lilli und sie es einkochen konnten. Ich steckte eins der jungen Kätzchen, kaum, daß es entwöhnt war, in meine Hemdtasche und überraschte Mary damit. Ich erzählte ihr, was es bei Opa und Onkel Charlie an Neuigkeiten gab, und brachte ihr Zeitungsausschnitte aus der Sparte Farmwirtschaft und Gartenbau mit. Und wir unterhielten uns stundenlang miteinander, einfach nur so: über unsere gemeinsame Zukunft, unsere Träume, unsere Ziele, und lernten einander dabei immer besser kennen.

Ich hoffte auf eine Hochzeit im Herbst, gleich nach der Ernte und der Herbstarbeit. Aber davon hatte ich Mary noch nichts gesagt. Ich wollte mit meinem Heiratsantrag den richtigen Zeitpunkt abwarten, vielleicht Anfang August, nach der Heuernte und vor der Getreideernte. Das würde mir genug Zeit lassen, nach einem Ring Ausschau zu halten, vielleicht sogar in Crayton. Und auch Mary würde dann ausreichend Zeit für ihre Hochzeitsvorbereitungen haben, wenn sie mir erst ihr Jawort gegeben hatte.

Aber zuerst mußte ich bei Marys Vater um ihre Hand anhalten. Große Sorgen machte ich mir deswegen nicht. Ich war mir ziemlich sicher, daß Herr Turley nicht zögern würde, uns seinen Segen zu geben. Etwas Ähnliches hatte er ja schon mehr als einmal angedeutet. Trotzdem hatte ich mir vorgenommen, bei meiner Brautwerbung nach allen Regeln der Tradition und Höflichkeit vorzugehen.

Ich hoffte inständig, mit der Farmarbeit zügig voranzukommen, damit ich Mary möglichst oft besuchen könnte und wir die Hochzeit nicht wegen zusätzlicher Herbstarbeiten hinausschieben müßten. Alles klappte vorzüglich, bis der Juli zur Hälfte vergangen war. Ich hatte wie ein Besessener Heu gemäht, damit ich sobald wie möglich die nächste Arbeit in Angriff nehmen konnte. Je eifriger ich mich ins Zeug legte, desto schneller vergingen die Stunden bis zum nächsten Wiedersehen mit Mary.

Aber dann fing es an zu regnen. Beim Anblick der grauen Wolkenwand ahnte ich schon, daß es sich hier um mehr als nur einen kurzen Schauer handelte. Zähneknirschend steuerte ich den Traktor durch das Tor und in den Schuppen. Ich warf noch einen Blick auf den Himmel. Die dunklen Wolken hingen dicht und lückenlos ineinandergeballt über mir.

Wütend schlug ich mit der Faust auf das Lenkrad. „Jetzt macht uns doch das dumme Wetter einen Strich durch die Rechnung!“ ärgerte ich mich.

Schlechtgelaunt erledigte ich die Stallrunde und kam zum Essen ins Haus. Onkel Charlie setzte uns seinen faden Gemüseeintopf vor. Schon wieder! Wenn ich da an Marys Kochkünste dachte: den Schweinebraten, die Butterhörnchen, die Soßen! Aber dann fiel mir auf, daß auf der Anrichte große Stücke Pfirsichtorte standen.

„Woher kommt denn die Torte?“ fragte ich. Daß Onkel Charlie sie nicht gebacken hatte, wußte ich, ohne erst fragen zu müssen.

„Mary hat sie mitgebracht. Sie war hier, um ihre rote Bete zu ernten.“

Mary war also hier gewesen und hatte nicht einmal auf mich gewartet!

„Eigentlich wollte sie dir was zu essen aufs Feld bringen, aber dann zog sich der Himmel zu, so daß sie schleunigst wieder nach Hause mußte“, erklärte Opa.

Ich nickte und regte mich wieder etwas ab.

Ich aß den Eintopf und dachte dabei unablässig an die Torte. Sie schmeckte genauso gut, wie ich es mir vorgestellt hatte. Mit jedem Bissen wuchs meine Sehnsucht nach Mary, nicht nur wegen der Torte. Die erinnerte mich ja nur daran, wie sehr mein Mädchen mir fehlte.

Nach dem Essen hatte ich nichts Besonderes vor. Ich half beim Geschirrspülen. Dabei fiel mir auf, wie ungepflegt der schwarze, gußeiserne Herd aussah. Dann startete ich einen ungeschickten Versuch, einen Riß in meiner abgetragenen Latzhose zu flicken. Ich nahm mir eine Farmzeitschrift zur Hand, aber die Worte wollten mir einfach nicht in den Kopf. Schließlich gab ich auf. Ich hob Pixie auf und ging nach oben in mein Zimmer. Aber schlafen konnte ich nicht. Immerzu dachte ich nur an Mary. Pixie schien mir anzumerken, daß mir eine Laus über die Leber gelaufen war. Sie leckte mir die Hand und winselte leise.

„'tschuldige, altes Haus!" sagte ich und schluckte meinen Zorn hinunter. „Sie fehlt mir halt einfach so! Ich weiß, die ganze Sache mit dem Hofmachen sollte eigentlich was ganz Besonderes sein, aber wenn wir uns das gespart hätten, dann wär' sie jetzt, wo sie hingehört: hier bei uns. Ich weiß nicht, wie lange ich das Rumsitzen und Warten noch aushalte!"

Nicht, daß ich Pixie etwa gleichgültig gewesen wäre, aber sie war nun einmal im fortgeschrittenen Alter. Sie schien wohl zu meinen, daß ihr eine ungestörte Nachtruhe zustand, selbst wenn mir diese vorenthalten bleiben mußte. So leckte sie mir nur kurz das Gesicht und zog sich dann auf ihren Stammplatz am Fußende meines Bettes zurück.

Und ich lag da im Dunkeln, gekränkt und einsam, und verspürte eine ohnmächtige Wut auf den Regen, der da unaufhaltsam auf das Dach über mir trommelte. „Alles werden wir verschieben müssen, einfach alles!" dachte ich in meinem Zorn. „Jetzt muß ich noch länger auf Mary warten!"

Am nächsten Tag regnete es immer noch. Ich hätte Mary gern besucht, aber bei meiner miesen Laune hielt ich das nicht für ratsam.

Den ganzen Abend lang blies ich Trübsal. Ich weiß gar nicht, wie Opa und Onkel Charlie es nur mit mir aushielten. Endlich rief ich Pixie und ging zu Bett.

Sie schien nicht gerade viel Mitleid mit mir zu haben. Wahrscheinlich war sie der Meinung, daß mein Kummer sie nichts anging. Nachdem sie mir kurz das Gesicht geleckt hatte, kroch sie langsam ans Fußende und ließ sich mit einem tiefen Seufzen dort nieder.

Ich lag da und horchte auf den Wind und den Regen und haßte beides und meine miese Stimmung noch obendrein. Schlafen konnte ich nicht. Unruhig wälzte ich mich hin und her und schwitzte und fror abwechselnd. Endlich gingen auch Opa und Onkel Charlie zu Bett. Ich sah den Lichtschimmer hinter meiner Türritze vorbeiziehen, dann lag ich wieder in völliger Dunkelheit da. Jetzt hielt ich es nicht mehr aus. Ich stieg aus dem Bett und zog meine Hose an, schlüpfte in mein Hemd und griff nach meinen Socken und Schuhen. Barfuß konnte ich leiser die Treppe nach unten gehen.

Ich hörte, wie Pixie sich regte und winselte, als ob sie sich fragte, was in aller Welt ich nur vorhaben mochte, aber ich machte nicht einmal lange genug halt, um ihr über den Kopf zu streichen. Ich hielt es nämlich keine Minute länger aus. Ich mußte zu Mary – jetzt!

Gemeinsame Zukunft

Ich besaß nicht einmal die Geistesgegenwart, meine Öljacke überzuziehen. Kaum am Stall angekommen, war ich schon bis auf die Haut durchnäßt. Das Wasser rann mir von der Hutkrempe in den Kragen. Der Wind zerrte an meiner Stalljacke und peitschte so heftig, daß mir die Hose an den Beinen klebte.

Bei diesem Wetter wagte ich es nicht, mit dem Automobil zu fahren. Chester war draußen auf der Koppel; er hielt sich nur selten in der Nähe des Stalls auf. Ein anderes Pferd stand aber an den Zaun gedrängt da, den Rücken in Windrichtung und den Kopf gesenkt. Ich rief es und öffnete die Stalltür. Das Pferd trottete dankbar auf die Scheune zu, wo es sich vor Wind und Regen in Sicherheit wußte.

Ich kam mir beinahe wie ein Verräter vor, als ich dem ahnungslosen Tier das Zaumzeug anlegte, anstatt ihm einen Sack Hafer zu geben. Barney wehrte sich zwar nicht, aber seine Enttäuschung war bestimmt groß.

Ich mußte ihn Schritt für Schritt vorantreiben. Wie ich vermutet hatte, war die Landstraße aufgeweicht und voller Schlammfurchen, und Barney war längst nicht so trittsicher wie Chester. Obendrein war die Nacht wegen der dichten Wolken so pechschwarz, daß man kaum die Bäume am Straßenrand erkennen konnte.

„Warum bin ich nicht gleich zu Fuß gegangen?“ brummte ich, während wir durch den Lehm voranstapften, aber im Grunde genommen wußte ich genau, daß das Pferd sich besser durch den Schlamm vorankämpfen konnte als ich.

Bei Turleys brannte kein Licht mehr. Alle waren bestimmt längst zu Bett gegangen. Das vernünftigste wäre gewesen, das Pferd zu wenden und wieder nach Hause zu reiten, wie sich's gehörte. Aber das konnte ich nicht. Ich brachte es einfach nicht fertig. Ich mußte Mary wiedersehen, und zwar sofort.

Ich warf Barneys Zügel um einen Zaunpfosten. Sogar das kurze Wegstück über den Hof verlangte mir wahre Kunststücke ab. Ich rutschte und schlitterte durch den Schlamm. Vor Kälte klapperten mir die Zähne; ich war von Kopf bis Fuß durchnäßt. Wahrscheinlich würde ich mir den Tod holen, aber das war im Moment nicht so wichtig.

Anstatt an die Tür zu klopfen, womit ich die ganze Familie aus dem Schlaf gerissen hätte, ging ich geradewegs zu Marys Fenster. Ich pochte mit den Fingern an die Glasscheibe und hoffte, daß sie davon aufwachen würde.

Fast augenblicklich wurden die Fensterläden aufgestoßen und der Vorhang zur Seite gezogen.

„Wer ist da?" rief Mary leise.

Plötzlich kam ich mir wie der größte Dummkopf aller Zeiten vor. In meinem Kopf überschlugen sich Vorwürfe und Ängste: „Was in aller Welt hab' ich jetzt angerichtet? Was wird Mary nur von mir denken? Und ihr Vater erst? Was wird der jetzt von mir halten?" Wenn er je bereit gewesen war, uns seinen Segen zu geben, so hatte ich mir jetzt seine Gunst bestimmt ein für alle Male verscherzt. Am liebsten wäre ich losgerannt, um mich zu verstecken, aber das konnte ich nicht. Ich brachte es einfach nicht fertig. Ich mußte Mary unbedingt wiedersehen.

„Ich bin's ... Josch", sagte ich so deutlich und leise, wie's nur irgend ging, damit Mary mich hörte, aber nicht ihr Vater.

„Was ist denn los? Ist etwas passiert?" fragte sie angstvoll. Erst jetzt machte ich mir klar, daß sie natürlich eine Katastrophe vermuten mußte.

„Nein. Nein, gar nichts!" versicherte ich ihr schnell. „Ich ... ich wollte dich nur einfach wiedersehen, weiter nichts."

Mary zögerte einen Augenblick.

„Komm an die Tür!" wies sie mich an. „Ich mache dir sofort auf."

Tatsächlich erschien sie auf der Stelle an der Tür. Sie trug einen warmen Morgenmantel. Kaum hatte sie mir die Tür geöffnet, da stieß sie auch schon einen leisen Schrei aus.

„Aber Josch, du bist ja klatschnaß! Du wirst dir noch den Tod holen!“

Das konnte ich nicht leugnen; deshalb zuckte ich nur mit den Achseln.

„Zieh deine Schuhe und Strümpfe aus!“ befahl sie mit einem beträchtlichen Maß von Autorität in der Stimme. „Und die Jacke auch!“ fügte sie hinzu. „Ich komme gleich wieder!“

Ich legte den triefenden Hut ab und befreite mich von der regennassen Jacke. Dann zog ich die durchgeweichten Schuhe und die feuchten Strümpfe aus. Betroffen stellte ich fest, welch einen See ich auf dem Turleyschen Hausflur hinterließ.

Als ich gerade den letzten Socken ausgezogen hatte, kam Mary mit ein paar trockenen Sachen und einem grob gewebten Handtuch zurück.

„Die stammen von Mike“, erklärte sie. „Geh in sein Zimmer und zieh die übrigen nassen Sachen aus. In der Zwischenzeit koche ich Kaffee.“

„Aber ... aber ich werd' ja 'ne nasse Spur auf dem Fußboden hinterlassen!“ wandte ich ein.

„Eine nasse Spur kann ich wieder aufwischen. Und jetzt dalli, dalli!“ drängte Mary.

Ich beeilte mich. Eigentlich machte es großen Spaß, von Mary herumkommandiert zu werden.

Ich brauchte nicht lange dazu, mich abzutrocknen und in die geborgten Sachen zu schlüpfen. Trotzdem fror ich noch, als ich wieder in die Küche kam.

„Dein Vater wird mich skalpieren“, sagte ich mit klappernden Zähnen und hielt die Hände über das neu entfachte Herdfeuer.

„Mein Vater würde nicht mal von einem Orkan wach“, antwortete Mary und stellte die Kaffeekanne auf die Herdplatte.

„Wirklich nicht?“

„Wirklich nicht."

Während ich mich umgezogen hatte, war Mary in ihr Zimmer gegangen und trug nun ein einfaches Kleid. Sie hatte sogar die Zeit gefunden, sich eine Schürze umzubinden. Allerdings fiel mir auf, wenn ich's auch nicht laut sagte, daß sie nicht ihr Sonntagskleid trug, wie sonst, wenn ich zu Besuch kam, und ihr Haar war auch nicht so sorgfältig frisiert wie sonst. Sie hatte es einfach mit einer schlichten Schleife hinten am Kopf zusammengebunden.

„Also, wenn niemandem etwas zugestoßen ist", sagte sie langsam, ohne vom Herd aufzuschauen, „würdest du mir freundlicherweise erklären, was dich zu so nachtschlafender Zeit zu uns führt?"

Ich hielt die Luft an. Hatte da nicht gerade eine Spur von Vorwurf in Marys Stimme gelegen? War sie mir böse? Dazu hätte sie eigentlich allen Grund. Ich wartete. Mary wartete ebenfalls.

„Ich ... ich konnte nicht einschlafen", antwortete ich schließlich kleinlaut.

Mary fuhr zu mir herum. Sie muß wohl geglaubt haben, ich wäre von allen guten Geistern verlassen. Die Narbe auf ihrer Stirn, die sie von dem Unfall zurückbehalten hatte, war noch in dem Lampenschein zu erkennen. Die Narbe erinnerte mich wieder daran, wie nahe ich daran gewesen war, Mary zu verlieren.

„Du ... du konntest nicht *einschlafen*?" fragte sie und wandte sich wieder ab, um einen frischen Holzscheit ins Feuer zu legen und die Kaffeekanne an einen anderen Platz zu schieben.

Wieder herrschte Schweigen.

„Das ist aber kein triftiger Grund, um bei diesem Sudelwetter durch die Nacht zu reiten, Josch", sagte Mary dann leise.

„Das ... das stimmt", gab ich zu. Dann fuhr ich zögernd fort: „Nur, daß ich nicht schlafen konnte, weil ... weil ich dich unbedingt sehen mußte."

Mary trat von einem Fuß auf den anderen, ohne sich zu mir umzudrehen.

„Du … du hast mir so sehr gefehlt“, stotterte ich meine Erklärung zu Ende.

Ich sah, wie Mary die Schultern straffte.

„Das hättest du mir auch zu einem passenderen Zeitpunkt sagen können!“ wies sie mich zurecht.

Sie war mir tatsächlich böse. Mary, die anderen niemals etwas übelnahm; Mary, die immerzu eine Erklärung für die Dummheiten fand, die ich gemacht hatte; Mary, die mich stets in Schutz nahm. Sie war mir böse, und das war sie noch nie gewesen.

Ich saß wie angewurzelt da und wußte nicht, was ich tun sollte. Eigentlich hätte ich niemals kommen dürfen – nicht zu so nachtschlafender Stunde und nicht bei diesem Regen. Ich hatte mich rücksichtslos und dumm benommen. Ich hatte nur an meine Einsamkeit gedacht, nicht an Mary und deren Bedürfnisse und Rechte.

Aber jetzt sprach sie schon weiter, und in ihrer Stimme lag ein Zittern.

„Ich habe gestern den ganzen Abend auf dich gewartet, und heute auch. Ich wußte genau, daß du nichts Wichtiges zu tun hattest. Bei dem Regen konntest du ja gar nicht arbeiten. Aber du bist nicht gekommen. Und da bin ich schließlich …“

Aber ich hörte ihren Worten schon gar nicht mehr richtig zu; statt dessen begriff ich endlich, was sie damit sagen wollte. Mary war mir gar nicht böse, weil ich gekommen war. Sie war mir böse, weil ich *nicht eher* gekommen war!

Ich sah auf ihren geraden, schmalen Rücken mit der sorgfältig gebundenen Schürze, die gereckten Schultern, den Kopf, den sie hoch erhoben trug. Es war genug. Wortlos eilte ich auf sie zu, legte meine Arme um sie und vergrub mein Gesicht in ihren Haaren. Mir kamen die Tränen, wenn ich auch selbst nicht begriff, warum.

„Mary“, flüsterte ich, „ich bin gekommen, weil ich keine Minute länger ohne dich sein konnte. Das Wetter hat mir einen gewaltigen Strich durch die Rechnung gemacht. Ich wollte dich nicht mit meinen Sorgen belasten. Aber ich … ich kann's nicht ertragen, ohne dich zu sein! Ich … ich möchte dich heiraten, und zwar sobald wie möglich. Ich kann's nicht aushalten, von dir getrennt zu sein. Bitte verzeih mir, daß ich so spät gekommen bin, aber ..."

Mary drehte sich in meinem Armen um. Als ich die Augen aufschlug, sah sie mir geradewegs ins Gesicht.

„O Josch!" rief sie. Und ihre Tränen vermischten sich mit meinen, als sie ihre Wange an mein Gesicht legte.

Ich weiß nicht, wie lange ich sie noch umarmt und geküßt hätte, wenn der Kaffeekessel nicht plötzlich übergekocht wäre. Mit einem leisen Aufschrei riß Mary sich los und rettete den Kessel.

„Setz dich!" befahl sie, wischte sich die Augen mit einem Zipfel ihrer Schürze trocken und deutete mit einer Kopfbewegung auf einen Küchenstuhl. Dann beeilte sie sich, die Herdplatte zu säubern und den Kaffee einzuschenken.

Sie setzte sich neben mich und stützte das Kinn kokett auf die Hand.

„So, und wie war das gerade, mein Herr?" spaßte sie. „Mir ist doch, als hätten Sie da eben etwas gesagt ..."

Ich stimmte in ihr Gelächter ein. Dann wurde ich ernster.

„Ich ... ich hab' dich gerade gebeten, meine Frau zu werden, aber ganz und gar nicht auf die herkömmliche Art", gestand ich. „So hatte ich's eigentlich überhaupt nicht geplant. Jetzt hab' ich dir alles verdorben! Ich ... das heißt, ich hatte alles so gut vorbereitet; hatte ganze Stunden damit verbracht, mir die Worte haargenau zurechtzulegen, die ich zu dir sagen wollte. Und jetzt bin ich einfach damit herausgeplatzt." Ich hielt inne und schüttelte den Kopf. „Das tut mir leid", flüsterte ich.

Mary streckte die Hand aus und fuhr damit über meine Wange.

„Leid tut's dir? Daß du mich vermißt hast? Daß du mich liebst?"

„Daß ich dir den Moment verdorben habe, der eigentlich zu deinen schönsten Erinnerungen zählen sollte. Daß ich einfach in etwas reingestolpert bin, das eigentlich viel feierlicher sein sollte."

„Josch", sagte Mary bewegt, und ihre Augen füllten sich

mit Tränen, „mir wurde gerade gesagt, wie sehr ich geliebt werde. Ich bin gebeten worden, den Mann, den ich liebe, zu heiraten und an seiner Seite zu leben – für immer. Josch, schöner hättest du es gar nicht sagen können."

Eine Träne rann über ihre Wange. Ich streckte einen Finger aus und wischte sie fort.

„Ich hab' aber noch gar keinen Ring für dich!" gestand ich.

„Den wirst du schon rechtzeitig besorgen können", nahm sie mich in Schutz.

„Ich ... ich habe nicht mal bei deinem Vater um deine Hand angehalten."

„Der wird sein Einverständnis schon geben."

Ich holte tief Luft.

„Und das ist noch nicht alles", gestand ich. „Ich ... ich möchte nicht warten", platzte ich heraus. „Nicht bis nach der Ernte. Nicht mal einen Monat. Am liebsten nicht mal eine Woche, wenn ..."

Marys Augen weiteten sich.

„Ich weiß, das ist dir gegenüber nicht fair. Es ist eigensüchtig von mir. Aber du willst ja nicht zu uns kommen, bis wir verheiratet sind, und wenn du's tätest, könnte ich das auch nicht ertragen – aber im Ernst, Mary, ich möchte nicht mehr lange mit der Hochzeit warten. Ja, ich weiß, wie unvernünftig das ist; ein Mädchen braucht schließlich Zeit, um ihr Hochzeitskleid zu schneidern und Kissenbezüge zu nähen und alles, was man sonst noch so braucht, aber ..."

„Sonntag?" fiel Mary mir ins Wort.

„Auf einen riesigen, ausgefallenen Kuchen mit Guß und Verzierung können wir eigentlich auch verzichten, und Kissenbezüge haben wir ja schon, und du könntest genausogut das hübsche blaue ..."

„Sonntag?" wiederholte Mary.

Verständnislos zog ich die Stirn kraus.

„Bis Sonntag könnte ich alles geschafft haben, wenn dir das recht ist", erklärte Mary ruhig.

„Sonntag? Welcher Sonntag?"

„Nächsten Sonntag."

„*Nächsten* Sonntag?“

„Heute ist Dienstag“, sagte Mary ausgelassen. „Da bleiben uns Mittwoch, Donnerstag, Freitag und Samstag. Dann kommt Sonntag. Bis Sonntag kann ich alles fertig haben.“

„Bis Sonntag? Bis nächsten Sonntag?“ stotterte ich.

„Du wirst mir doch wohl nicht etwa einen Rückzieher machen wollen, oder?“ spaßte sie.

„Aber natürlich nicht! Ich … ich hatte halt nur gedacht, daß du erst noch …“

„Du hattest mir doch schon vor einiger Zeit verraten, daß du mir eines Tages einen Antrag machen wolltest. Zugegeben, weder der Kuchen noch das Kleid ist fertig – jedenfalls *noch* nicht. Aber Lou hat sich schon erboten, uns den Kuchen zu backen, und einen wunderhübschen Stoff habe ich auch schon, und mit der Nähmaschine geht das Nähen ganz flink. Faye und Lilli werden mir helfen. Das haben sie mir schon versprochen. Und was die Kissenbezüge angeht, Josch – die liegen schon längst fertig genäht und bestickt in meiner Truhe!“

Der unbeachtete Kaffee in unseren Tassen war inzwischen kalt geworden. Ich schob meine Tasse ein Stück beiseite, damit ich sie nicht versehentlich umstieß, während ich meine Arme um Mary legte.

„Sonntag“, grinste ich. „Sonntag also!“ Dann erhob sich ein wahrer Wirbelsturm in meinen Gedanken. Bis Sonntag hatte ich ja noch Berge von Besorgungen zu erledigen. Wie sollte ich das alles nur rechtzeitig schaffen? Als allererstes würde ich morgen früh einen Ring kaufen – nein, zwei Ringe. Dann würde ich … dann würde ich … na, am besten würde ich zu Onkel Nat und Tante Lou gehen. Die würden mir schon sagen können, was ich als nächstes zu tun hatte. In solchen Dingen kannten sie sich besser aus als ich.

Mary regte sich in meinen Armen.

„Und mein Vater?“ sagte sie.

„Du hast doch gerade gesagt, daß der sogar ’nen Orkan verschlafen würde“, erinnerte ich sie.

„Das stimmt zwar“, lächelte Mary und zerzauste mir die

noch feuchten Haare, „aber nicht die Verlobung seiner Tochter. Am besten bearbeitest du deinen nassen Schopf mit einem Kamm, während ich ihn wecke." Sie gab mir einen Kuß auf die Nase und ging.

Allmählich konnte ich wieder klar denken.

„Barney!" brummte ich. „Hab' ja ganz vergessen, Barney zu versorgen!" Ich sah mich in der Küche nach einer Öljacke um, damit ich nicht wieder bis auf die Haut durchnäßt würde. Womöglich hatte Mike kein einziges Kleidungsstück mehr für mich auf Lager.

Ich entdeckte eine Öljacke, die Herrn Turley gehören mußte, und borgte sie mir nur lange genug aus, um das Pferd aus dem Regen zu holen und etwas Heu in die Krippe zu werfen.

Anschließend gelang es mir, meine Haare mit dem Kamm und Mikes abgetragenes Hemd mit der flachen Hand ein wenig zu glätten. An den zu kurzen geratenen Hosenbeinen konnte ich leider nichts ändern. Ich war halt etwas größer als Mike.

Ein paar Minuten später erschien Mary mit ihrem Vater in der Küche. Er wirkte schlaftrunken und etwas verwirrt, während Mary vor Glück strahlte. Sie hatte ihren Kittel gegen das hübsche blaue Kleid vertauscht, von dem ich vorhin gesprochen hatte. Das Haar hatte sie sich sorgfältig hochgesteckt. Jetzt nickte sie mir lächelnd zu. Ich holte tief Luft und ließ meine kleine Ansprache vom Stapel.

„Sir, bitte entschuldigen Sie den unpassenden Zeitpunkt, aber ich möchte ... möchte um die Hand Ihrer Tochter Mary anhalten, Sir. Ich ... ich liebe Mary sehr, und sie ... sie erwidert meine Liebe, Sir, und ..."

Entweder hatte Herr Turley schon genug gehört, oder er wollte einfach nur möglichst schnell wieder ins Bett. Jedenfalls packte er meine Hand und schüttelte sie kräftig.

„Ist mir 'ne Ehre, mein Junge", sagte er heiser. „Ist mir 'ne richtige Ehre." Dann fügte er mit zitternder Stimme hinzu: „Ihre Mutter hätte sich riesig gefreut."

Mary umarmte mich glücklich und rannte dann los, um Lilli zu wecken und ihr die gute Nachricht zu bringen.

In dieser Nacht ging keiner von uns wieder zu Bett, nicht einmal Herr Turley. Wir blieben bis zum Morgengrauen auf. Wegen der Wolken ließ sich die Sonne nicht blicken, aber das bekümmerte mich jetzt nicht mehr. Die ganze Nacht lang redeten wir über die Hochzeit. Bei Tagesanbruch küßte ich Mary zum Abschied, lieh mir Herrn Turleys Öljacke noch einmal aus und ritt auf Barney nach Hause.

Opa und Onkel Charlie waren noch nicht aufgestanden. Dafür hatte Pixie aber schon auf mich gewartet; schnüffelnd und verwirrt dreinschauend begrüßte sie mich an der Haustür.

Ich hob sie auf und drückte sie an mich.

„Du, Pixie“, teilte ich ihr mit, „ich heirate! Nicht bloß irgendwann, sondern am Sonntag. Kommenden Sonntag!“ Dann warf ich alle Vorsicht über Bord und schrie aus Leibeskräften in das stille Haus hinein: „Ich heirate! Am Sonntag! *Nächsten* Sonntag! Hört ihr? Ich heirate! Juchuuu!“

Der große Tag

Ich atmete auf, als der Regen endlich vorbei war. Ich hatte jede Menge Vorbereitungen zu treffen und Besorgungen zu erledigen, was im strömenden Regen höchst unangenehm gewesen wäre.

Trotz allem waren die Straßen voller Schlammlöcher, so daß nicht im entferntesten daran zu denken war, mit dem Automobil zu fahren. Meistens ritt ich deshalb auf Chester, der in dieser Woche viele Liebeserklärungen zu hören bekam – auch wenn diese nicht ihm selbst galten!

Ich weiß nicht, was ich ohne Onkel Nats und Tante Lous Hilfe angefangen hätte. Selbst Opa und Onkel Charlie packten mit an und nahmen mir die Stallarbeit ab. Ihre Freude war fast so groß wie meine eigene.

Ich bat Avery, mein Trauzeuge zu sein. Mit einem dicken Kloß im Hals entschied ich mich für ihn. Ich wußte genau, daß Willi in der Kirche neben mir gestanden hätte, wenn alles anders gekommen wäre.

Mike wäre meine nächste Wahl gewesen, hauptsächlich wegen Mary, aber der gab uns Bescheid, daß er bis zum Sonntag nicht kommen könnte, und schickte Mary und mir seine Glückwünsche. So ging ich schließlich zu Avery, der meine Einladung mit einem breiten Grinsen annahm.

Mary suchte sich Lilli zur Brautjungfer aus, und auch sie schien sich riesig zu freuen.

Wie sie's versprochen hatte, backte Tante Lou den Hochzeitskuchen. Sie trommelte auch ein paar Frauen aus der Kirchengemeinde zusammen, die nach der Trauung ein warmes Essen servieren sollten. Alle boten großzügig ihre Hilfe an, und ich wußte, daß dies zum Teil deshalb geschah, weil Mary keine Mutter mehr hatte.

Sogar Sarah beteiligte sich an den Vorbereitungen.

„Mama hat erlaubt, daß ich die Getränke ausschenke, Onkel Josch", teilte sie mir mit, und ich umarmte sie und versicherte ihr, daß sie ihre Sache ganz bestimmt ausgezeichnet machen würde.

Am Donnerstag machte ich mich auf den langen Weg zur Hauptstadt, um die Ringe zu besorgen, weil es in unserem kleinen Ort nichts Geeignetes für meine Mary gab. Leider waren die Straßen nicht trocken genug für das Automobil, so daß ich mit Chester vorliebnehmen mußte. Sowohl er als auch ich kamen abgekämpft wieder daheim an; trotzdem zog ich mich um und machte mich auf den Weg zu Mary. Chester hatte heute lange genug von seinen Beinen Gebrauch gemacht, fand ich und ging deshalb zu Fuß. Zu den Turleys war's eigentlich nicht weit, wenn man quer über die Weiden ging.

Mary schaute überrascht drein, als sie mir die Tür öffnete.

„Erwartest du etwa jemand anders?" fragte ich spaßend.

„Nein, Josch!" lachte sie und zog mich ins Haus. „Aber dich hatte ich eigentlich auch nicht erwartet. Ich dachte, du wärst viel zu beschäftigt, um mir deine Aufwartung zu machen."

„Das war ich auch", gab ich zurück. „Bin's auch jetzt noch, aber ich dachte, vielleicht hättest du das hier gern vor Sonntag!" Damit hielt ich ihr die kleine Schachtel mit ihrem Verlobungsring entgegen.

Mary stieß einen leisen Freudenschrei aus und streckte die Hand nach der Schachtel aus, aber ich zog sie ihr flink wieder weg.

„Nicht so eilig!" bremste ich sie. „Du hast mir ja noch gar nicht gesagt, was für einen wunderbaren Mann du am Sonntag heiraten wirst!"

„Wenn du nicht auf der Stelle aufhörst, mich bei der Arbeit zu stören, dann gibt's überhaupt keine Hochzeit!" warnte sie mich. „Denk dran: kein Kleid – keine Hochzeit!"

Ich warf einen Blick auf den Tisch, aber Mary hielt mir eine Hand vor die Augen.

„Gucken gilt nicht!" schalt sie. „Du darfst das Kleid vor der Trauung nicht zu sehen kriegen!"

„Dann komm raus auf die Veranda!" schlug ich vor.

„Aber nur ganz kurz!" beharrte Mary und gab vor, sich nicht im geringsten für die kleine Schachtel zu interessieren, als ich sie jetzt zu der Sitzbank auf der Veranda führte.

Sie setzte sich. Ich kniete mich vor sie hin und nahm ihre Hand in meine.

„Mary Turley, willst du meine Frau werden?" fragte ich mit sanfter Stimme und fügte dann mit der Spur eines Lächelns hinzu: „Und zwar gleich nächsten Sonntag?"

Mary streckte die Hand aus, um mir die Haare zu zerzausen, aber dann strich sie mir statt dessen zärtlich über die Wange.

„Das würde mich zum glücklichsten Mädchen der Welt machen!" flüsterte sie, und ihr Lächeln sagte noch mehr als ihre Worte.

Ich nahm ihre Hand und küßte sie. Dann öffnete ich die kleine Schachtel und entnahm ihr den Ring. Behutsam steckte ich ihn an Marys schmalen Ringfinger.

„O Josch!" murmelte sie und betrachtete den Ring; dann hielt sie ihn an ihre Lippen. „Der ist ja wunderhübsch!"

Sie beugte sich vor, um mich zu küssen.

„So, jetzt mach dich aber fix wieder an die Arbeit, damit das Kleid fertig wird!" ermahnte ich sie schmunzelnd. „Am Sonntag will ich keine Pleite erleben!"

Trotzdem blieben wir noch eine Weile auf der Veranda und unterhielten uns über den Stand der Dinge, was die Hochzeitsvorbereitungen betraf. Als ich schließlich wieder nach Hause ging, war es schon dunkel. Während ich im Mondschein über die Felder stapfte, pfiff ich ein Lied vor mich hin. Ich war noch nie so glücklich gewesen. Mary trug jetzt meinen Ring, und Sonntag versprach der schönste Tag meines Lebens zu werden.

Unsere Trauung sollte gleich nach dem Gottesdienst stattfinden. Soweit ich wußte, war alles bereit. Ich würde schon in meinem Hochzeitsanzug zur Kirche kommen. Mary und Lou wollten sich sofort nach dem Gottesdienst umziehen. Das Essen nach der Trauung hatte Lou gemeinsam mit ihren Helferinnen geplant und vorbereitet. Marys silbernes Service wartete spiegelblank poliert auf den großen Kaffeeausschank. Ich wußte, daß die silbernen Teile in ihren Augen weitaus mehr waren als nur eine Tee- und Kaffeekanne. Sie stellten ein kleines Symbol ihrer Mutter zu dieser besonderen Gelegenheit dar. Ich wußte auch, daß Mary ihre Mama am Tag ihrer Hochzeit noch schmerzlicher als sonst vermissen würde.

Am Sonntag war ich schon lange vor Tagesanbruch auf den Beinen und verbrachte fast eine geschlagene Stunde damit, mich herauszuputzen. So etwas kannte man beileibe nicht an mir! Opa und Onkel Charlie machten sich nicht einmal darüber lustig; sie waren ja selbst viel zu beschäftigt damit, sich in Schale zu werfen.

Endlich war es Zeit zum Losfahren. Die Straße war trocken genug für das Automobil. Ich hatte gestern versucht, es gründlich zu polieren, aber die Beulen und Schrammen von dem Unfall waren trotzdem noch zu sehen.

Wir kletterten in den Wagen, ich ließ den Motor an, und wir fuhren den langen Zufahrtsweg zur Straße hinunter. Ein rasantes Tempo vermied ich dabei tunlichst, auch wenn ich noch so sehr darauf brannte, endlich in die Stadt zu kommen. Hier und da fanden sich nämlich noch Schlammlöcher auf der Straße, und uns lag ganz und gar nichts daran, uns Lehmflecken auf den makellosen Hosen und Schuhen einzuhandeln.

Wir trafen viel zu früh ein. Ich marschierte vor der Kirche auf und ab, während wir auf Mary und deren Verwandtschaft warteten.

Bald stellte sich Matilda ein. Ihr gebrochenes Bein steckte noch immer in einem Gipsverband.

„Dieses Ereignis hätte ich mir um nichts in der Welt entgehen lassen!" begrüßte sie mich und verabreichte mir eine ihrer stürmischen Umarmungen. „Ich freue mich ja so sehr für euch zwei, Josch!"

Auch Opa und Onkel Charlie begrüßte sie mit einer Umarmung.

„Ihr wißt gar nicht, wie sehr ihr mir fehlt!" rief sie. „Der Sommer ist mir unglaublich lang vorgekommen." In ihren Augen standen Tränen. „Aber ich habe eine gute Nachricht für euch", redete sie schnell weiter. „Ich habe die Schule bekommen, für die ich mich beworben hatte. Sie liegt in der Nähe von meinem Elternhaus."

„Dann kommst du also nicht zurück?" wunderte Opa sich.

„Ach, das könnte ich niemals", sagte Matilda leise. „Ich ... ich meine, sosehr ich mich auch für Josch und Mary freue, so ist doch jetzt alles ganz anders. Es wäre ... es wäre den beiden Jungverheirateten gegenüber einfach nicht gerecht, wenn noch jemand anders im Haus ..."

Opa nickte, aber ich sah eine Spur von Traurigkeit in seinen Augen.

Ich muß zugeben, daß ich mir wegen der Verlegenheit, in die Matilda geraten war, überhaupt noch keine Gedanken gemacht hatte. Sie hatte natürlich recht: Für Mary und mich wäre es tatsächlich besser, unser gemeinsames Leben ohne einen zusätzlichen Hausbewohner zu beginnen. Wir würden unseren Haushalt ja ohnehin mit Opa und Onkel Charlie teilen müssen. Später würde ich mit Mary über die neue Lehrerin sprechen, aber ich für meinen Teil fand, daß jetzt eigentlich jemand anders aus der Nachbarschaft an der Reihe wäre, eine Unterkunft zur Verfügung zu stellen.

„Aber man hat eine Nachfolgerin für mich gefunden", riß Matilda mich aus meinen Gedanken, „und ich habe eine neue Schule. Alles ist also in schönster Ordnung!"

Doch nun gab es wieder eine Unterbrechung, und zwar eine höchst willkommene: Mary und die übrigen Turleys trafen ein. Kaum hatte sie Matilda erblickt, als sie einen Freudenschrei ausstieß und mit ausgebreiteten Armen auf sie zustürzte. Die beiden umarmten sich und weinten und umarmten sich noch einmal. Mich störte das nicht weiter; schließlich lag ab heute ein ganzes Leben mit Mary vor mir. Ich trat ein paar Schritte beiseite und ließ die beiden gewähren.

Dann fiel mir ein, daß ich Herrn Turley noch nicht begrüßt hatte. Ihn hatte ich noch nie in der Kirche gesehen, außer zur Beerdigung seiner Frau natürlich. Ich schüttelte ihm die Hand und lächelte, ohne recht zu wissen, was ich sagen sollte. Ein wenig befangen erwiderte er mein Lächeln. Inzwischen hatten die beiden Mädchen sich wieder gefaßt, und Mary kam auf mich zu, um ihre warme, kleine Hand in meine zu schieben. „Guten Morgen, Liebling!" flüsterte ich ihr ins Ohr, womit ich ihr ein hübsches Rot auf die Wangen zauberte. Jetzt war es an der Zeit für den Gottesdienst, und wir gingen in die Kirche und suchten uns Plätze.

Heute kam mir der Gottesdienst ungewöhnlich lang vor. Die Predigt war gewiß ganz hervorragend – bei Onkel Nat war das immer so. Trotzdem konnte ich mich kaum darauf konzentrieren. Als ich einen Blick auf die Taschenuhr warf, die ich einmal von Onkel Nat und Tante Lou geschenkt bekommen hatte, stellte ich erstaunt fest, daß der Gottesdienst heute sogar kürzer als sonst ausgefallen war! Wieder spürte ich, wie Mary ihre Hand kurz in meine schob, und ich drückte sie sanft. Damit gaben wir einander zu verstehen, daß es jetzt nicht mehr lange dauern würde, bis wir einander vor dem Altar Treue gelobten – und auch, daß wir voller Ungeduld auf diesen Augenblick warteten.

Gleich nach dem Schlußchoral lief Mary zu Tante Lou nach Hause, und ich ging in der Kirche umher, um mich davon zu überzeugen, daß nichts Wichtiges fehlte. Dazu bestand allerdings nicht die geringste Notwendigkeit. Ein hübscher Blumenstrauß aus Tante Lous Garten schmückte den Altar, und zu beiden Seiten waren Kerzen angezündet worden. Ich rückte mir wohl zum hundertsten Mal die Krawatte gerade und strich mir eine widerspenstige Haarsträhne aus der Stirn.

Endlich nahm Sally Grayson ihren Platz an der Orgel ein, und Onkel Nat trat vor die Gemeinde. Das war mein

Zeichen, nach vorn zu gehen und mich neben ihn zu stellen. Ich versetzte Avery einen leichten Rippenstoß und wischte mir die Hände an dem Taschentuch ab, das Tante Lou mir zugesteckt hatte. Dann machte ich mich unbeholfen auf den Weg zum Altar. Der Mittelgang erschien mir plötzlich so lang wie unsere Farmzufahrt. Menschenskinder, war ich nervös! Ich wollte schlucken, aber mein Mund war strohtrocken. Endlich tauchte Onkel Nats beruhigendes Lächeln vor mir auf, und ich stellte mich mit Avery neben ihm auf, räusperte mich und wartete, wobei ich krampfhaft versuchte, all den Blicken auszuweichen, die auf mich gerichtet waren.

Jetzt schritt Lilli langsam auf dem Mittelgang nach vorn. Sie sah wirklich hübsch aus. Das war auch Avery anscheinend nicht entgangen, denn selbst in meiner Aufregung fiel mir auf, wie genau er sie beobachtete.

Und an der Tür stand Mary an der Seite ihres Vaters. Feierlich schritten die beiden jetzt nach vorn, wo ich Mary erwartete.

Ihr Kleid war schlicht, aber sehr hübsch. Es paßte einfach vollkommen zu ihr. Der Schleier versteckte etwas von ihrem Lächeln und ihrem leuchtenden Haar, aber ich sah ihre glänzenden Augen, und die sagten mir alles, was ich wissen wollte.

„Meine lieben Anwesenden ..." Onkel Nats feste Stimme war wie ein Anker für meine umherschwirrenden Gedanken. Die Trauung war kurz, aber mir war jedes Wort meiner Versprechungen ernst, die ich Mary vor Gott und den versammelten Zeugen machte. Ihrem Gesicht und ihrer klaren, entschlossenen Stimme konnte ich anmerken, wie ernst auch sie ihr Gelübde nahm.

„... in guten wie in bösen Tagen, in Krankheit wie in Gesundheit ..." Noch lange klangen diese Worte in mir nach. Aber noch deutlicher gruben sich die Worte „... zu lieben und zu ehren, bis daß der Tod uns scheidet" in mein Gedächtnis ein.

Über Liebe hatte ich schon viel gehört. Das war mir nichts Neues. An meiner Liebe zu Mary hatte ich keine

Zweifel. Aber wußte ich auch, wie ich sie *ehren* sollte? Über dieses Thema hatte ich eigentlich kaum je etwas gehört. Ich nahm mir vor, mich bei nächster Gelegenheit gründlich zu erkundigen, was es damit auf sich hatte.

Nach dem Gelübde bedeutete Onkel Nat mir, Mary ihren Ring anzustecken. Und dann erklärte er uns auch schon als rechtmäßig verheiratet. Ich hob Marys Schleier, um ihr den traditionellen Brautkuß zu geben. Jetzt sah ich das Leuchten in ihren Augen und das Rot in ihren Wangen ganz deutlich. Sie war wunderschön, meine Frau!

Onkel Nat stellte uns der Gemeinde als „Herr und Frau Josua Jones" vor. Welch einen Klang diese Worte hatten! Mary und ich sahen einander an, und ich spürte ein Erstaunen und eine Freude, wie ich sie noch nie erlebt hatte. Am liebsten hätte ich Mary noch einmal umarmt und geküßt, aber jetzt mußten wir nach draußen gehen, damit die Leute uns um den Hals fallen und beglückwünschen konnten und Reis werfen und Bilder machen und all die üblichen Dinge, die zu einer Hochzeit gehörten. Wie benommen brachte ich alles hinter mich. Eigentlich schade, wo ich mir doch immer gewünscht hatte, später einmal ganz deutliche Erinnerungen an diesen so wichtigen Tag zu haben!

Schließlich wurden wir in das Untergeschoß der Kirche gebeten, wo uns das Essen erwartete. Inzwischen waren die Leute wohl ziemlich hungrig. Komischerweise verspürte ich keinerlei Hungergefühle. Trotzdem aß ich tüchtig, damit ich mich nicht von Avery als „liebeskrank" verlachen lassen mußte.

Mehrere aus unserem Freundeskreis hielten ein paar kurze Ansprachen, die Squire-Zwillinge sangen „Behüte dieses Haus", und Matilda trug ein Lied vor, dessen Worte der biblischen Geschichte von Ruth entnommen waren. Die kleine Sarah spielte ein Stück auf dem Klavier vor, das sie die ganze Woche über fleißig geübt hatte. Hier und dort wurden Scherze gemacht, anscheinend sogar recht lustige – die Leute lachten jedenfalls alle. Insgesamt verging der Nachmittag sehr vergnüglich. Dann durften wir unsere Geschenke auspacken. Trotz der kurzfristigen Benachrichtigung hatte sich die Gemeinde selbst übertroffen. Wir bekamen jede Menge an Gebrauchsgegenständen für unseren Haushalt. Mary freute sich riesig über die Tischdecken, Bettbezüge, Geschirrtücher und dergleichen mehr, und ich freute mich mit ihr.

Nach und nach gingen die Gäste wieder nach Hause, bis nur noch unsere Verwandtschaft übrig war. Ich zog mir das Jackett aus und fing an, die Geschenke in das Automobil zu verladen und mich am Aufräumen zu beteiligen. Mary sah noch immer glücklich und freudestrahlend aus, aber auch ein wenig erschöpft.

Endlich hatten wir alles entweder ins Automobil verladen oder in den Ecken aufgestapelt. Anschließend gingen wir zu einer Tasse Tee und einem Stück Kürbiskuchen zu Tante Lou. Mary benutzte die Gelegenheit, sich umzuziehen und wieder in ihr blaues Sonntagskleid zu schlüpfen, in dem sie aber auch noch die strahlende Braut von vorher war.

Herr Turley erhob sich, sobald er und Lilli den kleinen Imbiß beendet hatten. Als er Mary zum Abschied einen Kuß gab, schloß er sie noch einmal fest in die Arme. Ich sah Tränen in seinen Augen glitzern, als er sich dann abwandte, und ich überlegte, was das wohl für ein Gefühl sein mochte, wenn man eine Tochter, die man großgezogen hat und unendlich liebt, eines Tages in die Obhut eines anderen Mannes entlassen muß – besonders, wenn diese Tochter erst vor kurzem ihre Mutter verloren hat. Plötzlich tat er mir leid, dieser Papa Turley. Ich folgte ihm nach draußen zu seinem Gespann.

„Hab vielen Dank“, sagte ich in aller Aufrichtigkeit, „für alles, was du getan hast, um deine Tochter zu dem feinen Menschen zu machen, der sie ist. Ich werde sie lieben, solange ich lebe. Das verspreche ich dir.“

Wir gingen aufeinander zu. So kraftvoll und herzlich hatte mich noch nie ein Mann umarmt. Plötzlich fiel es mir wie Schuppen von den Augen: „Ich habe einen Pa! Wahrhaftig, ich hab' wieder einen richtigen Pa!“ Meinen hatte ich ja schon als winziger Steppke verloren. Ich machte einen Schritt zurück und betrachtete diesen Mann, mit dem ich jetzt verwandt war. Was ich dabei empfand, konnte ich gar nicht ausdrücken. Statt dessen sagte ich nur heiser: „Wie wär's, wenn du uns zum Abendessen besuchst – am besten gleich Mittwoch?"

Er nickte und stieg in seinen Wagen.

„Und Lilli natürlich auch!" rief ich ihm nach. Ich blieb stehen, bis er hinter der Hausecke verschwunden war, und rannte dann zu Mary, um ihr gleich von der Einladung an ihren Vater – *unseren* Vater – zu erzählen, bevor ich's vergessen würde.

Es war schon spät, als wir nach Hause kamen. Wir luden die Sachen aus, die Mary nicht in der Stadt zurücklassen wollte, das silberne Teeservice von ihrer Mutter zum Beispiel. Auch Marys Koffer war dabei, obwohl viel von ihren persönlichen Habseligkeiten noch in dem Schlafzimmer neben der Küche auf sie wartete; wir hatten seit dem Unfall nichts davon zu ihrem Elternhaus gebracht.

An eine Hochzeitsreise war vorerst nicht zu denken, was ich sehr bedauerte. Mary und ich hatten darüber gesprochen, und sie hatte mir versichert, daß ihr das ganz und gar nichts ausmache, obwohl ich fand, daß ihr eine Hochzeitsreise eigentlich zustand.

„Nach der Ernte", hatte ich ihr versprochen.

„Josch", beharrte sie, „das allerwichtigste ist doch, daß wir zusammen sind, nicht *wo* wir sind." Das ließ mein Herz noch höher für sie schlagen.

Als wir Marys Siebensachen ins Haus trugen, stellte sich heraus, daß wir Männer in der Hektik der vergangenen paar Tage vergessen hatten, eine Umverteilung der Zimmer vorzunehmen.

„Wo soll ich denn meine Sachen abstellen?" fragte Mary ahnungslos.

„Ich ... ich ... vielleicht am besten in meinem Zimmer", fing ich an, aber im selben Moment wurde mir auch klar, daß das nie und nimmer gehen würde. Mein Zimmer war das kleinste im ganzen Haus. Die paar Kleidungsstücke, die ich mein eigen nannte, brachten den Schrank dort ohnehin schon fast zum Überquellen. Marys Kleider würden nicht auch noch Platz darin finden.

Opa räusperte sich.

„Das große Schlafzimmer!“ schlug er vor. „Ich räume schnell meine Sachen aus“, und er wollte schon losgehen, um dieses Vorhaben in die Tat umzusetzen.

„Kommt nicht in Frage!“ bestimmte Mary. „Ich würde dich doch niemals aus deinem Zimmer vertreiben, Opa!“

Eine Auseinandersetzung folgte, aus der Mary als Siegerin hervorging. Es wurde beschlossen, daß Mary und ich in Tante Lous ehemaliges Zimmer ziehen sollten. Das war nämlich wesentlich geräumiger als meins und hatte auch einen größeren Schrank. Ich trug Marys Koffer und alles andere in das Zimmer im oberen Stockwerk, und während sie auspackte, kochte ich den Abendkaffee.

Bald gesellte Mary sich wieder zu uns und übernahm das Kommando in der Küche.

„Menschenskinder, ist das 'ne Wohltat, dich wieder hier zu haben!“ scherzte ich.

„Dir lag wohl nur daran, eine Köchin ins Haus zu kriegen, was?“ gab sie schlagfertig zurück.

Ich sah mich nach Opa und Onkel Charlie um. Beide schauten äußerst zufrieden drein, und ich stellte im stillen fest, daß es der schlauste Schachzug meines Lebens war, aus Mary eine bleibende Hausbewohnerin zu machen!

Zu lieben und zu ehren …

Jetzt, wo das Wetter sich gebessert hatte, der Haushalt wieder in geordneten Bahnen verlief und ich meine Frau bei mir hatte, konnte ich mich wieder dem Heumachen zuwenden. Mary schaltete und waltete derweil in der Küche. Mit aller Kraft brachte sie diese wieder auf Hochglanz. Ich muß leider gestehen, daß wir Männer alles ärger vernachlässigt hatten, als uns bewußt gewesen war.

Auch sonst machte sie sich im Haus zu schaffen: Sie schaffte meine Siebensachen aus meinem alten Zimmer in unser neues, räumte die Speisekammer auf, flickte meine abgewetzte Latzhose sachverständig, sortierte die Einmachgläser im Keller und verrichtete tausenderlei andere Dinge. Immer wenn ich vom Feld ins Haus kam, war sie emsig bei der Arbeit, wenn sie auch genug Zeit für eine Umarmung und einen Kuß zur Begrüßung fand.

Am Mittwoch kamen die Turleys wie verabredet zum Abendessen. Mary tischte uns ein köstliches Essen auf – aber das waren Papa Turley und Lilli ja von Mary gewohnt. Immerhin, so machte ich mir klar, hatte Mary schon mehr Mahlzeiten für ihren Vater als für mich gekocht.

Durch Mary bekam mein Leben ein ganz neues Gepräge. Ich konnte es kaum erwarten, endlich nach der Arbeit ins Haus zu kommen – und dabei hatte mir die Feldarbeit eigentlich immer Spaß gemacht! Tagsüber warf ich wohl ein dutzendmal einen Blick zum Haus in der Hoffnung, irgendwo meine Frau zu erspähen. Und oft kam sie mit einer Kanne Wasser oder frischer Buttermilch zu mir aufs Feld. Sie besuchte mich sogar beim Melken in der Scheune. Sie lachte, wenn ich der Stallkatze einen Strahl Milch zuschoß, und erzählte mir von ihren Plänen für den

Haushalt und den Garten, während ich die Stallrunde machte.

Opa und Onkel Charlie waren natürlich auch mächtig froh, sie endich wieder bei uns zu haben. Onkel Charlies Schritte waren eine Spur beschwingter, und Opa hörte man jetzt öfter lachen. Einerseits teilte ich Marys Einzug bereitwillig mit den beiden, aber andererseits war ich noch immer wie überwältigt von der Tatsache, daß sie und ich jetzt auf eine ganz besondere Weise zueinander gehörten. Mit jedem Tag nahm das Wort „Ehe" eine tiefere Bedeutung für mich an, und ich konnte Gott gar nicht genug dafür danken, daß er mein Leben so reich gemacht hatte.

Am Freitag abend, als die Stallarbeit getan und das Essensgeschirr gespült und abgetrocknet war und wir um den Küchentisch beieinandersaßen, fiel mir wieder mein Vorhaben ein, das Wort *ehren* im Wörterbuch nachzuschlagen.

Mein Wörterbuch müßte eigentlich noch in meinem alten Zimmer sein, dachte ich. Als ich aber nach oben ging und nachschaute, stellte ich fest, daß Mary auch meine Bücher umgeräumt hatte. Ich ging in Lous Zimmer ... nein, ich mußte mich endlich daran gewöhnen, daß dieses Zimmer nicht mehr Lou gehörte, sondern mir, Mary und mir. Nachdem ich eine Weile dort herumgestöbert hatte, fand ich das Wörterbuch. Ich blätterte, bis ich auf den Begriff „ehren" stieß:

„... ehren: jdn. hochachten, verehren, respektieren, schätzen, anerkennen, jdm. seine Unterstützung zuteil werden lassen, jdm. in Freundlichkeit begegnen, jdn. hegen und pflegen, jdm. zu Füßen liegen."

Alle Achtung! Ich las diese Erklärung noch einmal und dann ein drittes Mal. Und das alles hatte ich vor Gott gelobt! Was meine Liebe zu Mary betraf, so war ich beinahe wehrlos ... ich meine, ich liebte sie einfach mehr, als ich beschreiben kann. Aber mit dem „ehren" war das anders. Die meisten Begriffe dieses Eintrags hatten eher mit einer bewußten Entscheidung als mit Gefühlen zu tun.

Ich kniete mich neben unser Bett, das Wörterbuch aufgeschlagen vor mir, und ging die Liste durch. Dabei gelobte ich Gott aufs neue, mein Versprechen ihm und Mary gegenüber mit seiner Hilfe zu halten. Ich überlegte mir auch, wie das im einzelnen aussehen würde, und bat Gott, einen einfühlsamen, rücksichtsvollen Ehemann aus mir zu machen.

Als ich mein langes Gebet beendet hatte, hörte ich ein Geräusch an der Tür. Es war Mary.

„Es ... es tut mir leid, Josch. Ich wollte dich nicht stören. Ich ... ich ...“

Aber ich streckte ihr meine Hand entgegen.

„Ich möchte dir was zeigen“, sagte ich und deutete auf das aufgeschlagene Wörterbuch vor mir.

Ich stand auf und setzte mich auf unser Bett. Mary kam zu mir und setzte sich neben mich.

„Weißt du eigentlich, was ‚ehren‘ genau bedeutet?“

„Ehren?“

„Ja. Was wir einander letzten Sonntag versprochen haben.“

„Ach so!“ Mary zog die Augenbrauen in die Höhe.

Ich fuhr mit dem Zeigefinger über die Zeilen, während Mary den Eintrag las. Als sie fertig war, begegneten sich unsere Blicke. Wir sahen einander eine Zeitlang an, bis Mary schließlich sagte: „Ziemlich viel verlangt, nicht?“

Sie schaute so furchtbar ernst, so feierlich drein, daß ich einfach lachen mußte. Ich legte das Wörterbuch neben mich aufs Bett und zog meine Frau an mich. Sie kuschelte sich in meinen Armen zurecht und lehnte den Kopf an meine Schulter, aber ich drehte ihr Gesicht sanft zu mir um, damit ich ihr in die Augen sehen konnte.

„Mary Jones“, sagte ich und freute mich an dem Klang ihres neuen Namens, „vor Gott und dir als Zeugen gelobe ich, dich hochzuachten, zu verehren, zu respektieren, zu schätzen, anzuerkennen, dir meine Unterstützung zuteil werden zu lassen, dir in Freundlichkeit zu begegnen, dich zu hegen und zu pflegen und dir zu Füßen zu liegen, bis daß der Tod uns scheidet.“

Während dieses langen Gelübdes hatte ich zwischendurch immer wieder ins Wörterbuch schauen müssen, aber ich hatte alles sehr ernst gemeint. Als ich geendet hatte, waren Marys Augen voller Tränen.

„O Josch!“ hauchte sie. „Ich habe dich ja so lieb!“

Mehr brauchte ich gar nicht zu hören.

Ich küßte sie noch einmal.

„Als du aus der Küche gegangen warst und gar nicht zurückkamst, da war ich ein bißchen besorgt“, gestand sie. „Ich dachte ... ach, ich weiß nicht einmal genau, was ich dachte.“

„Es hat halt 'ne Weile gedauert, bis ich das Wörterbuch gefunden hatte“, gab ich zu, „und dann habe ich lange dazu gebraucht, alles zu durchdenken und Gott um seine Hilfe zu bitten.“

Ich rückte mich zurecht, um Mary noch dichter an mich zu ziehen. Das Wörterbuch fiel unbeachtet auf den geflochtenen Bettvorleger. Vorerst brauchte ich es ohnehin nicht mehr.

„Ich muß gleich nach unten gehen und Kaffee kochen“, murmelte Mary, aber sehr überzeugend klang es nicht.

„Onkel Charlie kennt sich mit dem Kaffeekochen aus“, rief ich ihr ins Gedächtnis.

„Ja, schon, aber ...“ Der Rest ihres Protestes wich einem weiteren Kuß.

„Weißt du, wir haben nicht viel Zeit füreinander“, erklärte ich ihr. „Sag mir doch mal ausführlich, wie ich mein Versprechen von vorhin am besten in die Tat umsetzen kann.“

Eine Weile später zog der Duft von frisch aufgebrühtem Kaffee durch das Haus und unser Zimmer, und Mary und ich lächelten uns an. Anscheinend hatte Onkel Charlie auch ohne Marys Hilfe die Kaffeekanne gefunden.

Bald hatte ich die Ernte eingebracht. Wegen des trockenen Wetters war sie nur mittelmäßig ausgefallen, aber zum Leben reichte sie aus. Die letzten Niederschläge waren im Juli gefallen, als ich wegen des heftigen Regens in der Heuernte steckengeblieben war. Andererseits verdankte ich diesem Regen auch meine vorverlegte Hochzeit, ein Vorteil, der die übrigen Unannehmlichkeiten bei weitem überwog.

Wir beschlossen, unsere Hochzeitsreise noch weiter aufzuschieben. Mary meinte, daß es klüger wäre, unser Geld für eventuelle Notfälle zu sparen.

Mary holte das letzte Gemüse aus ihrem Garten, und dann warteten wir auf den Winter – ein völlig anderer Winter für uns, weil wir ja jetzt verheiratet waren.

Mary führte einen regen Briefwechsel mit Matilda. Ihr Bein war inzwischen wieder gut verheilt, und die Arbeit an ihrer neuen Schule machte ihr viel Freude. Sie ließ sogar anklingen, daß sie einen netten jungen Mann kennengelernt hatte, der ihr gut gefiel.

Im November brachte Lou noch ein kleines Mädchen zur Welt. Patricia Lynn hieß die Kleine. Ihre Haarfarbe war dunkler als die Sarahs. Sie schrie oft und verlangte viel an Zuwendung. Ich betrachtete Lou mit ihrer wachsenden Kinderschar und fragte mich dabei im stillen, wie das wohl sein mochte. Ganz gewiß bedeutete es viel an Arbeit und Aufopferung – aber das nahm man vermutlich gern in Kauf.

Nachdem Matilda bei uns ausgezogen war, hatten wir beschlossen, selbst eine Zeitung zu abonnieren. Wir hatten nämlich alle das Lesematerial zu schätzengelernt, das uns über das Weltgeschehen auf dem laufenden hielt. Manch ein Abend verging damit, daß wir alle am Küchentisch saßen und die Zeitung in ihre Einzelteile zerlegten.

Voller Entsetzen lasen wir die Berichte über den Börsenzusammenbruch. Viele Menschen waren anscheinend direkt davon betroffen; manche begingen sogar Selbstmord. Ich verstand zwar nicht viel von der Welt der hohen Finanzen, aber die Leute, die große Verluste hinnehmen mußten, taten mir leid.

Wir selbst waren nicht von dem Börsenkrach betroffen. In unserem kleinen Ort hatte ja niemand Geld zum Investieren besessen. Nein, bei uns würde nicht viel davon zu spüren sein, überlegte ich. Wir waren erleichtert, als die Schlagzeilen über die furchtbare Katastrophe aufhörten und sich anderen Dingen zuwandten.

Der Winter kam – zumindest dem Kalender nach. Draußen war nicht viel davon zu sehen. Es hatte so gut wie gar keinen Schnee gegeben. Eine Woche nach der anderen verging, doch an dem Anblick der Welt um uns her änderte sich nichts: sie blieb braun und kahl. Mary sprach oft sehnsuchtsvoll von Schnee, und auch ich muß zugeben, daß ich mir einen kräftigen Schneefall wünschte.

Allmählich ging es auf Weihnachten zu, wenn uns auch ohne das festliche Weiß nicht recht danach zumute war. Trotzdem taten alle im Haus geheimnisvoll und versteckten hier und da dies und das. Das Geflüster und Getuschel machte großen Spaß. Dann durchströmten Düfte wie aus einer Bäckerei unser Haus, als Mary sich daranmachte, Weihnachtsplätzchen und Früchtebrote zu backen. Ich fragte mich schon, wie wir das alles nur aufessen sollten. Bestimmt waren wir Ostern noch damit beschäftigt!

Mary erkundigte sich nach unserem Weihnachtsschmuck, und ich holte ihr die Schachteln vom Dachboden. Mir war noch nie aufgefallen, wie kümmerlich unser Bestand war. Mary schickte sich an, neue Weihnachtssterne zu basteln, und gab sogar in der Stadt etwas von ihrem kostbaren Eiergeld aus, um einige Dinge zu ersetzen. Ich konnte ihr anmerken, welche Freude es ihr machte, uns allen ein schönes Weihnachtsfest zu bescheren.

Ja, ich freute mich schon sehr auf Weihnachten. Noch schöner wäre es natürlich, wenn sich bis dahin der Schnee einstellen würde.

Weihnachten

Kurz vor Weihnachten segelten ein paar einsame Schneeflocken zur Erde herab. Vor Begeisterung geriet Mary ganz aus dem Häuschen. Kaum hatte sich aber eine dünne Schneedecke gebildet, da schmolz sie auch schon wieder. Mary war furchtbar enttäuscht, und auch mir tat's leid, aber es stand nun mal nicht in meiner Macht, ihr den ersehnten Weihnachtsschnee herbeizuzaubern.

„Josch“, eröffnete mir Mary am Samstag vor Heiligabend, „wir brauchen einen Baum.“

An Bäumen fehlte es wahrhaftig nicht. Unten am Bach gab es jede Menge Tannen, die sich als Weihnachtsbaum bestens eigneten.

„Ich hol' uns einen!“ erbot ich mich.

„Wie wär's, wenn wir das gemeinsam machten?“ schlug Mary vor, und ich grinste erfreut.

„Prima! Wann würdest du denn gern losgehen?“

„Gleich nach dem Mittagessen – falls dir das recht ist.“

„Aber klar!“

Und so machten wir uns auf den Weg, sobald das Geschirr gespült und abgetrocknet im Regal stand.

Draußen war es kälter, als wir gedacht hatten. Ich war mir gar nicht sicher, ob Mary sich auch warm genug angezogen hatte, aber das tüchtige Marschieren half ihr vermutlich gegen die Kälte; jedenfalls versicherte sie mir, sooft ich sie danach fragte, daß sie kein bißchen friere.

Fritz, der Hofhund, kam mit uns. Dieser Vierbeiner ließ sich keine Gelegenheit zu einem Spaziergang entgehen. Uns störte das überhaupt nicht, ganz im Gegenteil: Wir hätten auch Pixie gern mitgenommen, aber die konnte kaum noch laufen. Das Rheuma schien sie beinahe noch ärger als

Onkel Charlie zu plagen; sie bewegte sich nur noch, wenn es unbedingt notwendig war. Abends trug ich sie sogar ins obere Stockwerk hinauf. Tagsüber lag sie zusammengerollt in ihrer warmen Kiste hinter dem Herd.

Der Teich auf der Weide war zugefroren, und wir schlitterten wie zwei Schulkinder nach Herzenslust darauf herum.

„Du, wir müßten endlich mal wieder ein großes Schlittschuhfest veranstalten!" meinte Mary begeistert, aber ich wußte keinen, den wir dazu einladen könnten. Unsere Freunde von früher waren entweder verheiratet und hatten kleine Kinder daheim, oder sie waren weggezogen.

Unvermittelt mußte ich an Willi denken; vielleicht deshalb, weil wir beide früher genau auf diesem Teich herumgeschlittert waren. Ach, wie er mir fehlte! Irgendwie konnte ich's immer noch nicht ganz begreifen, daß er jetzt nicht mehr hier war, sondern im Himmel. Ich sah sein Gesicht förmlich vor mir und hatte sein Lachen noch in den Ohren. Auch erinnerte ich mich an den tiefen Ernst, mit dem er mir eröffnete, daß Gott ihn als Missionar nach Afrika berufen hätte. Ja, Willi fehlte mir mächtig.

Dann dachte ich an Carmen. Sie hatte inzwischen die lange Reise zu dem Stamm gemacht, unter dem Willi gearbeitet hatte. Am ersten Sonntag des Monats legte ich einen Beitrag zu ihrem Unterhalt in den Kollektenteller, und Onkel Nat leitete das Geld dann an die Missionsgesellschaft weiter. Hin und wieder erhielten wir einen Gebetsbrief von Carmen. Sie hatte die Dorfbewohner ins Herz geschlossen. Als Krankenschwester hatte sie alle Hände voll zu tun, denn die Eingeborenen waren arm, und viele von ihnen, ob alt oder jung, litten an Krankheiten. Carmen war froh, daß Gott sie zu dieser Arbeit berufen hatte. Richtig vorstellen konnte ich mir's eigentlich nicht, wie die hübsche, zierliche Carmen von Dorf zu Dorf marschierte, um Arznei und Nächstenliebe in die ärmlichen Grashütten zu bringen. Aber Gott kann ja bekanntlich Wunder an denen vollbringen, die ihm gehorsam sind. Er hat Mittel und Wege, die uns in unseren kühnsten Träumen nicht eingefallen wären. Mary und ich beteten täglich für Carmen.

Aber dann riß Mary mich mit einem dumpfen Schlag aus meinen Gedanken. Mitten auf dem Teich war sie ausgerutscht und flach auf dem Rücken gelandet. Ich befürchtete schon, daß sie sich verletzt haben könnte, aber sie lachte nur, als ich mich zu ihr beugte, und bald kugelten wir uns beide lachend auf dem Eis.

Wir hatten ein Riesengaudi, bis Fritz sich in das Getümmel mischte. Er bellte und tollte und leckte uns die Gesichter ab. Mary und ich hatten bald genug davon. Wir stellten uns wieder auf die Füße und besannen uns auf unsere Suche nach einem Weihnachtsbaum.

Eigentlich hatte ich damit gerechnet, auf Anhieb einen Baum zu finden, aber an jeder Tanne, auf die ich zeigte, hatte Mary etwas auszusetzen. So gingen wir weiter und begutachteten einen Baum nach dem anderen.

Ich dachte schon besorgt an die Stallarbeit, die daheim auf mich wartete, als Mary endlich auf den Baum ihrer Träume stieß. Er reichte mir fast über den Kopf und besaß dichte, gleichmäßig gewachsene Zweige.

„Der ist wie geschaffen für unsere Diele!" strahlte Mary und fügte dann nüchtern hinzu: „Aber zuerst muß ich natürlich ein paar von den Zweigen absägen."

Es war kein Kunststück, den Baum zu schlagen. Ihn anschließend nach Hause zu befördern stellte sich als wesentlich schwieriger heraus. Weil kein Schnee lag, konnten wir ihn nicht einfach hinter uns herschleifen. Mary befürchtete nämlich, daß wir sonst die Zweige beschädigen könnten – „wahrscheinlich genau die, die sie ohnehin absägen will", dachte ich im stillen. Das bedeutete, daß wir den Baum tragen mußten. Mary bestand darauf, mir zu helfen. Ich hob das schwere Ende auf, während sie sich den Wipfel packte, aber das Tragen eines Baums, besonders eines Baums mit dichten, ausladenden Zweigen, dessen Stamm in der Mitte durchhängt, ist alles andere als ein Kinderspiel.

Wir stolperten mehr, als wir gingen. Der Hund machte uns die Sache nicht gerade leichter, indem er uns ständig im Weg war und uns vor den Füßen herumtollte.

„Ich glaube, es ist besser, wenn ich ihn allein trage!“ schlug ich schließlich vor.

„Aber Josch, er ist doch viel zu schwer für einen allein!“

Beinahe hätte ich ihr gesagt, daß er für *zwei* Personen auch viel zu schwer wäre, aber diese Bemerkung verkniff ich mir lieber.

„So wär's aber einfacher“, wagte ich einzuwenden.

Mary schaute zweifelnd drein.

„Willst du ihn auf dem Rücken tragen oder über die Schulter nehmen?“ gab sie schließlich nach.

„Über die Schulter, glaub' ich.“

„Hier, ich helfe dir, ihn aufzuladen.“

Aber so war's auch nicht viel besser. Vielleicht wäre alles ja erheblich glatter über die Bühne gegangen, wenn Mary mir erlaubt hätte, die untersten Zweige abzuschlagen, aber sie hatte es sich nun einmal in den Kopf gesetzt, daß die Zweige bis auf den Fußboden unserer Diele reichen sollten. So sähe der Weihnachtsbaum viel festlicher aus, meinte sie. Deshalb mühte ich mich jetzt damit ab, einen Baum auf den Schultern zu tragen, dessen Zweige bis an den Stumpf reichten und mir ins Gesicht hingen und die Mütze wegrissen.

Schließlich riß mir die Geduld und ich warf das ganze Ding einfach auf den Boden. Mary stieß einen leisen Schrei aus. Sie hatte wohl panische Angst, daß ich ein paar ihrer kostbaren Zweige abgebrochen haben könnte – von denen der Baum ohnehin viel zuviel aufwies, wenn man mich fragte.

„Hör mal zu“, sagte ich eine Spur ungehalten, „wie wär's, wenn ich das Gespann holte und den Baum damit nach Hause beförderte?“

„Kommst du denn mit dem Gespann durch den Wald?“ fragte Mary. Das war in der Tat eine gute Frage. In diesem Dickicht gab es einzig und allein die Pfade, die die Kühe sich gebahnt hatten, und die waren nicht breit genug für ein ganzes Gespann.

„Dann spann' ich halt Barney vor die Steinkarre“, schlug ich vor, wobei ich mir Mühe gab, daß es nicht patzig klang.

Mary legte den Kopf schräg und dachte nach.

„Das müßte eigentlich funktionieren“, nickte sie. „Du kannst dich zwischen den Bäumen voranschlängeln.“

Ihre Beschreibung gefiel mir nicht sonderlich. „Voranschlängeln“ war keine sehr markante Art der Fortbewegung für einen erwachsenen Mann.

„Aber zuerst müssen wir ihn irgendwo abstellen, wo du ihn auch ganz bestimmt wiederfinden wirst“, fuhr Mary fort, und das fuchste mich noch mehr.

„Nur keine Sorge!“ sagte ich geradeheraus. „Du hältst mich wohl für ’nen alten Tattergreis, was?“

Mary schaute ein wenig erschrocken drein.

„Aber natürlich nicht!“ beschwichtigte sie mich. „Es ist halt nur, daß sich die Bäume hier alle furchtbar ähnlich sind, und da kann es *jedem* passieren, unseren Baum nicht wiederzufinden.“

Das Wort „jedem“ betonte sie geflissentlich.

„Vergiß nicht, daß ich auf diesem Grund und Boden aufgewachsen bin“, wies ich sie zurecht. „Ich kenne das Gelände am Bach wie meine Westentasche. Hab’ ja meine ganze Kindheit hier verbracht – geangelt, nach verirrten Kühen gesucht und so weiter.“

Mary nickte nur und sagte nichts mehr.

Wir lehnten den Baum an zwei Tannen und machten uns auf den Heimweg. Ich warf einen prüfenden Blick zum Himmel. Die Sonne stand schon tief über dem Horizont. Wenn ich den Baum noch vor Einbruch der Dunkelheit holen wollte, würde ich mich beeilen müssen.

Mary schob ihre behandschuhte Hand in meine, und ich drückte sie sanft. Sie sollte wissen, daß ich ihr keineswegs böse war. Schweigend gingen wir nebeneinander her, und dann fing Mary an zu schwärmen, wie sie den Baum schmücken würde und wie hübsch er aussehen würde. Ich konnte ihr anmerken, wieviel er ihr bedeutete. Jetzt war ich froh, vorhin nicht darauf bestanden zu haben, die untersten Äste einfach abzuschlagen. „In Freundlichkeit begegnen“, fuhr es mir wieder durch den Sinn, und ich drückte ihre Hand noch einmal sanft.

Daheim fing Mary gleich an, das Abendessen vorzubereiten, und ich ging in die Scheune, um Barney zu holen.

Es dauerte nicht lange, bis ich mit dem Steinkarren unten am Bach war. Ich hatte vor, in den Wald zu fahren, das unförmige Ding aufzuladen und in Null Komma nichts wieder daheim zu sein. Also lenkte ich den Steinkarren geradewegs zu der Stelle, wo wir den Baum abgestellt hatten – nur, daß er plötzlich nicht mehr da war! Die beiden Tannen, an die wir ihn gelehnt hatten, auch nicht. Ich konnte meinen Augen kaum trauen. In alle Himmelsrichtungen sah ich mich um, aber je mehr ich suchte, desto konfuser wurde ich. Ein paarmal mußte ich von der Axt Gebrauch machen, um den Steinkarren aus dem Unterholz zu ziehen, und das hob meine Laune auch nicht gerade.

Während ich suchte, wurde es immer dunkler. Und in mir brodelte die Wut. Weiß selbst nicht, warum. Eigentlich war alles meine Schuld, aber ich war böse auf Mary. Dabei wußte ich nicht mal, was sie verbrochen hatte. Außer eben, daß sie recht behalten hatte. Egal; ich suchte verbissen weiter. Zum Aufgeben war ich zu sauer und zu stolz. Konnte mir ja keine größere Erniedrigung vorstellen, als ohne den Baum zu Hause aufzutauchen.

Aber schließlich blieb mir doch nichts anderes übrig. Ich hatte mich nämlich so gründlich verirrt, daß ich nicht mal wußte, in welcher Richtung unsere Farm lag. Und das machte mich noch wütender. Weil ja kein Schnee lag, gab es auch keine Spuren, an denen ich mich hätte orientieren können, obwohl ich andererseits deswegen auch mächtig erleichtert war. Meine eigenen Fußspuren boten bestimmt ein Bild zum Lachen.

Ich gab mich geschlagen und überließ Barney seinem eigenen Richtungssinn. Er wand sich zwischen den Bäumen umher – *schlängelnd*, wenn man so will – und fand tatsächlich aus dem Dickicht ins Freie. Dort hinter dem Feld winkten die erhellten Fenster unseres Wohnhauses.

Kaum hatte ich den Hof erreicht, als Mary mir auch schon entgegenlief. Wenn sie enttäuscht darüber war, daß ich den Baum nicht mitgebracht hatte, ließ sie sich das nicht anmerken.

„Ich habe mir schon Sorgen gemacht!“ begrüßte sie mich statt dessen.

„Zu dunkel“, knurrte ich als Erklärung. „Ich muß halt später nochmal losfahren.“

„Das Abendbrot ist fertig“, sagte sie. „Möchtest du erst essen, bevor du die Tiere versorgst?“

Ich nickte, was sie bestimmt nicht sehen konnte, weil es ja schon dunkel war. Mary machte sich wieder auf den Weg zur Küche.

„Die Schweine und Hühner habe ich übrigens schon gefüttert“, rief sie mir über die Schulter zu, „und Opa hat Brennholz und Wasser geholt!“

Das hätte mich eigentlich außerordentlich freuen sollen. Da kam ich nun spät und unverrichteter Dinge nach Hause, wo ich noch die Stallrunde vor mir hatte, um dann festzustellen, daß diese schon zur Hälfte erledigt war. Aber erleichtert fühlte ich mich nicht gerade. Ganz im Gegenteil: es schürte meinen Zorn noch mehr. „Denken die etwa, daß ich nicht mal meine Arbeit selbst geschafft kriege?“ kochte es in mir.

Ich brachte Barney in die Scheune und gab ihm Futter. Heute hatte ich weder ein freundliches Wort noch ein Streicheln für ihn übrig. Die Stallkatze scheuchte ich mit dem schweren Stiefel aus dem Weg. Sie konnte von Glück reden. Am liebsten hätte ich ihr einen Tritt versetzt, daß sie Sterne gesehen hätte.

Auf dem Weg zum Wohnhaus fiel es mir wie Schuppen von den Augen. Ich benahm mich geradezu wie ein unartiges Kind, nicht wie ein verheirateter Mann. Und schon gar nicht wie ein christlicher Ehemann, der vor kurzem ein Gelübde abgelegt hatte, und zwar ein ernstgemeintes, seine Frau zu lieben und zu ehren. Mary hatte es nicht verdient, daß ich ihr böse war. Sie wollte doch nur, daß unser Weihnachten besonders festlich ausfiel: um meinetwillen und um Opas und Onkel Charlies willen. Sie hatte einen ganz besonders hübschen Baum gewollt und hatte sich alle Mühe gegeben, beim Transport des Baumes zu helfen. Es war nicht ihre Schuld, daß ich mich im Wald verirrt hatte.

Aber sie hatte recht behalten. Bestimmt würde sie mich so ansehen, als wollte sie sagen: „Siehst du? Ich hab's dir ja gleich gesagt!" Wehe, wenn sie das ...

Aber halt! Neben dem Holzschuppen blieb ich stehen und betete. Ich rief mir mein ganzes Gelübde wieder ins Gedächtnis und bat Gott um seine Hilfe, mein Versprechen auch in die Tat umzusetzen. Das änderte zwar nichts an der Tatsache, daß ich kläglich versagt hatte, aber wenigstens hatten die anderen jetzt beim Essen erträglichere Gesellschaft an mir.

Über den Baum und den Baumschmuck, der in der Diele wartete, fiel kein einziges Wort. Und Mary vermied es auch, mich mit einem besserwisserischen Blick zu bedenken. Sie suchte sich etwas, das sie den Samstag abend lang beschäftigt hielt, und plauderte dabei so munter, als sei nichts gewesen.

Das imponierte mir. Mary machte ihre Sache viel besser als ich, was unser Gelübde, „den anderen zu ehren", betraf.

Am Montag morgen spannte ich Barney wieder vor die Steinkarre. Wie ich den Baum je ausfindig machen sollte, war mir zwar immer noch ein Rätsel, aber finden würde ich ihn, und wenn ich den ganzen Tag dazu brauchen sollte.

Schließlich machte Mary alles noch schwieriger, indem sie warm angezogen aus dem Haus kam und mir mit einem sonnigen Lächeln mitteilte: „Ich dachte, ich komme einfach mit."

In meinem Kopf schwirrte es nur so. „Das kann ja heiter werden!" dachte ich. „Ich werd' mich gründlich blamieren. Das seh' ich schon kommen!" Ich hatte damit geprahlt, den Wald am Bach wie meine Westentasche zu kennen und ein verläßliches Gedächtnis zu besitzen. Beides hatte sich als falsch erwiesen. Ich holte tief Luft, biß die Zähne aufeinander und ließ Barney in Richtung Wald lostraben.

Auf halber Strecke kam mir ein genialer Einfall. Ich warf Mary ein breites Lächeln zu und bedeutete ihr, sich neben mich zu setzen.

„Hast du Lust, auch mal zu kutschieren?“ fragte ich sie. Ihr Gesicht strahlte nicht auf, wie ich erwartet hatte. Einen Moment befürchtete ich schon, daß sie das Angebot ablehnen könnte. Mary hatte feste Vorstellungen von den Rechten und Pflichten, die dem Mann als Oberhaupt seiner Familie zukommen. Als ich ihr aber Barneys Zügel reichte, nahm sie diese nur mit einem Lächeln entgegen. Innerlich stieß ich einen Seufzer der Erleichterung aus.

Als wir uns dem Waldrand näherten, befürchtete ich, daß sie mir die Zügel zurückgeben würde. Das mußte ich unbedingt vermeiden. Ich beugte mich vor und hob die Axt auf meinen Schoß.

„Du kutschierst“, sagte ich so beiläufig wie möglich, „und ich schlage uns mit der Axt das Gestrüpp aus dem Weg, ja?“

Mary nickte nur.

Jetzt hatten wir den Wald erreicht, und sie fing an, sich einen Weg durch das Dickicht zu „schlängeln“. Kein einziges Mal blieb sie mit dem Karren an irgendwelchem Gestrüpp hängen, weshalb ich auch keinerlei Anlaß hatte, von der Axt Gebrauch zu machen.

Und zu meinem grenzenlosen Erstaunen fuhr sie geradewegs auf den Weihnachtsbaum zu.

Wortlos lud ich ihn auf den Steinkarren. Da jetzt für uns kein Platz mehr darin war, mußten Mary und ich zu Fuß gehen. Ihr schien das nichts auszumachen, und mir natürlich auch nicht. Auf dem Heimweg überließ sie mir das Führen des Pferdes. Es kam mir nicht einmal in den Sinn, es ihr anzubieten. Ich war viel zu tief in Gedanken versunken. Wie in aller Welt hatte sie es nur geschafft? Ohne mit der Wimper zu zucken, war sie schnurstracks zu der Stelle gefahren, wo der Baum wartete. Als wär's das reinste Kinderspiel!

Wieder daheim angekommen, widmete Mary sich gleich wieder der Wäsche. Ich brachte Barney in die Scheune zurück und erledigte ein paar Arbeiten im Hof. Ich wußte, daß wir heute abend den Baum in der Diele aufbauen und schmücken würden. Jetzt, wo wir das Ding endlich nach Hause geschafft hatten, freute ich mich sogar regelrecht darauf.

Am nächsten Tag geriet der Hausfriede bei uns schon wieder in Gefahr. Ich hatte keine Ahnung, was da auf mich zukam, obwohl ich es mir mit ein bißchen Grips eigentlich hätte denken können. Die Sache war nämlich so: Seitdem Lou mit Nat verheiratet war, hatten wir jedes Jahr das Weihnachtsfest bei diesen beiden gefeiert. Lou hatte alles in die Wege geleitet, das Essen vorbereitet und für einen Weihnachtsbaum gesorgt. Wir Männer brauchten uns nur noch an den gedeckten Tisch zu setzen.

Na ja, ganz so war's vielleicht auch nicht gerade. Wir kauften Geschenke und wickelten sie mehr oder weniger geschickt ein, und wir mästeten auch den Truthahn, den wir zu Weihnachten einen Kopf kürzer machten und rupften. Aber abgesehen davon sorgte Lou tatsächlich für alles. Warum ich nun glaubte, das würde für alle Zeiten so bleiben, weiß ich selbst nicht.

Wie dem auch sei, jedenfalls hätte ich eigentlich stutzig werden sollen, als Mary eines Morgens kurz vor Weihnachten zu mir sagte: „Hast du etwas dagegen, wenn ich Papa und Lilli zum Weihnachtsessen einlade?"

Selbstverständlich hatte ich keine Einwände. Ich war sogar sehr dafür, und Lou kochte ja immer ganze Berge von allem. Nach Weihnachten hatten wir meist tagelang an den Resten zu essen.

Deshalb gab ich eifrig meine Zustimmung. Ich ritt sogar zu den Turleys, um die Einladung persönlich zu überbringen. Anschließend blieb ich noch eine Weile dort, einfach nur, um mich mit Papa Turley zu unterhalten und ein paar Runden Mühle zu spielen. Jetzt, wo Mike daheim ausgezogen war, hatte er nicht oft die Gelegenheit, unter seinesgleichen zu sein, was ihm bestimmt ab und zu fehlte. Mary freute sich, als ich ihr den Bescheid gab, daß unsere Einladung angenommen worden war.

Am nächsten Tag sprach Mary wieder von Weihnachten.

„Eigentlich könntest du mir den Truthahn heute bringen", sagte sie zu mir. „Ich möchte ihn bratfertig in der Speisekammer haben, damit nicht alles in letzter Minute erledigt werden muß."

Das klang einleuchtend. Wir Männer hatten das immer ganz zum Schluß gemacht, weil wir ja weiter nichts beizusteuern hatten. Ich wußte zwar nicht genau, was Mary noch alles an Arbeit hatte, aber sie war ja immer furchtbar beschäftigt mit ihrem Haushalt.

Also schlachtete ich den Puter, rupfte die Federn aus und trug ihn in Marys Küche. Sie übernahm alles Weitere, und bald konnte das Tier draußen im Schuppen aufgehängt werden, wo es in gefrorenem Zustand auf die Backröhre warten konnte.

Als wir uns an diesem Abend zu Bett legten, sprach Mary wieder von Weihnachten – und diesmal begriff ich endlich, wie sie sich diesen Feiertag vorgestellt hatte.

„Möchtest du Nat und Lou auch gern einladen?"

Zuerst verstand ich nicht, was diese Frage überhaupt bedeuten sollte.

„Einladen? Ja, wozu denn?"

„Zu Weihnachten."

„Einladen ist bei denen nicht nötig", erwiderte ich und warf den anderen Socken in die Ecke. „Wir feiern schon seit Urzeiten Weihnachten zusammen. Da weiß jeder im Schlaf, was er zu tun hat. Einladungen sind überflüssig."

In meiner Unwissenheit hatte ich angenommen, daß Mary versehentlich die Reihenfolge umgedreht hatte. Aber von einem Versehen konnte nicht die Rede sein. Mary hatte genau gewußt, was sie gesagt hatte.

„Wie meinst du das?" fragte sie und hörte auf, sich die Haarnadeln aus der Frisur zu ziehen.

„Also, die ersten paar Jahre hat Lou uns wohl formell eingeladen. Aber dann ... Na ja, jeder hat halt von selbst gewußt, daß wir Weihnachten immer bei ihr feiern. Nun gut, vielleicht nicht immer direkt bei ihr. Ein paarmal hat Lou auch alles hier zur Farm mitgebracht. Aber meistens fahren wir zu ihr in die Stadt."

Eine Zeitlang herrschte Schweigen. Mary machte langsam mit den Haarnadeln weiter.

„Das war, bevor du eine Frau hattest“, entgegnete sie leise.

Ich sah auf. Etwas in ihrer Stimme schien mich warnen zu wollen.

„Was soll denn das bedeuten?“ fragte ich. Wahrscheinlich hätte ich die Antwort schon längst von selbst wissen müssen.

„Das war, bevor du eine Frau hattest“, wiederholte sie betont, als sei ich schwer von Begriff.

„Und was hat das mit Weihnachten zu tun?“ forderte ich sie heraus.

Marys Ton wurde bestimmter, als sie jetzt kurz angebunden antwortete: „Eine ganze Menge, möchte ich meinen.“

„Schließlich ändert das nichts an der Tatsache, daß Verwandtschaft nun einmal Verwandtschaft ist und daß Lou ...“

Aber jetzt fuhr Mary zu mir herum und sah mich mit erhobenem Kinn und einem verletzten Ausdruck im Blick an. So kam ich nicht weiter. Wenigstens vorerst nicht.

Die Stille lastete bleischwer auf uns.

Mary redete als erste weiter. Sie rang um eine möglichst beherrschte, ebenmäßige Stimme.

„Josch“, begann sie, „hast du eigentlich nicht gemerkt, was hier während der letzten paar Tage alles vor sich gegangen ist?“

Ich zuckte mit den Achseln. Ich konnte ihr nicht recht folgen.

„Das Backen? Das Putzen und Aufräumen? Der Baum? Der Puter?“ fuhr Mary fort.

Wieder zuckte ich mit den Achseln. Ich hatte das Gefühl, als drohte mir eine Strafpredigt, ganz egal, was ich auch sagen würde.

„Weihnachten, Josch. Weihnachten!“ sagte Mary mit Nachdruck. „Ich war dabei, unser erstes gemeinsames Weihnachtsfest vorzubereiten. Wenn ich das Fest schon nicht ausrichten darf, warum hast du dann seelenruhig zugesehen, wie ich die Vorbereitungen dazu getroffen habe?“

„Mit … mit ‚nicht dürfen' hat das doch nichts zu tun", stotterte ich.

Mary fuhr sich mit der Bürste durch das Haar.

„Gut", sagte sie nur. „Dann feiern wir also hier, wie ich's geplant hatte. Möchtest du Lou und Nat dazu einladen?"

Ach, du liebe Güte! Anscheinend hatten wir nach dem Motto „Daß keiner des anderen Sprache verstehe!" miteinander geredet. Die ganze Diskussion hatte sich im Kreis gedreht.

Ich stand auf und baute mich vor ihr auf. Irgendwie mußte ich jetzt ein für alle Male Klarheit schaffen.

„Mary", sagte ich eindringlich, „wir – Opa, Onkel Charlie und ich – wir fahren immer an Weihnachten zu Tante Lou. Jedes Jahr. Wir …"

Aber da hatte Mary mir schon den Rücken zugewandt. Ich war aufgebracht. Am liebsten hätte ich sie bei den Schultern gepackt und zu mir umgedreht, damit sie mich ansehen mußte.

„Das war früher", beharrte sie.

„Früher? Was hat das denn mit Weihnachten zu tun? Früher! Das ändert doch nichts daran, daß wir wie eh und je miteinander verwandt sind. An Weihnachten trifft sich nun mal die Verwandtschaft und feiert gemeinsam. Nicht bloß ein kleiner Teil, sondern alle. Begreifst du das denn nicht?"

Jetzt fuhr Mary auf dem Absatz zu mir herum. Tränen rollten ihr über das Gesicht.

„Nein", schluchzte sie, „du bist derjenige, der nicht begreift. Tagelang … ach, was sag' ich: *wochen*lang habe ich an den Vorbereitungen für unser erstes gemeinsames Weihnachtsfest gearbeitet. Früher mußte ich zu Weihnachten immer ade zu dir sagen und zu Papa nach Hause fahren. Aber jetzt sind wir beide doch eine Familie, Josch. Du und ich. Und dieses Weihnachten soll uns beiden gehören. Unser erstes Weihnachten als Ehepaar. Ich hatte gedacht, so wolltest du's auch haben", schluchzte sie. „Aber jetzt … jetzt sagst du, daß wir an Weihnachten in die Stadt fahren, zu Lou. Mir liegt genausoviel wie dir an der Verwandtschaft, Josch. Ich habe sie allesamt sehr lieb: Lou und Nat und …

und die Kinder, aber … aber unser erstes gemeinsames Weihnachten hatte ich mir anders vorgestellt!“

Jetzt weinte Mary heftig. Ich fragte mich schon, ob Opa und Onkel Charlie etwa jedes Wort mitgekriegt hatten. Die Wände bei uns waren nämlich alles andere als schalldicht. Na, wenn schon! Dann hörten sie es halt. Hier ging es um unsere Familie. Ich versuchte es noch einmal.

„Ich hab' ja gar nichts dagegen, unser erstes gemeinsames Weihnachten ganz besonders schön zu feiern“, gab ich ihr zu verstehen. „Aber bei Nat und Lou ist Weihnachten *immer* ganz besonders schön.“

Mary nahm einen Zipfel ihres Nachthemds und wischte sich damit die Augen trocken. Ihre Tränen waren versiegt, und es gab keinen Zweifel daran, daß ich als Sieger aus dieser Meinungsverschiedenheit hervorgegangen war. Mary hatte sich von meinen Argumenten überzeugen lassen und ein Einsehen gehabt.

Allerdings sagte sie nicht etwa: „Also gut!“ oder: „Na schön, du hast recht!“ Sie sagte überhaupt nichts mehr. Sie legte einfach ihre Bürste auf die Kommode zurück und schlüpfte ins Bett. Sie ließ sich sogar ihren gewohnten Gutenachtkuß geben, nachdem ich das Licht gelöscht hatte.

Irgendwann mitten in der Nacht wachte ich auf. Mir war, als hätte ich ein Geräusch gehört, aber als ich in der Dunkelheit dalag und angestrengt horchte, herrschte völlige Stille. Da hörte ich es wieder: ein unterdrücktes Schluchzen von Marys Betthälfte.

Ich drehte mich zu ihr um und tastete mit der Hand nach ihr.

„Mary?“ fragte ich flüsternd. „Mary, was ist denn los?“

„Ach Josch!“ schluchzte sie und warf ihre Arme um mich. „Es tut mir ja so leid! Ich hätte … ich hätte nicht so bockig sein dürfen. Ich …“

„Wovon redest du denn?“ wunderte ich mich. Unsere kleine Auseinandersetzung zur Schlafenszeit hatte ich restlos vergessen.

„Ist doch klar, daß du Weihnachten mit deiner Verwandtschaft feiern willst, wie eh und je. Verzeih mir, daß ich …“

Das war es also.

Ich hielt Mary umarmt und ließ sie einfach weinen. Dabei rief ich mir jedes Wort von dem, was sie am Abend gesagt hatte, ins Gedächtnis. Zum ersten Mal konnte ich ihren Standpunkt verstehen. Wir beiden, Mary und ich, waren jetzt eine neue Familieneinheit, die mit der Zeit vielleicht durch Zuwachs gesegnet werden würde. Es war sowohl unser gutes Recht als auch unsere Pflicht, unsere eigene Familientradition ins Leben zu rufen und für uns das Weihnachtsfest zu feiern. Das brauchte nicht zu bedeuten, daß uns die Verwandtschaft plötzlich gleichgültig wäre – ganz und gar nicht! Wir konnten nach wie vor mit den anderen gemeinsam feiern, aber wenn, dann als Mitgestalter, die ihre eigenen Weihnachtsbräuche einführten.

Ich strich Mary tröstend über die Schulter und starrte dabei nachdenklich in die Dunkelheit. Im stillen betete ich auch eine Zeitlang.

Wieder hatte ich versagt. Ich hatte meiner Frau nicht die Ehre erwiesen, die ich ihr versprochen hatte. Ich hatte ihr nicht meine Unterstützung zuteil werden lassen und war ihr nicht in Freundlichkeit begegnet. War ich denn so ein hoffnungsloser Fall?

„Mary“, flüsterte ich sanft in ihr Haar hinein, „du warst im Recht und ich im Unrecht. Bitte verzeih mir. Es tut mir wirklich leid!“

Wieder herrschte Stille. Ich wagte es fortzufahren.

„Von jetzt an feiern wir Weihnachten nach unserer Manier. Schließlich sind wir jetzt eine Familie. Das ist wichtig – sowohl für dich als auch für mich.“

Mary richtete sich in der Dunkelheit auf.

„Schon gut, Josch“, sagte sie. „Mir macht's nichts aus. Ehrenwort!“

Aber für mich gab es kein Zurück mehr.

„Ich besuche Tante Lou gleich morgen früh“, versprach ich ihr. „Opa und Onkel Charlie können ruhig zu Weihnachten in die Stadt fahren. Wir laden uns Lilli und deinen Vater ein.“

„Kommt nicht in Frage!“ wehrte Mary ab. „Damit würden wir ja die Familie auseinanderreißen. Das geht doch nicht!"

„Ich rede mit Lou", beharrte ich. „Sie wird schon Verständnis haben!"

„Nein. *Ich* rede mit Lou", widersprach Mary. „Wir werden uns bestimmt einigen."

„Aber ..." wollte ich protestieren. Mary langte mit ihrem Zeigefinger durch die Dunkelheit und legte ihn auf meine Lippen.

„Vertraust du mir?" fragte sie nur, und ich nickte gegen ihren Zeigefinger, um ihr zu verstehen zu geben, daß das wirklich der Fall war.

Freude und Traurigkeit

Am nächsten Vormittag fuhr Opa mit Mary in die Stadt, wo er sie bei Lou absetzte. Er hatte sowieso längst wieder einmal in die Stadt gewollt, sagte er. Vermutlich war er noch nicht ganz fertig mit seinen Weihnachtseinkäufen.

Alles regelte sich bestens. Es wurde beschlossen, daß wir Weihnachten bei uns auf der Farm feiern würden, und zwar gemeinsam mit Onkel Nat, Tante Lou, den Kindern, Papa Turley und Lilli. Den großen Festtagsschmaus würde Mary auftischen. Opa vertraute mir an, daß Lou dieser Lösung sogar mit Erleichterung zugestimmt hatte. Ihr Nesthäkchen raubte ihr nämlich noch oft die Nachtruhe.

Außerdem einigten sich Lou und Mary darauf, sich von jetzt an mit dem Ausrichten des Weihnachtsfests abzuwechseln. Das fand ich durchaus vernünftig. Auf diese Weise kam jede der beiden Frauen jedes zweite Jahr zu einem etwas geruhsameren Fest und zu einem, das sie ganz nach ihren Wünschen gestalten konnte.

Ich war mächtig stolz auf meine Frau. Sie hatte sich als einfühlsam und rücksichtsvoll erwiesen und dabei ein tüchtiges Stück an Verantwortung im Familienkreis übernommen.

Dieses Weihnachtsfest wurde das beste meines bisherigen Lebens. Mit dem Festessen übertraf Mary sich selbst – ganz wie ich's erwartet hatte. Der Truthahn war eine wahre Delikatesse, das Kartoffelpüree locker wie Schnee und die Soße sämig und schmackhaft. All die Leckereien, die sie während der letzten Tage gebacken hatten, stapelten sich auf der Anrichte in der Küche, und daneben stand ihr kostbares Silberservice, aus dem sie Tee und Kaffee ausschenkte.

Das Wetter war großartig, wenn wir auch auf unseren Weihnachtsschnee verzichten mußten. Die Gäste stellten sich zeitig ein und verabschiedeten sich erst spät. Alles in allem war es ein rundherum gelungenes Weihnachten.

Lous vier Sprößlinge sorgten selbstverständlich für allerhand Trubel. Sarah war schon beinahe eine junge Dame und weigerte sich, unter die „Kinder" gezählt zu werden. Auch Jonathan war schon viel vernünftiger und ruhiger geworden, aber der kleine Timmy dagegen war ein wahrer Wirbelwind. Man konnte ihn keine Sekunde lang aus den Augen lassen. Mir blieb nichts anderes übrig, als Pixie nach oben in unser Zimmer zu tragen und die Tür abzuschließen. Timmy wollte sie nämlich ständig auf den Schoß nehmen, aber Pixie war zu gebrechlich für die robusten Jungenhände. Er gab sich zwar Mühe, behutsam mit ihr umzugehen, aber für einen kleinen Hosenmatz wie ihn war das halt fast ein Ding der Unmöglichkeit.

Patty, das Nesthäkchen, verschlief einen großen Teil des Tages. Tante Lou stellte seufzend fest, daß das nach aller Wahrscheinlichkeit eine lange, schlaflose Nacht nach sich ziehen würde. In der Hinsicht konnte ich nicht aus eigener Erfahrung mitreden, worüber ich auch gar nicht traurig war.

Papa Turley schien es sehr zu genießen, ein Teil unseres Familienkreises zu sein. Die lustigen Eskapaden der Kinder quittierte er mit schallendem Gelächter. Im stillen fragte ich mich, was er wohl davon halten würde, eines Tages selbst einmal Opa zu werden; die Antwort konnte ich mir beinahe denken.

Lilli war recht schweigsam. Sie half Mary in der Küche, aber in Gedanken schien sie weit weg zu sein. Ich war nicht sehr überrascht, als Avery am Nachmittag bei uns anklopfte. Ich wollte ihn in die Stube bitten, aber er lehnte ab. Wollte Lilli zu einer Spazierfahrt abholen, sagte er. Wir machten ein paar ulkige Bemerkungen, aber die beiden bekamen nur rote Gesichter, zogen sich warm an und machten, daß sie uns entkamen.

Als sie zurückkehrten, nahm Avery unsere Einladung zu

einem Imbiß aus Truthahnresten und Buttersemmeln an. Zu viert spielten wir ein paar Runden Domino. Mary und ich gewannen haushoch; allerdings schienen unsere Gegner nicht recht bei der Sache zu sein. An diesem Abend waren Avery und Lilli die letzten, die sich verabschiedeten.

Müde, aber froh gingen wir zu Bett. Mary und ich kuschelten uns in Tante Lous altem Bett aneinander und ließen den Tag noch einmal an uns vorbeiziehen.

„Weißt du, über welches von meinen Geschenken ich mich am allermeisten gefreut habe?“ fragte Mary mich.

„Na, über welches denn?“

„Den Spiegel. Den neuen Spiegel.“

Das überraschte mich kaum. Ich hatte sie ja schon oft dabei beobachtet, wie sie sich vor Lous altem Spiegel recken und strecken mußte, um sich überhaupt darin sehen zu können. Er war ausgerechnet in der Mitte blind geworden.

„Und was ist dein Lieblingsgeschenk?“ wollte Mary wissen.

„Au weia! Das ist aber 'ne kniffelige Frage! Eigentlich gefallen sie mir alle.“

Aber so leicht ließ Mary sich nicht abfertigen.

„Komm schon, Josch. Raus mit der Sprache!“

Ich dachte an die Geschenke, die ich von Mary bekommen hatte.

„Vielleicht der Pullover“, sagte ich nach reiflicher Überlegung.

„Der Pullover?“

„Ja, und weißt du auch, warum? Weil du ihn selbst gestrickt hast. Für mich.“ Ich machte eine Pause und sagte dann mit einem Grinsen: „Weißt du auch, wieso eigentlich übrigens auch noch?“

„*Wieso eigentlich übrigens auch noch*?“ kicherte Mary. „Ist das vielleicht die feine Art sich auszudrücken?“

„Aber klar! Wieso würde ich's sonst *eigentlich übrigens auch noch* sagen?“ spaßte ich zurück und versetzte Mary einen Rippenstoß.

„Also gut: *Wieso eigentlich übrigens auch noch*?“ fragte sie. „Weil er tatsächlich paßt!“ antwortete ich lachend. „Er hat zwei Ärmel, und die sind sogar gleich lang! Oben ist ein Loch für meinen Kopf und unten eins für meinen Bauch."

Jetzt lachte auch Mary, obwohl sie mich aus vorgetäuschtem Zorn in die Seite boxte.

„Du hast wohl geglaubt, ich könnte nicht mit Stricknadeln umgehen, was?"

„Das nicht gerade", entgegnete ich. „Aber ich hab' schon Herrenpullover gesehen, die von Freundinnen und jungen Bräuten fabriziert worden waren. Da mußte man sich erst genau erkundigen, was das Ding eigentlich darstellen sollte."

Den nächsten Boxhieb, den Mary mir versetzte, hatte ich wohl verdient.

An einem kalten, windigen Tag ein paar Wochen später kam ich eines Vormittags ins Haus und fand Mary in Tränen aufgelöst vor. Ich war mir keiner Schuld bewußt, und auch Opa und Onkel Charlie hatten gewiß nichts getan oder gesagt, worüber sie sich so arg grämen müßte. Einen Moment befürchtete ich, sie könnte ernsthaft krank sein, und dieser Gedanke jagte mir einen gehörigen Schrecken ein.

Für Fragen hatte ich jetzt keine Zeit. Mary warf sich in meine Arme und schluchzte an meiner Schulter. Jetzt bekam ich's ernsthaft mit der Angst zu tun. Ich sah forschend zu Opa in seiner Ecke, aber der wich meinem Blick aus. Angespannt starrte er zum Fenster in den grauen, verhangenen Wintertag hinaus. Onkel Charlie war nirgends zu sehen.

Hatte etwa jemand eine Schreckensbotschaft überbracht, während ich bei der Arbeit gewesen war? In Gedanken ging ich unsere Verwandtschaft einzeln durch und überlegte, ob einem davon etwas zugestoßen sein könnte. Aber ich hatte kein Pferd gehört, und den Hofhund hatte ich die ganze Zeit bei mir gehabt. Fritz hatte ein schärferes Gehör als ich; der hätte bestimmt angeschlagen, wenn jemand gekommen wäre.

„Ist ja gut, Liebling!" versuchte ich Mary zu beruhigen

und strich ihr eine Haarsträhne aus dem tränennassen Gesicht. „Ist ja gut! Sag mir, was passiert ist!“

Mary schluckte und rang um ihre Fassung.

„Es ist wegen Pixie“, brachte sie hervor. „Ich habe sie in ihrer Kiste hinter dem Herd gefunden.“

„Pixie?“

Erneut brach Mary in Tränen aus und klammerte sich fester an mich.

Ich wollte mich losreißen und nach Pixie sehen. Das Tier brauchte wahrscheinlich meine Hilfe. Aber ich durfte Mary nicht einfach hier stehenlassen. Sie war ja völlig außer sich! Ich umarmte sie und strich ihr beruhigend über die Schultern.

Als sie sich endlich wieder gefaßt hatte, schob ich sie sanft von mir und kniete mich neben den Herd, um nach Pixie zu sehen. Es war weitaus schlimmer, als ich befürchtet hatte. Jede Faser meines Herzens sträubte sich gegen das, was ich vorfand. Pixie lag leblos in ihrer Kiste. Jegliche Hilfe kam zu spät. Sie war schon kalt und steif.

Jetzt kamen auch mir die Tränen. Ich nahm Pixie so behutsam, wie ich nur konnte, auf den Arm und strich ihr noch einmal über das seidige Fell und die weichen Ohren. Ja, sie war ein liebes Hündchen gewesen, eine treue Kameradin. Vor Jahren hatte ich sie von meinem geliebten Uropa geschenkt bekommen. Sie würde mir schrecklich fehlen. Ihr Tod erinnerte mich daran, wie arg ich Uropa vermißte.

Ich wußte, daß Pixie alt und krank gewesen war. Vor Schmerzen hatte sie sich ja kaum noch bewegen können. Sie war eines gnädigen Todes gestorben, friedlich und im Schlaf. Trotzdem wollte ich's nicht wahrhaben. Wenn es nur irgend in meiner Macht gestanden hätte, dann hätte ich sie wieder ins Leben zurückgeholt.

Aber das stand nun mal nicht in meiner Macht. Mir blieb nichts anderes übrig, als sie einfach in den Armen zu halten. Ihr kleiner Körper fühlte sich sonderbar an, ganz anders als sonst: kein Schwanzwedeln, keine winzige rosafarbene Zunge, mit der sie mir die Hand leckte. Sie hatte einmal lebendige Körperwärme ausgestrahlt. Jetzt war nur noch eine reglose, starre, tote Hülle übrig. Ich fühlte mich beinahe abgestoßen – aber zugleich konnte ich mich auch nicht davon trennen. Ein ums andere Mal strich ich über ihr Fell und redete mit ihr, als würde sie im nächsten Moment von ihrem Schlaf aufwachen.

Mary kam auf mich zu und legte mir die Hand auf den Kopf, um mir sanft mit den Fingern durch die Haare zu fahren.

„Ich mache eine Kiste zurecht", sagte sie leise.

Zuerst wollte ich widersprechen. Pixie war *mein* Hund gewesen. Die Kiste würde ich schon selbst herrichten. Aber dann machte ich mir klar, wie sehr auch Mary an dem Tier gehangen hatte, und ich nickte nur. Dabei kamen mir erneut die Tränen.

Mit zitternden Händen zog ich Pixies kleines Bett hinter dem Herd hervor und legte sie behutsam wieder hinein. Dann zog ich mir die dicken Handschuhe wieder an und ging aus der Küche, ohne einen Blick zurückzuwerfen.

Ich holte mir die Spitzhacke und die Schaufel und suchte eine Grabstelle im Garten. Pixie sollte unter den Bäumen ihre letzte Ruhe finden, gleich neben dem Grab meines ersten kleinen Hündchens. Flecki hatte mein erstes Hündchen geheißen. „Flecki hab' ich auch von Uropa bekommen", dachte ich bei mir, während ich die Spitzhacke in den gefrorenen Boden schlug. Es war ein hartes Stück Arbeit. Vielleicht war das gut so. Ich brauchte etwas, auf das ich mich konzentrieren mußte. Mit aller Kraft schwang ich die Spitzhacke durch die Luft, immer wieder, wie ein Rasender. Dann schaufelte ich die steinharten Erdklumpen beiseite und hob ein Loch aus, in dem eine kleine Kiste Platz hatte. Eine kleine Kiste mit einem noch kleineren Hund darin.

Bei der Arbeit gefroren mir die Tränen auf dem Gesicht zu Eis. „Sie war zwar klein", dachte ich, „aber ein Herz treu wie Gold hatte sie." Ja, ein Ausbund an Duldsamkeit war sie gewesen. So wie mein kleines Hündchen hatte mich noch niemand je geliebt. Pixie hatte mir keine Fragen gestellt und keine Entschuldigungen abverlangt. Sie hatte mich, Josch Jones, einfach so genommen, wie ich war.

Das Loch, das ich da aufhackte, wurde ’ne Spur größer als unbedingt notwendig, glaub’ ich. Vielleicht lag das daran, daß ich einfach noch nicht ins Haus zurück wollte. Ich brauchte noch ein paar Minuten ganz für mich allein. Mit Pixies Tod hatte ich das letzte lebendige Andenken an Uropa verloren. Erinnerungen hatte ich natürlich ’ne ganze Menge. Hatte auch andere Stücke, die mich mit ihm verbunden hatten, Sachen, die ich in die Hand nehmen konnte, um dabei an ihn zu denken, was ich auch oft tat. Aber Pixie war eine lebendige Erinnerung an Uropa gewesen. Jedesmal, wenn ich sie auf den Arm nahm, sah ich Uropas altersweiche, sanfte Hände vor mir, mit denen er sie mir zum allerersten Mal gereicht hatte.

Ich dachte daran, wie Tante Lou mir von Uropas langer, mühsamer Suche nach einem neuen Hund erzählt hatte, nachdem mein erstes Hündchen ums Leben gekommen war. Die ganze Stadt hatte er durchgekämmt, bis er eine Familie gefunden hatte, die junge Hunde zu verkaufen hatte. Winzig klein war Pixie damals noch gewesen, und Uropa hatte mir erklärt, daß sie ganz besonders viel an Fürsorge und Liebe brauchen würde.

Ein richtiges Liebesgeschenk war sie gewesen, meine Pixie. Aus Liebe zu mir hatte Uropa keine Mühe gescheut, mir wieder einen Hund zu besorgen, und Pixie und ich hatten einander mächtig liebgehabt und über die Jahre hinweg viel miteinander erlebt.

„Und jetzt ist sie tot!“ Ich hatte längst gewußt, daß es eines Tages soweit sein würde, aber insgeheim hatte ich einfach so getan, als ließe sich das irgendwie hinausschieben.

Endlich hörte ich auf mit dem Graben, wischte mir die zu Eis gefrorenen Tränen aus dem Gesicht und brachte die Spitzhacke wieder in den Schuppen. Die Schaufel würde ich noch brauchen.

Mary hatte die Kiste schon fertig. Sie hatte sie mit weichem Stoff ausgelegt, auf dem Pixie aussah, als hätte sie sich gerade gemütlich zum Schlafen zusammengerollt. Der

Deckel lag daneben. Mary hatte es so vorgesehen, daß ich ihn auf die Kiste nageln sollte, nachdem ich mich ein letztes Mal von meinem kleinen Hund verabschiedet hatte.

Ich strich mit der Hand über das weiche Hundefell und legte dann den Deckel auf die Kiste. Danach zog ich meine Handschuhe an und wandte mich zu Mary um.

Sie hatte sich zwar die Tränen getrocknet, aber die Traurigkeit hatte sie sich nicht aus dem Gesicht wischen können.

„Ich dachte, vielleicht machst du das lieber allein", beantwortete sie leise meine unausgesprochene Frage, warum sie keinen Mantel trug. Ich nickte, überrascht darüber, wie gut sie mich schon nach so kurzer Zeit kannte, und trug die kleine Kiste in den Garten.

Nachdem ich die traurige Aufgabe beendet hatte, blieb ich noch eine Weile draußen und suchte mir ein paar kleinere Arbeiten, die noch erledigt werden mußten. Mary ließ mich gewähren. Schließlich war ich soweit, der Familie wieder unter die Augen treten zu können, und ging in die Küche. Schon draußen vor der Tür duftete es nach frisch aufgebrühtem Kaffee, und erst jetzt merkte ich, wie sehr ich fror.

Marys Blick begegnete meinem, und wir sprachen miteinander, ohne daß ein einziges Wort fiel. Schließlich lächelte sie. Es war ein zaghaftes, verhaltenes Lächeln, und ich nickte kaum merklich.

Onkel Charlie war wieder aufgetaucht. Wir versuchten, eine normale Unterhaltung in Gang zu bringen. An Gesprächsstoff gab's nicht viel außer dem Wetter. Eine Zeitlang klappte das auch einigermaßen. Inzwischen hatte ich mich wieder etwas aufgewärmt und fühlte mich schon ein bißchen besser, obwohl ich genau wußte, daß ich lange dazu brauchen würde, den Verlust zu verschmerzen. Mary wußte das auch. Ich konnte ihre Liebe und ihr Mitgefühl spüren, obwohl sie am anderen Ende der Küche saß. Es war schon eine geheimnisvolle Sache, dieses Verheiratetsein. Ich fragte mich, wie ich je ohne Mary zurechtgekommen war. Und ich hoffte, daß ich mich nie wieder allein, ohne sie, durchs Leben schlagen müßte.

Jetzt wurde mir endlich klar, wie sehr Uropa während der Jahre als Witwer unter seiner Einsamkeit gelitten haben mußte und warum er sich so sehr danach gesehnt hatte, auch endlich zu Uroma in den Himmel zu kommen. Plötzlich verspürte ich einen ganz neuen Respekt vor ihm. Und das Wort „Liebe" gewann für mich eine neue Bedeutung.

Veränderungen

Eines Morgens kam ich von der Stallarbeit ins Haus und freute mich schon auf das Frühstück, das ich auf dem Tisch vorzufinden hoffte. Da war es auch – jedenfalls zum Teil. Der Kochtopf mit der Hafergrütze stand noch auf dem Herd, und der Kaffee dampfte in der Kanne. Dicke, geröstete Brotscheiben standen bereit, und der Tisch war gedeckt. Daß irgendwas nicht stimmte, sah ich auf den ersten Blick.

„Wo ist Mary?" fragte ich Onkel Charlie, der den klumpigen Haferbrei umrührte, während Opa den Kaffee ausschenkte.

„Die fühlt sich nicht wohl", teilte Onkel Charlie mir mit und beeilte sich hinzuzufügen, als er mein besorgtes Gesicht sah: „Nichts Ernstes. Nur 'n bißchen Übelkeit. Wird wohl die Darmgrippe sein, denk' ich."

Ich zog mir nicht mal erst die Jacke aus, sondern eilte schnurstracks nach oben.

Mary lag angezogen im Bett. Demnach war sie also schon auf den Beinen gewesen.

„Mir fehlt nichts", versicherte sie mir mit einem kläglichen Lächeln. „Es ist bloß ..."

Aber die kleine Ansprache hatte ich ja schon von Onkel Charlie gehört. Ich setzte mich auf die Bettkante und legte meine Hand auf Marys Stirn.

„Ich habe kein Fieber, Josch!" protestierte sie.

„Du fühlst dich aber ganz heiß an", widersprach ich.

„Bei deinen kalten Stallhänden fühlt sich alles, was nicht gerade ein Eisklumpen ist, siedendheiß an", machte Mary mir klar. „Geh ruhig runter und frühstücke erst mal."

„Ißt du denn nichts?"

„Das wäre zwecklos", meinte Mary. „Könnte es ja doch nicht bei mir behalten."

„Wie wär's, wenn ich dir dann eine Portion …"

„Josch", sagte Mary eine Spur ungehalten, „sogar von dem Geruch dreht sich mir schon der Magen um!"

Ich deckte sie fester zu und ging nach unten. Trotz ihres Versprechens, bald in die Küche nachzukommen, machte ich mir Sorgen.

Tatsächlich kam Mary nach einiger Zeit nach unten. Sie sah zwar noch ziemlich blaß aus, behauptete aber, wieder ganz auf dem Damm zu sein, was sie auch gleich unter Beweis stellte, indem sie anfing, in der Küche zu wirtschaften.

Die nächsten drei Tage wiederholte sich das Drama. Mit der Zeit hatte ich Onkel Charlies Hafergrütze gründlich satt, obwohl ich mich eigentlich fast mein ganzes Leben lang davon ernährt hatte. Außerdem wuchs meine Sorge um Mary. An einem Tag kam sie erst gegen Mittag aus unserem Zimmer, und selbst dann sah sie so aus, als gehörte sie eigentlich ins Bett. Ich war der Meinung, daß sie sich einfach einen ganzen Tag Bettruhe gönnen sollte, damit sie die Sache bald ausgestanden hatte, egal, um was es sich dabei auch handeln mochte. Aber wer kommt schon gegen eine Frau an, die sich was anderes in den Kopf gesetzt hat?

Am fünften Morgen kam ich zu dem Schluß, daß dringend etwas unternommen werden mußte. Ohne Mary etwas davon zu sagen, sattelte ich Chester und ritt in die Stadt. Ich fand nämlich, daß es höchste Zeit war, den Doktor zu Rat zu ziehen.

Kurz nachdem ich wieder daheim angekommen war, traf auch der Doktor ein. Inzwischen war Mary aufgestanden und machte sich in der Küche zu schaffen. Sie sah furchtbar blaß aus und wandte oft den Kopf zur Seite, wenn sie einen Deckel hob, um in dem Topf zu rühren, als ob ihr der bloße Essensgeruch schon widerwärtig sei.

Mary machte ein überraschtes Gesicht, als ich den Doktor in die Küche führte. Dann setzte sie aber gleich das Kaffeewasser auf; wahrscheinlich glaubte sie, der Doktor sei gerade von einem Hausbesuch in der Nachbarschaft gekommen und wollte auf dem Heimweg nur kurz bei uns hereinschauen. Der Doktor setzte sich gleich zu Onkel Charlie und Opa an den Tisch, aber mir entging nicht, wie er Mary dabei haargenau aus den Augenwinkeln beobachtete.

„Ich hab' gehört, daß du dich in letzter Zeit nicht so prächtig fühlst, junge Frau“, sagte der Doktor, während er die Sahne in seinem Kaffee verrührte.

„Nur eine leichte Darmgrippe, weiter nichts!“ winkte Mary ab und reichte ihm den Teller mit den Plätzchen.

„Schon möglich“, meinte der Doktor. „Zur Zeit klagen viele darüber. Josch hat aber gemeint, du solltest dich trotzdem untersuchen lassen, einfach zur Sicherheit.“

Alle sahen sich zu mir um. Besonders Mary.

„Es muß nicht immer die Darmgrippe sein, wenn einem übel ist“, erklärte der Doktor. „Josch hat recht. Es kann nicht schaden, der Sache auf den Grund zu gehen.“

Als wir unsere Tassen leergetrunken hatten, schickte der Doktor Mary nach oben, wo die Untersuchung stattfinden sollte.

„Glauben Sie ... glauben Sie, daß es ernst ist?“ fragte ich, bevor der Doktor zu ihr ging.

Er legte mir die Hand auf die Schulter und stand auf.

„Es hat keinen Zweck, sich Sorgen um ungelegte Eier zu machen, Josch!“ antwortete sagte er, und Opa und Onkel Charlie pflichteten ihm mit einem Kopfnicken bei.

Er blieb nicht lange oben. Als er wieder in der Tür stand, wartete ich gespannt auf den Befund. Gerade wollte ich danach fragen, als der Doktor sagte: „Mary erwartet dich oben, Josch.“ Die Kehle war mir wie zugeschnürt. Ich nahm zwei Stufen auf einmal und riß unsere Zimmertür auf.

Auf zwei Kissen gestützt, saß Mary im Bett. Ihre vorhin noch so bleichen Wangen waren jetzt leicht gerötet und ... Ich schloß die Tür hinter mir und eilte an das Bett. Wenn ich schon das Schlimmste hören sollte, dann wollte ich wenigstens dabei mit Mary allein sein.

„Setz dich, Josch!“ sagte Mary sanft. Ich nahm ihre Hand in meine.

„Ist es … ich meine, bist du sehr krank?“ brachte ich hervor.

„Nein“, antwortete Mary mit leuchtenden Augen. „Mir fehlt ganz und gar nichts.“

„Aber was … was …?“

Mary lächelte nur und fing dann regelrecht an zu kichern. Da saß ich nun und sorgte mich zu Tode, und Mary kicherte wie ein albernes Schulmädchen!

„Josch“, begann sie dann und holte tief Luft, um sich wieder zu beruhigen. Sie schien ja förmlich vor guter Laune zu platzen! „Josch, was würdest du davon halten, Papa zu werden?“

„Das wäre … prima!“ stotterte ich. „Das weißt du doch. Wir haben uns doch schon darüber unterhalten, und …“

„Bestens!“ quietschte Mary. „Du wirst nämlich einer!“

Ich begriff kein Wort. Ihrer Begeisterung nach zu urteilen, mußte es sich um etwas Gutes handeln, etwas ganz Besonderes. Ich sortierte das, was ich da gerade gehört hatte, nochmals in Gedanken, bis mir endlich ein Licht aufging.

„Du meinst … jetzt???“ schrie ich und packte sie bei beiden Schultern.

„Na, ein bißchen wirst du dich vielleicht noch gedulden müssen“, grinste sie, aber da war ich schon von der Bettkante aufgesprungen. Ich rannte über den Flur und die Treppe hinunter, immer zwei Stufen auf einmal nehmend. „Wir kriegen ein Baby!“ rief ich Opa und Onkel Charlie zu, die alle beide von ihren Stühlen aufgesprungen waren und in meine Jubelrufe einstimmten, bevor ich überhaupt die Küche erreicht hatte. Dann rannte ich wieder nach oben und packte Mary. Wir umarmten uns und lachten und freuten uns miteinander.

Endlich hörte ich auf, sie hin- und herzuwiegen, und hielt sie eine Armlänge von mir.

„Und du hattest wirklich keine Ahnung?“ fragte ich sie und sah ihr ins Gesicht. Irgendwie hatte ich immer geglaubt, daß Frauen solche Sachen automatisch wissen.

„Ich hatte es mir beinahe schon gedacht“, gestand sie, „aber ganz sicher war ich mir noch nicht.“

„Und wann?“ war meine nächste Frage.

Mary zog die Nase kraus.

„Der Zeitpunkt ist ziemlich ungünstig“, teilte sie mir mit. „Das Kind soll mitten während der Ernte ankommen.“

„Wir werden schon irgendwie zurechtkommen“, beruhigte ich sie schnell. „Am besten stellen wir für die Zeit ’ne Haushaltshilfe ein.“

„Und das war also der Grund, weshalb dir so oft übel war?“ fragte ich dann weiter.

Sie nickte.

„Tante Lou hat aber nie über Übelkeit geklagt. Ich hatte schon große Angst“, gab ich zu.

„Manchen Frauen schlägt's auf den Magen, schwanger zu sein, und anderen nicht“, erklärte Mary mir. „Jedenfalls wird's bald besser werden, hat der Doktor gesagt.“

Aber wie sich herausstellen sollte, irrte sich der Doktor in dieser Hinsicht. Marys Übelkeit dauerte viele Wochen an; es ging sogar in die Monate hinein. Sie nahm an Gewicht ab und wirkte bleich und zerbrechlich. Es war eine Qual, sie morgens zu sehen. Ich fühlte mich für ihr Elend verantwortlich und hätte es gern für sie getragen.

Wir Männer wechselten uns ab, das Frühstück zu machen. Ich hängte sogar eine Decke vor die Schlafzimmertür, damit sie von den Kochdünsten verschont blieb. Ansonsten hatten wir keine andere Wahl, als uns in Geduld zu fassen.

Im März bekamen wir Besuch von Lilli und Papa Turley. Sie brachten uns gute sowie schlechte Nachrichten. Die gute Nachricht betraf Lilli. Sie sprudelte förmlich über, als sie uns erzählte, daß Avery sie gebeten hätte, seine Frau zu werden, und sie hatte eingewilligt. Die Hochzeit sollte im Juni stattfinden.

Was Papa Turley zu berichten hatte, machte Mary traurig.

„Ich hab' beschlossen, die Farm zu verkaufen“, teilte er uns mit.

Ich sah, wie Mary zusammenfuhr, und fragte mich, was wohl in ihr vorgehen mochte. Sie sagte aber nichts, sondern nickte nur.

„Hab' mir die Sache reiflich überlegt", fuhr ihr Vater fort. „Mike macht sich nichts aus Landwirtschaft. Der hat 'ne gute Arbeit in der Stadt gefunden." Papa Turley drehte die Kaffeetasse in den Händen hin und her und starrte in den Dampf, der daraus hervorstieg. „Ihn zieht's wohl nicht aufs Land. Glaub' kaum, daß er je wieder ..." Er ließ den Satz halbfertig in der Luft hängen.

„Zum Einsiedler bin ich halt einfach nicht geschaffen", sann er nach einem kurzen Schweigen.

„Was hast du denn vor?" Endlich hatte Mary ihre Stimme wiedergefunden. Ich war schon drauf und dran, sie beiseite zu nehmen und ihr vorzuschlagen, Papa das Gästezimmer im Erdgeschoß anzubieten.

„Emma – deine Tante Emma drüben in Concord – will mich schon seit einiger Zeit dazu überreden, zu ihr zu ziehen. Sie könnte jemanden gebrauchen, der ihr das Haus instandhält, und sie weiß auch, daß mir hier die Decke auf den Kopf fällt. Sie ist der Meinung, daß uns beiden auf diese Art am besten geholfen wäre."

„Und du? Was meinst du dazu?" fragte Mary gefaßt.

„Mir ist's recht", antwortete ihr Vater eine Spur zu hastig. „Mit Emma hab' ich mich schon immer besser als mit meinen anderen Schwestern verstanden."

Mary warf mir einen Blick zu, und ich nickte. Sie atmete erleichtert auf, und mit ihren Augen dankte sie mir, als sie sagte: „Du kannst gern bei uns wohnen, Pa."

Er schob seinen Stuhl zurück und winkte ab.

„Nein, das geht doch nicht!" widersprach er.

„Und warum nicht?" forderte Mary ihn heraus. „Genug Platz haben wir ja. Wir würden uns freuen, wenn du hier einziehst, Pa, stimmt's, Josch?"

„Und ob!" stärkte ich ihr den Rücken. „Hier steht ein Zimmer leer", sagte ich und zeigte auf das Gästezimmer neben der Küche, „und oben an der Treppe noch eins. Du kannst dir's aussuchen."

Einen Moment lang schien er mit sich zu ringen. Dann stieß er einen tiefen Seufzer aus und rückte seinen Stuhl wieder dichter an den Tisch und seine Kaffeetasse heran.

„Vielen Dank für das Angebot", sagte er aufrichtig. „Es tut immer gut, anderswo willkommen zu sein. Trotzdem ... trotzdem halte ich es für das beste, wenn alles so bleibt, wie ich's mit Emma verabredet habe. Ihr würdet mich gern bei euch aufnehmen; das weiß ich. Aber Emma ... Emma braucht mich. Bei ihr ist das was anderes, versteht ihr? Nee, ich glaub', wir belassen's dabei."

Mary und ich wechselten einen Blick. Wir wußten, daß wir ihm die Entscheidung ganz allein überlassen mußten.

„Also gut, Pa. Aber vergiß nie, daß du jederzeit hier willkommen bist", sagte ich zu ihm.

„Du kommst uns doch besuchen, nicht wahr?" fragte Mary.

„Klar", versprach er. „Hab' schließlich drei Töchter, die alle hier wohnen. Klar komm' ich ab und zu auf Besuch. Außerdem muß ich doch bei den Enkeln nach dem Rechten sehen, stimmt's?"

Mary und ihr Vater wechselten ein herzliches Lächeln.

An diesem Abend redeten Mary und ich im Bett über die Ereignisse des Tages. Ich beschloß, ihr zu sagen, was mir seit dem Besuch der beiden Turleys unaufhörlich durch den Kopf gegangen war.

„Weißt du, ich hab' da 'ne Idee", sagte ich in die Dunkelheit hinein. „Ich würde gern das Land deines Vaters kaufen."

Ich spürte, wie Mary sich aufrichtete, um mein Gesicht zu studieren. Dazu war es aber zu dunkel, und sie legte sich wieder auf ihrem Platz zurecht.

„Brauchst du denn mehr Land, Josch?" wollte sie wissen.

„Nein, eigentlich nicht. Jedenfalls vorläufig nicht. Aber ... aber du bist doch da aufgewachsen, und das Land hat den Turleys gehört, so lange ich denken kann – was sag' ich: so lange *du* denken kannst! Ich hab' mir überlegt, daß es vielleicht schwer für dich ist ... daß du's vielleicht lieber behalten würdest."

Alles war still. Dann sagte Mary leise in die Nacht hinein: „Dank' dir, Josch. Danke!"

Ich strich mit der Hand über ihre weichen Haare und fuhr mit der Fingerspitze über die Narbe auf ihrer Stirn.

„Außerdem", fügte ich bedächtig hinzu, „außerdem könnte's ja sein, daß wir 'nen Sohn kriegen, der eines Tages ein Stück Land braucht. Ich würde ihm gern die Farm seines Opas geben."

Mary lachte leise und schmiegte ihren Kopf an meine Schulter.

„Wenn du das irgendwie hinkriegen könntest, Josch, würde ich mich riesig freuen", flüsterte sie, und ein Schluchzen überkam sie. „Das wäre einfach goldrichtig so, und Pa wäre der glücklichste Mensch der Welt."

Ich beschloß, gleich am nächsten Tag in die Stadt zu fahren, um mich nach den Formalitäten zu erkundigen.

Der Bankier hatte keine Einwände, und Papa Turley erst recht nicht. Es brauchte zwar eine ganze Weile, bis die Papiere unterschriftsreif waren, aber zum guten Schluß gehörte die Turley-Farm der Familie Jones. Als ich meinem Schwiegervater den Scheck über die Kaufsumme überreichte, konnte ich ihm anmerken, daß ihm ein großer Stein vom Herzen gefallen war. Er packte mich bei den Schultern und nahm mich in die Arme. Es war ihm eine große Erleichterung, seinen Grund und Boden nicht in fremde Hände geben zu müssen; vielmehr blieb das Land jetzt in der Familie.

Dann verkaufte er seine Geräte und packte seine Koffer. Lilli zog bei Faye ein, um bis zu ihrer Hochzeit dort zu wohnen.

Mary und ich brachten Pa an den Bahnhof. Von seinen beiden anderen Töchtern hatte er sich schon verabschiedet. Auf der Fahrt in die Stadt war er ziemlich schweigsam, aber er studierte jede Farm und jedes Feld gründlich. „Es ist beinahe, als wolle er die Tür zu seinem bisherigen Leben hinter sich zuschließen", dachte ich, „um die Tür zu einer neuen Zukunft zu öffnen."

Als wir die Stadt erreicht hatten, sagte er, daß er bis zur

Abfahrt seines Zuges noch einen kleinen Spaziergang machen wollte. Mary hatte ein paar Lebensmittel einzukaufen, und ich wollte ein paar Ersatzteile für unser Zaumzeug abholen. Deshalb setzten wir ihn an einer Straßenecke ab und verabredeten mit ihm, uns am Bahnhof zu treffen, bevor der Zug kam.

Ich fragte mich, was es wohl mit seinem „kleinen Spaziergang“ auf sich haben mochte. Vielleicht hatte er ein paar gute Bekannte in der Stadt, von denen er sich verabschieden wollte – aber dann sah ich, wie er in Richtung Friedhof losging.

Er wollte zum Grab seiner Frau. Wahrscheinlich fehlte sie ihm mehr, als wir ahnten. Mehr, als ihm die Farm jemals fehlen würde. Vielleicht würde es ihm guttun, bei seiner Schwester Emma zu wohnen, obwohl die ihm natürlich nie und nimmer die Frau ersetzen konnte, mit der er sein Leben über so viele Jahre hinweg geteilt hatte.

Wie verabredet, hatten Mary und ich uns auf dem Bahnsteig eingefunden, als der Zug einfuhr. Selbstverständlich flossen ein paar Tränen beim Abschied. Ich wußte, wie schwer dieser Moment für Mary war, wenn sie auch sehr tapfer war. Und dann fuhr der Zug auch schon ab, und wir standen allein auf dem Bahnsteig. Marys Mantelzipfel flatterten im Wind. Ich nahm sie bei der Hand und führte sie vom Bahnsteig weg. Jetzt war meine Verantwortung für sie noch größer denn je. Sie hatte weder Mutter noch Vater, an den sie sich wenden konnte. Außer mir hatte sie niemand mehr auf der Welt.

Familienglück

Durch den Kauf der Turleyschen Farm hatte ich in diesem Frühjahr noch mehr Felder zu bestellen. Papa Turley war zwar ein guter Farmer gewesen, aber seit dem Tod seiner Frau hatte er anscheinend das Interesse an der Sache verloren; jedenfalls hatte ich alle Hände voll zu tun, um das Versäumte aufzuholen.

Mary ertrug meine langen Arbeitstage mit Geduld. Oft sah ich sie nur beim Frühstück und für kurze Zeit nach dem Abendessen, bevor ich völlig erschöpft ins Bett fiel. Sie besuchte mich auch nur selten mit einem Imbiß auf dem Feld, wie sie's früher immer getan hatte. Das lag erstens daran, daß es ihr wegen ihres Zustands schwergefallen wäre, und zweitens waren die neuen Felder, die ich zu bestellen hatte, zu weit von unserer Farm entfernt. Deshalb gab sie mir jeden Morgen einen Korb mit Proviant mit zur Arbeit.

In diesem Frühjahr regnete es kaum, so daß ich mit der Aussaat zügig vorankam. Es war sogar so trocken, daß die Farmer in der Umgebung sich schon fragten, ob die neue Saat überhaupt genug Feuchtigkeit zum Keimen hatte.

Auch wir blieben nicht völlig von den Auswirkungen des fernen Börsenkrachs verschont. Die ganze Welt litt wohl mehr oder weniger darunter. Die Leute hielten die Luft an und warteten ab, welche Katastrophe uns wohl als nächstes ereilen würde. Ich hoffte inständig, daß es keine geben würde und daß ich die Familienmitglieder ernähren konnte, für deren Wohl ich verantwortlich war.

Wie geplant heiratete Lilli im Juni. Papa Turley kam zur Hochzeit und blieb ein paar Tage bei uns, bevor er zu Tante Emma nach Concord zurückfuhr. Marys Freude war unbeschreiblich. Ihr Vater, Opa und Onkel Charlie schreinerten gemeinsam eine Wiege, was ihnen sichtlich Spaß machte. Mary freute sich natürlich auch riesig.

Das Getreide keimte tatsächlich. Hier und da schoben sich die ersten grünen Spitzen durch die Erde, und ich atmete erleichtert auf. Jetzt fehlte uns nur noch ein kräftiger Regenguß, und die Ernte war so gut wie sicher. Aber auf den Regen warteten wir vergeblich. Bald wurden die kleinen Pflänzchen gelb und verwelkten in der Sonne. Eigentlich hätte ich der Wahrheit jetzt ins Auge sehen müssen, aber ich hoffte immer noch darauf, daß ein reichlicher Regenguß das Getreide retten könnte.

Es wurde ein heißer Sommer. Mary tat mir leid; in ihrem Zustand litt sie sehr unter der Hitze. Aber sie beschwerte sich nicht. Die Arbeit ging ihr langsamer als sonst von der Hand. Wegen der anhaltenden Trockenheit bot ihr Küchengarten ein klägliches Bild, und das machte ihr besonders zu schaffen. Gemeinsam mit Opa schleppte sie Wasser in Eimern herbei, um wenigstens ein paar der Pflanzen am Leben zu erhalten; den ganzen Garten auf diese Weise zu bewässern wäre der helle Wahnsinn gewesen.

Die Heuernte fiel spärlich aus. Ich sorgte mich schon jetzt, wie wir durch den nächsten Winter kommen sollten. Unsere Heugarben waren längst nicht so zahlreich wie sonst.

Das einzige, das mir in diesem Sommer Mut machte, war die Geburt unseres Kindes, der Mary und ich voller Vorfreude entgegensahen. Die ganze Familie war schon gespannt wie ein Flitzebogen, und jetzt, wo Mary ihre allmorgendliche Übelkeit überwunden hatte und sich, abgesehen von der Hitze, recht wohl fühlte, zählten wir alle schon fast die Tage.

In diesem Jahr fiel die Ernte so mager aus, daß ich im stillen bezweifelte, ob sich das Mähen überhaupt lohnen würde. Trotzdem tat ich's den Farmern in der Nachbarschaft nach und ging auf die Felder. Lilli kam, um Mary zu helfen. Ich rechnete es Avery hoch an, daß er sie kommen ließ, wo die beiden doch frischgebackene Eheleute waren. Mary war dankbar für Lillis Hilfe, und die beiden Schwestern kamen glänzend in der Küche miteinander zurecht. Es gab Dinge, über die sie kein Wort zu verlieren brauchten; sie schienen einfach von selbst zu wissen, was als nächstes erledigt werden mußte.

Lilli und Mary kochten gemeinsam alles ein, was wir einzukochen hatten. Ich bereitete unsere kümmerlichen Bestände an Getreide für die Dreschmannschaft vor. Mary hoffte, daß wir mit dem Dreschen fertig wären, bis unser neuer Erdenbürger sein Debüt gab, und um ihretwillen hoffte ich das gleiche.

Mary und ich redeten viel über unseren kleinen Sprößling. Klar, daß wir dabei auch die Frage „Junge oder Mädchen" zur Sprache brachten. Ich versicherte Mary, daß ich mich über beides freuen würde, aber ich glaube, sie ahnte, daß ich im stillen von einem Sohn träumte. Immerhin hatte ich jetzt das zusätzliche Land, und ich hoffte tatsächlich, daß diese Felder eines Tages von meinem Sohn bewirtschaftet werden würden. Aber ein Mädchen wäre auch prima, fand ich im Gedanken an Sarah und die kleine Patricia. Patty konnte inzwischen schon laufen. Aus dem Schreihals von früher war ein niedlicher Schatz geworden. Nein, gegen eine Tochter hätte ich wahrhaftig nichts einzuwenden!

Die Dreschmannschaft war gerade eingetroffen, die Maschine war aufgebaut, und die erste Ladung Garbenbündel lag auf dem Förderband, als ich zufällig in Richtung Wohnhaus sah und bemerkte, daß Lilli vor der Tür stand und mit der Schürze wie wild hin- und herfuchtelte, als stünde das Haus lichterloh in Flammen. Zunächst begriff ich nichts. Plötzlich dämmerte es mir, daß das Winken ja mir galt. Trotzdem verstand ich nicht gleich, was Lilli damit sagen wollte.

„Geh schon, Josch. Ich mach' hier für dich weiter!" sagte eine Stimme neben mir. Ich drehte mich zu Avery um. Der hatte das Schürzenwinken auch gesehen.

Dann auf einmal fiel der Groschen. Es war wegen Mary! „Dann ist es also jetzt soweit ..." dachte ich. Ich ließ die Heugabel fallen und rannte quer über den Hof. Lilli sah mich kommen und eilte ins Haus zurück.

Restlos außer Atem, mit einem Stechen in der Lunge sah ich mich in der Runde um, die in der Küche stand, und hoffte, daß irgendwer mir endlich sagen würde, was los war.

Lilli schürte das Herdfeuer und setzte den Wasserkessel auf. Sie hatte mir den Rücken zugewandt und sprach mit ruhiger, gelassener Stimme, als wäre nichts Besonderes geschehen: „Es ist Zeit, den Doktor zu holen, Josch!"

Ich rannte zur Treppe. Als erstes mußte ich Mary sehen.

Sie lag in unserem Bett, die Stirn mit Schweißperlen bedeckt und die Haare wirr auf dem Kissen. Als sie mich in der Tür sah, gelang ihr ein schwaches Lächeln. Zugleich stand ihr auch Erleichterung im Gesicht.

„Es ist soweit, Josch!" flüsterte sie.

Ich trat an das Bett, kniete mich hin und nahm Marys Hand in die meine. Einen Moment konnte ich nichts sagen. Ich zog ihre Finger an meine Lippen. Sie streckte die Hand aus und strich mir sanft über die Wange.

Bevor ich ihr auch nur versprechen konnte, mich zu beeilen, krampfte sich ihre Hand zusammen und umklammerte die meine so fest, daß es regelrecht schmerzte. Ihr Gesicht wurde bleich, und ihr Atem ging stoßweise.

Mir fuhr der Schreck in die Knie, daß sie ganz weich wurden. Sie mußte entsetzliche Schmerzen haben! Doch dann entkrampfte sie sich wieder. Ich spürte an ihren Fingern, wie die Anspannung nachließ. Ihr Kopf sank aufs Kissen zurück, so daß sie mein Gesicht sehen konnte.

„Geh, Josch!" flüsterte sie. „Beeil dich!"

Ich nickte und rannte los.

In letzter Zeit hatte ich den Ford kaum benutzt, aber jetzt schoß ich geradewegs darauf zu. Im stillen betete ich, daß das Benzin im Tank noch für die Fahrt in die Stadt und zurück reichen würde. Ich betete auch, daß er gleich anspringen würde, nachdem er den größten Teil des Sommers im Schuppen gestanden hatte.

Gottlob, er sprang auf Anhieb an. Auf unserer Einfahrt dankte ich Gott dafür. Dann bog ich auf die Landstraße ein und gab Gas, was das Zeug hielt.

Der Doktor war nicht zu Hause. Mir brach der kalte Schweiß aus. Dank seiner Frau fand ich ihn beim Friseur, wo er sich gerade seinen monatlichen Haarschnitt verpassen ließ.

„Es ist Mary!“ keuchte ich, als wäre ich den ganzen Weg in die Stadt gerannt. „Mary braucht Sie. Schnell!“

Der Doktor vergeudetete keine Minute. Er riß sich das weiße Tuch vom Hals.

„Ich komm’ später wieder, Charlie!“ rief er dem Friseur über die Schulter zu und verließ den Laden mit seinem unfertigen Haarschnitt. Wir gingen im Laufschritt zu seiner Praxis, wo er seine Tasche und alles, was er sonst noch brauchte, holte.

Auf der Rückfahrt raste ich, was der Ford hergab. Unterwegs warf ich dem Doktor einen kurzen Blick zu, um festzustellen, ob ich ihm etwa mit diesem Tempo Todesängste bereitete, aber er grinste nur leicht und hielt sich den Hut dabei auf dem Kopf fest. Ich hatte den Eindruck, als mache ihm die rasante Autofahrt regelrecht Spaß.

Wir ratterten in den Hof und kamen mit quietschenden Bremsen vor dem Holzzaun zum Stehen. Der Doktor schnappte sich seine Tasche und machte, daß er ins Haus kam. Ich folgte ihm auf den Fersen. Opa und Onkel Charlie waren in der Küche.

„Wie geht's Mary?“ wollte ich wissen, und Opa berichtete, daß Lilli oben bei ihr sei und daß alles soweit normal zu verlaufen scheine.

Ich fing an, ziellos in der Küche umherzugehen. Onkel Nat war bei der Geburt seiner Kinder fast immer dabeigewesen, aber das war ein Thema, das zu besprechen Mary und ich vergessen hatten.

Ich war mir nicht so sicher, ob ich da oben überhaupt von Nutzen wäre. Wahrscheinlich würde ich ausgerechnet dann in Ohnmacht fallen, wenn Mary mich am dringendsten brauchte. Wenn ich ... wenn ich ihr doch nur irgendwie helfen könnte!

Lilli kam in die Küche. Sie war ziemlich blaß. Während sie geradewegs an mir vorüberging, um das Feuer im Herd zu schüren, sagte sie: „Mary will dich bei sich haben.“

Einen Moment wollten mir die Füße nicht gehorchen. Ich stand nur da und starrte Lilli entgeistert an, fuhr mir mit der Zunge über die trockenen Lippen und versuchte zu schlucken. Doch dann kam plötzlich Leben in mich. Wie ein Pfeil rannte ich nach oben.

Der Doktor hatte sich über Mary gebeugt und redete beruhigend auf sie ein. Weil ich ihm nicht im Weg sein wollte, ging ich um ihn herum an die andere Seite. Mary wandte mir ihr von der Anstrengung feuchtes Gesicht zu. Sie sagte nichts, sondern langte nur nach meiner Hand. Ich beugte mich vor und küßte sie auf die Stirn, mitten auf die Narbe von dem Unfall. Mary vergrub ihr Gesicht in meinem Hemd. Dann kam schon die nächste Wehe, und ihr ganzer Körper verkrampfte sich.

Ich sah zu dem Doktor auf. Warum unternahm er denn nichts?

„Sie macht ihre Sache großartig. Ganz prima, Mary! Nicht mehr lange, und alles ist vorüber!“ brummte der Doktor.

Angeblich ging von jetzt an alles sehr schnell. Mir kam es eher wie eine Ewigkeit vor. Aber dann war tatsächlich alles vorbei. Es war wie ein unvorstellbares Wunder: Gerade noch hatten die Geburtswehen uns völlig in Atem gehalten, und im nächsten Moment war das Kind schon da. Ich konnte es kaum fassen, obwohl wir diesem Ereignis schon seit Monaten entgegengesehen hatten. Aber da war er, *unser kleiner Sohn*, unser erstes Kind! Rot und runzelig lag er da und schrie aus Leibeskräften.

Ich hörte Mary leise lachen. War sie etwa unter dem Einfluß von dem Äther, den der Doktor ihr verabreicht hatte? Aber dann sah sie mich mit dem Ausdruck unbeschreiblicher Freude an, und ihre Augen füllten sich mit Tränen.

„Ein Junge, Josch!“ flüsterte sie. „Ein Junge!“ Da begriff ich erst, wie sehr sie sich gewünscht hatte, mir einen Sohn zu schenken.

Ich beugte mich zu ihr hinunter und strich ihr das wirre

Haar aus der Stirn. Oh, wie ich sie liebte! Wie ich das winzige Bündel liebte, das sie gerade zur Welt gebracht hatte! Ein Sohn. Unser Sohn!

„William Josua“, flüsterte ich. Das war der Name, den wir gemeinsam ausgesucht hatten.

„William Josua“, sagte auch Mary mit leuchtenden Augen. Vergessen waren die schweren Stunden, die gerade hinter ihr lagen. Im nächsten Moment legte ihr der Doktor das zappelnde Bündel in die Arme.

„Er ist wunderschön, nicht wahr?“ flüsterte Mary, und ich mußte ihr recht geben. „Schönheit hat viele Formen“, dachte ich lächelnd und betrachtete das kleine rote Gesichtchen, das sich zum Schreien verzog.

Mary wiegte das Baby in ihren Armen und redete mit sanfter Stimme auf es ein. Das Schreien verstummte.

„Er ist bestimmt restlos erschöpft“, flüsterte sie. „Geborenwerden ist ein hartes Stück Arbeit.“

Das hatte ich noch gar nicht bedacht. Wie hart es für Mary – und auch für mich – gewesen war, wußte ich jetzt, aber für William Josua? Ja, vielleicht hatte Mary recht.

Ich küßte sie noch einmal, diesmal beinahe außer mir vor Freude. Dann beugte ich mich vor, um unserem Kind einen Kuß auf das Köpfchen zu geben. Der Kleine regte sich, und ich hatte den Eindruck, als sähe er mir geradewegs ins Gesicht und wüßte auch auf Anhieb, wer ich war.

Mary machte das Spielchen mit.

„Aha, da stellst du dich also deinem Papa vor, William. Weißt du eigentlich, wie gut du's hast? Du hast nämlich einen ganz besonders lieben Papa erwischt. Eines Tages bringt der dir bei, wie man angelt, und ...“

Mit Tränen auf den Wangen umarmte ich Mary und unseren Sohn.

Es klopfte. Ich sah auf. Erst jetzt merkte ich, daß der Doktor auf leisen Sohlen aus dem Zimmer gegangen war. Außerdem fiel mir ein, daß unten in der Küche der Rest der Familie voller Spannung gewartet hatte.

„Herein!“ rief Mary, und dann standen sie alle plötzlich im Zimmer: Lilli und Opa und Onkel Charlie. Lillis Wangen hatten wieder Farbe, Opa strahlte über das ganze Gesicht, und Onkel Charlie schaute so erleichtert und stolz zugleich drein, daß ich am liebsten laut gelacht hätte.

Auf Zehenspitzen kamen sie näher, um den Säugling in Marys Armen zu begutachten.

„Schon gut“, sagte Mary. „Er ist wach.“

Da fingen auf einmal alle an zu reden und stellten fest, welch ein Prachtjunge unser Sohn war, wem er glich und welch einen aufgeweckten Eindruck er machte, und dann wollten sie wissen, wie er denn nun heißen sollte.

Wir verschafften uns Gehör, brachten Ordnung in das Durcheinander und gaben dann William Josuas Namen bekannt. Opa nickte mir zu. In seinem Blick lagen Verstehen und Zustimmung.

Der Doktor kam zurück und wies uns an, Mary jetzt ihre Ruhe zu gönnen. Trotz des Stimmengewirrs war William Josua schon eingeschlafen. Lilli hob ihn behutsam aus Marys Armen und legte ihn in die Wiege neben dem Bett. Ich ging zu ihm, um ihn noch einmal anzuschauen, und fühlte mich plötzlich innerlich entzweigerissen: Ich wollte in Marys Nähe sein, aber zugleich auch meinen Sohn betrachten. Der Doktor nahm mir die Wahl ab.

„Raus mit dir, Josch!“ befahl er. „Du kannst später wiederkommen, wenn sie sich 'ne Weile ausgeruht hat.“

Ich gab Mary noch einen Kuß, sah kurz nach unserem Sohn und verließ dann widerwillig das Zimmer. Erst als ich unten auf einen Küchenstuhl sank, spürte ich, wie sehr ich innerlich ausgelaugt war. Dankbar ließ ich mir von Lilli eine Tasse Kaffee reichen.

„Wie steht's um die Ernte?“ fing Opa ein Gespräch an. Seine Frage rief mir die Dreschmannschaft schlagartig wieder in den Sinn.

„Weiß nicht“, gestand ich. „Sie hatten gerade angefangen, die ersten Bündel zu dreschen.“

Am besten ging ich gleich aufs Feld zurück, um mich mit eigenen Augen davon zu überzeugen, wie's um die Ernte stand.

Harte Zeiten

Leider fiel diese Ernte noch kümmerlicher aus, als ich befürchtet hatte. Eigentlich hätte ich von vornherein wissen sollen, daß die Erträge mager werden würden, aber irgendwie hatte ich halt doch gehofft, daß mit den fast leeren Ähren noch etwas anzufangen wäre. Wir hatten nur wenig Getreide in den Kisten. Das verursachte mir Kopfzerbrechen, weil demnächst eine ziemlich große Ratenzahlung fällig war. Es würde nicht leicht sein, das Geld dafür zusammenzukratzen. Wir alle würden den Gürtel enger schnallen müssen. Ein beträchtliches Stück sogar. Dennoch hoffte ich, Mary mit meinen Sorgen verschonen zu können.

Lilli blieb, bis Mary wieder auf den Beinen war. Avery kam, sooft er konnte, und blieb über Nacht. Daß er sich darauf freute, seine Frau wieder bei sich zu haben, brauchte er mir erst gar nicht zu sagen.

William war ein verträglicher Zeitgenosse. Er schrie so gut wie nie, schien mir – aber ich hielt mich ja den größten Teil des Tages bei der Feld- und Stallarbeit auf. Außerdem hatte William nicht viel Grund, ein Geschrei zu erheben. Wenn Mary gerade nicht in der Nähe war, hatte er immerhin noch Opa und Onkel Charlie um sich. Die beiden Männer würden meinen Sohn nach Strich und Faden verwöhnt haben, bevor sein erster Zahn kam!

Ich schob es vor mir her, so lange es ging, aber eines Tages war der Zeitpunkt für eine gründliche Bestandsaufnahme gekommen. Am liebsten wäre ich vor der Wahrheit davongelaufen, aber nächsten Montag war die Rate fällig. Ich mußte mir genau überlegen, womit ich sie bezahlen sollte.

Das Ergebnis war alles andere als ermutigend. Wir hatten

ja kaum genug Getreide für die Aussaat im nächsten Frühjahr!

„Wenn ich's nur irgendwie bis zur nächsten Ernte schaffe", sagte ich mir, „dann sind wir aus dem Gröbsten heraus."

Ich griff mit der Hand in die Getreidekiste und ließ die Körner durch meine Finger rieseln. Klein und vertrocknet waren sie, ganz und gar nicht so wie das Getreide, das ich durch jahrelange harte Arbeit gezüchtet hatte. Zwei regenreiche Sommer würden die Qualität bestimmt wiederherstellen; da war ich mir ganz sicher.

Ich zog einen Zettel aus meiner Hosentasche heraus; einen Bleistift hatte ich in der Hemdtasche. Dann fing ich an zu rechnen. Ich hatte eine Geldsumme auf die hohe Kante gelegt, aber das war bei weitem nicht genug. Wir hatten kein Getreide zu verkaufen. Ich brauchte jedes Korn für die Aussaat im Frühjahr und als Winterfutter für die Kühe und Schweine.

Ziemlich niedergeschlagen zerknüllte ich den Zettel. Wen wollte ich eigentlich zum Narren halten? Wir hatten nicht genug Getreide, um den Viehbestand durch den Winter zu kriegen. Von einigen Tieren würden wir uns trennen müssen.

Ich hatte große Sorgfalt darauf verwandt, Vieh von erstklassiger Qualität heranzuzüchten. Es hieß, ich hätte die besten Zuchttiere weit und breit. Deshalb lag mir nichts daran, auch nur ein einziges davon zu verlieren. Andererseits würden sie sich leichter verkaufen, überlegte ich, und obendrein zu besseren Preisen.

Jetzt fing ich noch einmal von vorn an zu rechnen. Nachdem ich alles schwarz auf weiß vor mir hatte, ging ich wieder ins Haus zurück.

Mary hatte das Mittagessen schon auf dem Tisch. In der Küchenecke stand die Wiege. Ich sah mir meinen schlafenden Sohn an. Ausnahmsweise hielt ihn gerade niemand auf dem Arm. In der kurzen Zeit seit seiner Geburt hatte er sich schon mächtig verändert. Sein Gesicht war runder und voller geworden, und Nase und Augen waren nicht mehr so rot und verquollen wie zu Anfang. Von seinem dunklen Haarschopf hatte er viel eingebüßt, aber Mary schien das nicht weiter tragisch zu finden. Das war bei Säuglingen nichts Ungewöhnliches, meinte sie. Eigentlich wurde William immer hübscher – falls man so etwas von einem Jungen behaupten durfte. Viele Leute fanden, daß er mir glich, aber sooft ich ihn ansah, fand ich Züge von Mary an ihm.

„So friedlich hat er fast den ganzen Vormittag geschlafen", erzählte Mary stolz. Sie war dazugekommen und hatte sich neben mich gestellt. Ich faßte sie um die Taille und zog sie sanft an mich. Mit ihr an meiner Seite und unserem Sohn, den Gott uns anvertraut hatte, sah die Zukunft nur halb so bedrohlich aus.

„Dein Essen wird kalt", ermahnte mich Mary. Ich setzte mich zu Opa und Onkel Charlie an den Tisch, und wir neigten den Kopf zum Gebet. Aufrichtig dankte ich Gott für die vielen Gaben, mit denen er uns bedacht hatte.

Ich hätte gleich beim Mittagessen über mein Vorhaben sprechen können, aber ich zog es vor zu warten, bis Mary und ich allein waren. William war aufgewacht und hatte lautstark darauf gedrungen, frisch gewickelt und gestillt zu werden. Mary liebkoste ihn und trug ihn ins obere Stockwerk, um seinen Wünschen Folge zu leisten. Sobald ich meinen Nachtisch – es gab Brotpudding – aufgegessen hatte, folgte ich den beiden nach oben.

„Er ist also brav gewesen, sagst du?" begann ich, setzte mich neben Mary und nahm eine von Williams winzigen Händen in meine. Ganz verloren sah es darin aus.

„Ein Musterkind!" Mary küßte ihn auf das weiche Köpfchen.

Eine Weile saßen wir nur da und bewunderten den Kleinen. Kaum zu fassen, welches Tempo er beim Wachsen vorlegte!

„Heute nachmittag werd' ich 'ne Weile unterwegs sein", erklärte ich Mary.

Mit einem fragenden Blick schaute sie zu mir auf.

„Wir brauchen fast unser ganzes Getreide als Saatgut. Hab' mich dazu durchgerungen, einen Teil von unserem

Viehbestand zu verkaufen, damit uns das Winterfutter nicht knapp wird."

„Könnten wir nicht lieber mehr Getreide dazukaufen?" fragte Mary ahnungslos.

„Ich finde's besser so", sagte ich undramatisch. Daß wir kein Geld für zusätzliches Getreide hatte, behielt ich für mich; wir hatten ja nicht mal genug für die nächste Bankrate.

Mary nickte. Die Entscheidung überließ sie mir. Sie vertraute mir. Das wußte ich, und es schnürte mir fast die Kehle zu.

„Schickst du die Tiere mit dem Viehtransport per Bahn?" fragte sie. Schlachtvieh wurde gewöhnlich mit der Eisenbahn an den Bestimmungsort transportiert.

„Ich dachte, ich frag' zuerst bei den Farmern in der Nachbarschaft. Die reden immer davon, was ich für prächtige Zuchttiere hab' und wie gern sie selbst welche davon hätten."

Mary nickte. Ihre Augen leuchteten vor Stolz.

Ich gab meinen beiden Lieben einen Kuß und ging dann raus in die Scheune, um Chester zu satteln.

Den ganzen Nachmittag ritt ich von Farm zu Farm. Überall hörte ich das gleiche Lied. Das Winterfutter war knapp. Niemand hatte Geld. Alle klagten über die gleichen Nöte.

„Junge, Junge, Josch, ich tät's ja liebend gern. Dein Vieh sticht mir schon seit langem in die Augen. Aber momentan geht's nicht. Die Ernte war zu dürftig. Kein Geld. Vielleicht nächstes Jahr, wenn wir 'ne neue Ernte in den Kisten haben."

Aber bis zum nächsten Jahr konnte ich nicht warten. Ich brauchte das Bargeld sofort.

Am Ende dieses Tages war ich restlos geschafft. Das lag nicht nur an dem langen Ritt; ich war auch innerlich völlig ausgelaugt. Alles war umsonst gewesen. Jetzt blieb mir nichts anderes übrig, als das Vieh zum Transport zu geben, und für Schlachtvieh bekam man bei weitem nicht so gute Preise wie für Zuchttiere.

Mir graute davor, nach Hause zu kommen und Mary

unter die Augen zu treten. Ich befürchtete, daß sie mir die Angst anmerken könnte, die an mir nagte.

Ich versuchte, mein ungutes Gefühl abzuschütteln. Wir würden schon über die Runden kommen. Eine Zeitlang würde Schmalhans bei uns Küchenmeister sein, aber die nächste Ernte würde uns gewiß wieder auf die Beine bringen. Irgendwie mußten wir das Geld für die Bankrate aufbringen und uns bis zum kommenden Sommer über Wasser halten. Aber das konnten wir schaffen. Es würde uns sogar guttun, den Gürtel enger zu schnallen. Die nächste Ernte würden wir dann um so mehr zu schätzen wissen.

Bevor ich ins Haus ging, setzte ich mich auf den Melkschemel und holte noch einmal Papier und Bleistift hervor. Um das Geld für die Rate zusammenzukratzen, würde ich mich von mehr Vieh trennen müssen, als ich gedacht hatte. Die Herde würde beträchtlich reduziert werden. Und morgen früh würde ich als erstes zur Bank reiten müssen, um mir ein paar Tage Verlängerung auszubitten. Es war ein Ding der Unmöglichkeit, den Erlös von dem Verkauf noch vor Ablauf des Zahlungstermins mit der Post zu bekommen. Ich stand von dem Schemel auf und steckte den Zettel in die Tasche.

Mary begrüßte mich mit einem Lächeln, als ich in die Küche kam, aber sie stellte mir keine Fragen. Darüber war ich froh. Ich hatte nämlich noch keine Antworten parat.

Erst am Abend, als wir zu Bett gegangen waren, kam das Thema zur Sprache. Mary wartete, bis William gewickelt, gestillt und in sein Bettchen gebracht worden war. Nachdem wir unsere gemeinsame Abendandacht gehalten hatten, streckte ich mich der Länge nach unter der sauber duftenden Decke aus und hätte am liebsten die Augen geschlossen, um auf der Stelle einzuschlafen und das schwierige Gespräch auf morgen zu verschieben. Aber da schob Mary schon ihre Hand in meine.

„Wie ist dir's denn heute ergangen, Josch?" fragte sie mich.

Ich zögerte kurz und antwortete dann offen und ehrlich: „Nicht gut."

Sie schwieg, damit ich fortfuhr.

„Alle, mit denen ich gesprochen habe, hätten uns liebend gern ein Stück Vieh abgekauft, aber bei ihnen ist das Futter genauso knapp wie bei uns. Das hätte ich mir eigentlich denken können. Die Trockenheit hat ja das ganze Land heimgesucht!“

„Gibt’s denn keine Möglichkeit, das Vieh dahin zu verfrachten, wo die Farmer genug Futter haben?“ fragte Mary. Warum war ich nur nicht selbst darauf gekommen? Ich überlegte hin und her. Zu einem Ergebnis kam ich allerdings nicht.

„Ich wüßte nicht, wohin“, gestand ich. „Der Zeitung und dem Radio nach zu urteilen, leidet ein riesiges Gebiet unter der Dürre. Keine Ahnung, wo’s noch Farmer gibt, die mehr Futter als Vieh haben.“ Ich seufzte tief, und Marys Hand spannte sich fester um meine. „Außerdem“, sagte ich, „habe ich keine Verbindung zu Farmern außerhalb unseres Landkreises.“

„Was willst du denn jetzt tun?“ fragte Mary.

„Die Tiere als Schlachtvieh verkaufen. Am Donnerstag ist wieder Markttag. Ich schicke sie per Bahn.“

Ich mußte mir ein paar Nachbarsjungen suchen, die mir dabei halfen, das Vieh zur Stadt zu bringen. Anscheinend hatten sämtliche Farmer in der Umgebung genau die gleiche Idee gehabt wie ich. Als ich mit meinem Vieh ankam, waren die Pferche längst überfüllt. Es bedurfte keiner großen Erleuchtung, um abzusehen, daß ich beim Preis noch ein paar Dollar nachlassen mußte. Das war immer so, wenn der Markt überflutet war. Jetzt bedauerte ich, nicht noch mehr von den Jährlingen mitgebracht zu haben.

Der Bankier erwies sich als verständnisvoll. Auch ihm war nicht entgangen, welch ein schwieriges Jahr wir hatten. Kein einziger Farmer hatte nennenswerte Erträge gehabt. Der Bankier sagte das gleiche, das ich mir auch immer wieder selbst einredete: daß sich alles ändern würde, sobald die nächste Ernte eingebracht war.

Jetzt konnte ich nichts weiter tun, als auf das Geld von dem Viehverkauf zu warten. Unablässig dachte ich daran und betete, daß es genug sein würde. Aber das war es nicht. Es reichte nicht ganz. Ich brachte es zur Bank und versprach dem Bankier, noch ein paar Stück Vieh zu verkaufen. Er nickte nur ernst und schrieb den Betrag gegen das Darlehen gut.

Mary merkte mir an, wie bedrückt ich war. Ein paar Tage stellte sie mir keine Fragen, aber dann schien sie der Meinung zu sein, daß es so nicht weitergehen könne.

„Wie schlimm ist es eigentlich, Josch?" fragte sie. Sie erwartete eine aufrichtige Antwort, und sie hatte ein Anrecht darauf. Ich durfte ihr die Wahrheit nicht länger vorenthalten.

„Ziemlich arg", gestand ich. „Aber es wird schon alles wieder werden. Die Rate ist bezahlt. Es tut mir halt nur leid, daß ich deshalb so viel von unserem Viehbestand verkaufen mußte. Die Tiere waren von erstklassiger Qualität. Viel zu gut zum Schlachten. Andere Farmer hätten sie als Zuchtvieh verwenden können. Aber daran ist nichts zu ändern. Die schlechte Ernte hat alle hart getroffen. Kein Tierfutter. Die Viehpreise sind gesunken. Keiner kann was dran ändern. In der Landwirtschaft gibt's halt ab und zu magere Zeiten. Danach geht's dann wieder bergauf. Die nächste Ernte bringt uns wieder auf die Beine."

„Kann ich irgendwie helfen?"

Ich hätte sagen können: „Ja. Sei sparsam. Dreh jeden Penny dreimal um, bevor du ihn ausgibst." Aber das war überflüssig. Ich kannte Mary gut genug, um zu wissen, daß sie das von allein tun würde.

„Wir kommen schon irgendwie über die Runden", sagte ich statt dessen.

Eine Zeitlang lagen wir nur wortlos da. Jeder hing seinen eigenen Gedanken nach.

„Wir haben immerhin noch das Eiergeld", gab Mary zu bedenken.

Ich zog sie an mich. Mit dem Eiergeld würde sie so sparsam umgehen, wie's nur irgend ging. Das wußte ich genau.

Neue Aussaat, neue Hoffnung

Der Winter schleppte sich lange dahin. Ich wartete voller Ungeduld auf das Frühjahr, damit ich endlich mit der Aussaat anfangen könnte. Ich war es nämlich gründlich leid, jeden Dollar auf die Goldwaage legen zu müssen und Mary sparen und knausern zu sehen. Sie beklagte sich jedoch mit keinem Wort, und auch sonst niemand im Haus.

Das bißchen Schnee, das gefallen war, blies der Wind zu grauen Schneewehen zusammen, die sich mit dem Staub der trockenen Felder vermischten. Die Farmer in der Umgebung hätten sich bestimmt nicht beschwert, wenn ihre Häuser bis ans Dach im Schnee versunken wären.

Unser kleiner William wuchs und gedieh und wurde mit jedem Tag interessanter. In diesem grauen Winter war er unser Sonnenschein. Wir spielten mit ihm und hatten unsere helle Freude an seinem Quietschen und Lachen.

Alle im Haus hingen sehr an ihm, aber glücklicherweise schien das keinen verwöhnten Bengel aus ihm zu machen. Zufrieden lag er in seiner Wiege und plapperte vor sich hin, während er mit seinen runden Zehen spielte oder nach den leeren Garnrollen griff, die Mary über seinem Kopf baumeln ließ.

Endlich wurden die Tage wärmer. Ich beschloß, wieder mit der Feldarbeit anzufangen. Auf die Schneeschmelze brauchte ich gar nicht erst zu warten; es gab ja kaum Schnee. Ebensowenig brauchte ich darauf zu warten, daß die Felder trockneten. Die Stoppeln darauf waren so trokken wie Zunder. Den Traktor ließ ich im Schuppen. Wir hatten kein Geld für Kraftstoff, weshalb ich die Ackerpferde anspannte und die Felder so bestellte, wie sie viele Jahre vor meiner Zeit schon bestellt worden waren.

Ich hatte vergessen, wie langsam man mit Pferden vorankam. Oft wanderte mein Blick zu dem Schuppen. Die blitzblanken Geräte, die ich im Laufe der Jahre angeschafft hatte, standen unbenutzt darin. Wie gern hätte ich sie hervorgeholt und ihrem Zweck zugeführt! Aber alles Jammern war zwecklos. Dieses Frühjahr sollte es einfach nicht sein. Bei der Aussaat sagte ich mir, daß im nächsten Jahr alles besser werden würde.

Jeden Abend kam ich staubig, erschöpft und manchmal auch 'ne Spur ungehalten von den Feldern ins Haus. Der Boden, den ich pflügte, war entweder wie Puder oder steinhart. Am Himmel waren keine Anzeichen von Regen zu erkennen.

Mary versuchte, uns aufzumuntern, indem sie über die Hühner redete, die so fleißig Eier legten, über die prächtigen neugeborenen Kälber und über den guten Ferkelwurf, den die Sau uns beschert hatte. Eigentlich hatte ich Grund, dankbar zu sein. Und das war ich auch, aber trotzdem nagte die Befürchtung an mir, daß das alles nicht ausreichen würde.

Ich hatte gehofft, es würde noch vor der Aussaat regnen, aber als die Felder nach dem Pflügen noch immer strohtrokken waren, entschloß ich mich dazu, trotzdem mit der Aussaat anzufangen. Wenn ich das Saatgut erst in der Erde hatte und es bald darauf regnen würde, dann war ich der Natur um eine Nasenlänge voraus. Ja, das war durchaus ein vernünftiges Vorhaben.

So säte ich also das Getreide aus, unseren gesamten Vorrat bis auf das letzte Korn. Säte es mitten in die trockenen Felder mit der Zuversicht, die jeder Farmer im Frühjahr haben muß: daß zur rechten Zeit, nach Gottes Verheißung von Saat und Ernte, der Regen kommen und die Erde befeuchten würde, so daß die Saat keimen, gedeihen und Frucht bringen könnte.

Die Saat hatte eine ganze Woche lang in der trockenen Erde gelegen, als die erste Wolke am Horizont auftauchte. Mehr als einen leichten Schauer brachte sie allerdings nicht mit sich. Der Boden war nur an der Oberfläche angefeuchtet. Trotzdem schöpfte ich neue Hoffnung. In der ganzen Stadt gab es kein anderes Thema als diese paar Regentropfen, als ich unsere Lebensmittel kaufte und die Post abholte. Alle Welt rechnete jetzt mit einem normalen Frühjahrsregen, und mir war wesentlich leichter zumute, als ich den Heimweg antrat. Die aufgekratzte Stimmung in der Stadt hatte wohl auf mich abgefärbt.

Mary warf mir ein Lächeln zu, als ich die paar Säcke mit den Lebensmitteln auf den Tisch legte.

„Haben wir einen Brief bekommen?“ erkundigte sie sich hoffnungsvoll. Ich geriet nämlich immer vor Freude ganz aus dem Häuschen, wenn wir einen unserer seltenen Briefe bekamen. Ich schüttelte nur den Kopf und strahlte sie mit meiner neugewonnenen Zuversicht an.

Opa trat an den Tisch und drehte die beiden Werbeanzeigen freudlos in den Händen. Ihm und uns allen fehlte die Tageszeitung. Sie gehörte zu den Luxusartikeln, auf die wir in letzter Zeit verzichten mußten.

„Der Regen hat in der Stadt wahre Begeisterungsstürme ausgelöst“, berichtete ich Mary, meinte aber auch Opa und Onkel Charlie damit. „Die Farmer glauben, daß das nur der Vorbote war. Demnächst soll's wie aus Kübeln regnen.“

Opa nickte.

„Irgendwann muß es ja mal soweit sein“, meinte auch er.

Onkel Charlie hievte sich mit seinen beiden Gehstöcken von dem Stuhl am Fenster und kam zu uns an den Tisch.

„Wieviel Regen haben sie denn gemessen?“ erkundigte er sich.

Das war immer Thema Nummer eins, wenn sich zwei Farmer begegneten. „Wir hatten einen dreiviertel Zoll bei uns, aber Fred sagt, er hat 'nen ganzen Zoll gemessen“, hieß es dann, oder: „Bei dem Wolkenbruch hat's zweieinhalb Zoll auf einen Schlag bei uns gegeben.“ Für einen Farmer war die jeweilige Regenmenge von höchster Bedeutung. Sie wurde stets peinlich genau gemessen und vermerkt.

Ich schüttelte den Kopf.

„Mehr als wir hat wohl keiner gehabt; es war halt nicht viel. Aber es ist trotzdem ein gutes Zeichen.“

Opa und Onkel Charlie nickten. Erleichterung war in ihrem Gesicht zu lesen. Mary sagte nichts, sondern ging ans Regal, um die Kaffeebüchse zu holen. Sie setzte das Wasser zum Kochen auf, und bald durchströmte das Aroma die Küche.

Mit zufriedenen Gesichtern setzten wir uns um den Tisch. Zum ersten Mal seit Monaten gönnten wir uns eine Tasse Nachmittagskaffee. In letzter Zeit war sogar Opas und Onkel Charlies allabendliche Tasse Kaffee vor dem Schlafengehen ausgefallen. Kaffee, wohlgemerkt: schwacher Kaffee, war fürs Frühstück vorbehalten, und jeder von uns bekam pro Tag nur eine Tasse. Mary rührte überhaupt keinen Kaffee an. Sie behauptete, daß das dem Säugling, den sie stillte, nicht bekäme, obwohl der Doktor gemeint hatte, daß eine Tasse dem kleinen William bestimmt nicht schadete. Ich vermutete, daß Mary den Kaffee auf diese Weise für uns aufsparen wollte.

Mir fiel es nicht schwer, darauf zu verzichten, was ich auch oft tat. Hätte einfach keinen Appetit auf Kaffee, erklärte ich dann, oder daß ich randvoll satt sei, und überließ Opa und Onkel Charlie meinen Anteil. Das war kein großes Opfer. Ich machte mir ohnehin nicht viel aus Kaffee. Bei Opa und Onkel Charlie lag die Sache in dieser Hinsicht anders. Besonders vor dem Schlafengehen. Die Tasse Kaffee am späten Abend hatte für sie zum Leben gehört, solange ich denken kann.

Deshalb war uns jetzt bei dem Duft von frischem Kaffee beinahe wie Weihnachten zumute. Es war ein richtiges Fest; das empfanden wir alle so.

Aber nicht genug mit dem Kaffee: Mary schnitt sogar ein paar Scheiben Brot und strich etwas von ihrer sorgsam gehüteten Erdbeermarmelade darauf – recht dünn allerdings, um ehrlich zu sein. Diese Kostbarkeit reichte sie dann zum Kaffee.

Junge, Junge, welch ein Luxus! Noch herrlicher als der Kaffee und die Marmelade war die Hoffnung auf bessere Zeiten. Es hatte geregnet – zwar nur ein leichter Schauer, aber immerhin richtiger Niederschlag. Das bedeutete, daß wir wahrscheinlich bald mehr davon bekommen würden und daß in absehbarer Zeit alles wieder beim alten sein würde. Welch hoffnungsvoller Ausblick!

Aber so kam es nicht. Ein paar weitere Wolken zogen auf, und wir hofften inständig, daß sie sich über unseren Feldern entladen würden. Aber der Wind trieb sie ohne einen einzigen Regentropfen weiter. Selbst das Weideland fing an, trostlos auszusehen. Ich wußte, daß ich zu viele Kühe darauf grasen ließ und daß ich eigentlich ein paar davon verkaufen müßte. Das schob ich aber immer wieder auf, weil ich hoffte, daß es bald regnen würde, so daß alles wieder frisch und grün wäre.

Schließlich besann ich mich auf den guten Ratschlag von Herrn Thomas, dem Mann, der mir vor ein paar Jahren einmal die Grundzüge der modernen Farmwirtschaft beigebracht hatte. „Ein paar gute, kräftige Kühe sind besser als 'ne ganze Herde von mageren, schwachen Tieren", hatte er gesagt, und so überwand ich mich dazu, ein halbes Dutzend von unseren Kühen zu verkaufen.

Das Geld gab ich nicht aus, sondern legte es auf die hohe Kante. Viel war es ohnehin nicht, und an unserem sparsamen Alltagsleben hätte es nichts geändert. Der Stückpreis für Vieh war beträchtlich gesunken.

Der heiße, trockene Sommer glich dem vorangegangenen wie ein Ei dem anderen. Wenn ich auf der Farm umherging, um die Ställe und Zäune instandzuhalten, wirbelten meine Füße kleine Staubwolken auf, die sich an meine Latzhose hefteten oder mit dem unablässig fegenden Wind davonwehten.

So viel Wind wie in diesem Jahr hatte ich noch nie erlebt. Das ständige Heulen brachte Mary fast um den Verstand. Sie beklagte sich so gut wie nie, aber bei dem Wind machte sie eine Ausnahme. Unwillkürlich fuhr sie zusammen, wenn ein Windstoß an den Fensterläden riß oder feinen Kieselstaub gegen die Scheibe schleuderte.

Den ganzen Sommer über kämpfte sie um ihren Garten.

In unserer finanziellen Lage war es doppelt wichtig, daß sie Gartengemüse in die Einkochgläser oder den Gemüsekeller bekam. Tag für Tag schleppte sie Wasser in Eimern herbei, goß es über ihre Pflanzen und flehte diese an, ihr die ersehnte Frucht zu bringen.

Opa half ihr nach Kräften. Schnaufend und keuchend schleppte er das Wasser durch die sengende Hitze und den zerrenden Wind. Onkel Charlie war längst nicht mehr in der Lage, schwere Lasten zu tragen. Statt dessen setzte er sich neben die Wiege und wachte über dem schlafenden Kind, wenn Mary draußen im Garten arbeitete.

Der Garten brachte tatsächlich Gemüse hervor, aber wir gaben uns keinen Illusionen hin. Bis zum nächsten Frühjahr würden wir damit nicht auskommen.

Gegen Ende des Sommers passierte die nächste Katastrophe. Der Brunnen, der uns all die Jahre seit der Gründung unserer Farm treu gedient hatte, trocknete aus. Opa hatte ihn damals eigenhändig gegraben, und bis jetzt war immer auf ihn Verlaß gewesen. Wir hatten immer geglaubt, unser Wasservorrat sei unerschöpflich. Jetzt förderte ie Pumpe auch bei größter Anstrengung nur einen kleinen Wasserstrahl zutage, und anschließend mußte man ein paar Stunden warten, bis man überhaupt weiterpumpen konnte.

Es war niederschmetternd, besonders für Mary. Jetzt konnte sie nichts mehr für ihre Gartenpflanzen tun. Sie überließ sie den Elementen und kochte schnell alles ein, was schon reif war.

Wegen des Viehbestands war ich froh, daß wir den Bach hatten, aber selbst der war niedriger, als ich ihn je erlebt hatte.

In diesem Herbst gab es nicht viel zu ernten, trotzdem machte die Dreschmannschaft wieder die Runde. Es gelang mir, etwas von dem Getreide als Saatgut fürs nächste Frühjahr beiseite zu legen.

Gewiß würde im nächsten Jahr alles besser werden. Es hatte schon trockene Zeiten gegeben, aber die hatten nie länger als ein oder höchstens zwei Jahre gedauert. Wir bissen die Zähne zusammen und machten uns auf einen kargen Winter gefaßt.

William feierte seinen ersten Geburtstag – oder besser gesagt, die Erwachsenen feierten für ihn. Er schien an allem seine helle Freude zu haben. Wir luden uns das Haus voller Gäste, beinahe wie in alten Zeiten. Sowohl Nat und Lou samt Kindern als auch Avery und Lilli kamen. Leben, Lachen und Fröhlichkeit herrschten, und William quietschte und klatschte in die Hände und freute sich mit uns.

Die Bewirtung war einfach; jede Familie steuerte etwas zu dem gemeinsamen Essen bei. Lou hatte eine große Schüssel mit Kaninchenauflauf und ein Glas eingelegte rote Bete mitgebracht. Lilli hatte russische Eier und einen Topf Sauerkraut zubereitet. Zusammen mit dem Brathuhn aus unserer Küche ergab das alles eine Schlemmerei wie im Schlaraffenland. Sogar für einen Geburtstagskuchen war gesorgt, und dazu gab es dünnen Tee für die Erwachsenen.

Sarah ernannte sich zu Williams großer Beschützerin. Sie ließ fast niemanden nahe genug an ihn heran, um ihn auch einmal auf den Schoß zu nehmen. Ungeachtet ihrer Proteste machte er dann aber doch die Runde von einem zum andern. Er hatte gerade laufen gelernt und machte unsichere, winzige Schrittchen, die seinem Publikum Begeisterungsrufe entlockten. Der Kleine strahlte über das ganze Gesicht und tapste von einem ausgestreckten Händepaar zum nächsten.

Es war ein großartiger Tag für alle, aber als er vorbei war und William restlos erschöpft in sein Bettchen gebracht worden war, breitete sich wieder ein Gefühl der Niedergeschlagenheit im Haus aus. Es war, als wären wir einen Nachmittag lang aus unserem Gefängnis befreit worden, um jetzt wieder eingesperrt zu werden. Der Tag hatte uns in das sorglose Leben der Vergangenheit zurückgeführt, und vielleicht befürchteten wir alle im stillen, daß es nie wieder so wie früher werden würde.

Niemand sprach darüber, aber wir spürten es alle: die Angst saß uns im Nacken und wollte uns verschlingen, uns unter Wasser drücken, bis uns die Luft ausging, uns in eine Ecke drängen, bis wir den Kampf aufgaben.

Es war ein schreckliches Gefühl. Ich wollte mich davon losreißen und endlich wieder frei atmen. Ich wollte, daß meine Frau sich neue Kleider nähte und aus einer vollen Vorratskammer unsere Mahlzeiten kochte. Ich wollte, daß mein Sohn richtige Schuhe an den Füßen trug und Holzlastwagen und Bälle zum Spielen hatte. Ich wollte, daß Opa und Onkel Charlie abends am Küchentisch saßen und aus ihren großen Tassen guten Kaffee tranken.

Zum ersten Mal in meinem Leben als Erwachsener hätte ich mich am liebsten in einen stillen Winkel verkrochen und vor Verzweiflung geweint. Dann beobachtete ich Mary, die mir gegenüber am Tisch saß und Arbeitssocken stopfte. Die Socken wiesen mehr Stopf- als Strickwolle auf, und ich konnte ihr anmerken, wie mutlos sie war. Ihren fest zusammengepreßten Lippen nach zu urteilen war ihr genauso zumute wie mir. Irgendwie bestärkte mich das.

„Wie wär's, wenn du für heute Feierabend machtest?" schlug ich ihr vor. „Du hast 'nen langen Tag hinter dir."

Ich ging an den Herd und schüttelte die Kaffeekanne. Ein kleiner Rest war noch darin. Ich goß etwas Wasser aus dem Kessel dazu und ließ den Kaffee aufkochen.

„Hier ist noch 'n bißchen drin", sagte ich zu Opa und Onkel Charlie. „Wollt ihr das nicht trinken?"

Opa nickte nur stumm. Auch er spürte die sorgenvolle Atmosphäre.

Ich nahm den Socken aus Marys Hand, legte ihn beiseite und führte sie nach oben in unser Zimmer.

Wir redeten nicht viel, während wir uns für die Nacht umzogen. Als wir beide fertig waren, nahm ich unsere Familienbibel aus dem Regal. Vor dem Schlafengehen lasen wir immer zusammen darin. Das war nichts Neues. Neu war nur, wie mir heute dabei im tiefsten Innern zumute war.

„Würdest du heute abend vorlesen?" bat ich Mary.

Sie nahm die Bibel und schlug die Psalmen auf. Wenn sie die Wahl hatte, entschied sie sich immer für die Psalmen. Sie fing mit einem Abschnitt an, aus dem Lob und Dank herausklangen. Damit wollte sie mir neuen Mut machen und mich trösten. Das hätte ihr auch eigentlich gelingen sollen. Ich hatte viel Grund, Gott zu danken. Aber heute ... heute schien der Dank in mir erstorben zu sein. Mary hatte noch nicht viel gelesen, als ich zu weinen anfing.

Warum ich weinte, konnte ich nicht erklären. Vielleicht hatte ich die Sorgen und den Kummer zu lange mit mir herumgetragen. Genau weiß ich's selbst nicht. Vielleicht hatte ich auch nur krampfhaft den Tapferen gespielt, um meine Familie zu beschützen. Aber jetzt brach es in heiseren Schluchzern, die mich am ganzen Leib schüttelten, aus mir hervor. Mary nahm mich in die Arme, und wir weinten beide miteinander.

Als wir wieder ruhiger geworden waren, lagen wir noch stundenlang wach und redeten miteinander. Bis tief in die Nacht hinein. Ich wüßte nicht, daß wir zu irgendwelchen Ergebnissen gekommen wären, aber wenigstens hatten wir einander die Last leichter gemacht. Wir hatten uns über unsere Gefühle und Ängste ausgetauscht und gaben einander Halt, um gemeinsam der Zukunft ins Auge zu schauen.

„Wir werden's schon schaffen, Josch!" wagte Mary zu versprechen.

„Ich hab' ja immer noch die nächste Rate von dem Darlehen zu zahlen", gestand ich. „Was ich zusammengespart habe, ergibt nur einen kleinen Teil davon. Ich hab' keine Ahnung, woher ich den Rest nehmen soll."

„Wir haben noch mehr Vieh."

„Aber davon will ich nicht noch mehr ..."

„Wir werden die Herde wieder vergrößern. Nach dem nächsten Regen ..."

Immer das gleiche. Immer vertrösteten wir uns auf den nächsten Regen. Es würde wieder bergauf gehen. Wir würden unsere Verluste wieder aufholen. Ganz bestimmt. Nach dem nächsten Regen.

Zwischen Verzweiflung und Hoffnung

Das war das erste und letzte Mal gewesen, daß ich wegen unserer Notlage geweint hatte. Nicht, daß ich Tränen für ein Zeichen von Schwäche hielt. Vielleicht saß der Schmerz so tief, daß auch Tränen ihn nicht lindern konnten. Oder vielleicht war ich zu einer höheren Form von Gottvertrauen vorgestoßen. Was die Gründe auch gewesen sein mochten, jedenfalls vergoß ich nie wieder Tränen über unser Elend.

Ich verkaufte noch mehr Vieh. Eine andere Wahl blieb mir nicht. Trotzdem tat es weh, die Herde, die ich so mühsam herangezüchtet hatte, auf die Hälfte ihrer vorherigen Größe reduziert zu sehen. Von dem Erlös, meinen mühsam zusammengekratzen Ersparnissen und Marys kostbarem Eier- und Sahnegeld bestritten wir die nächste Rate unseres Darlehens.

Aber jetzt blieb uns noch weniger Haushaltsgeld für die Wintermonate. Ich nahm meine Flinte und machte mich auf die Jagd nach Rebhühnern und Kaninchen für unseren Suppentopf. Mary sprach davon, ein paar Hühner zu schlachten, zögerte aber zunächst noch. Wir hatten ja schon sämtliche alten Hennen und Hähne bis auf zwei verzehrt.

„Das wäre beinahe, als schlachtete man die Gans, die goldene Eier legt“, sagte Mary einmal zu mir. „Wir brauchen die Eier – sowohl für uns selbst als auch zum Verkaufen in der Stadt.“

Mary hatte recht. Also verschonten wir vorerst die restliche Hühnerschar.

Auf einmal fiel mir das bewaldete Stück Land unten am Bach ein, das zur Turleyschen Farm gehörte. Vielleicht ließ sich an den Bäumen etwas Geld verdienen. Mary fand die Idee auf Anhieb gut.

„Prima, daß du darauf gekommen bist, Josch!“ rief sie mit leuchtenden Augen. „Ich hoffe nur, daß dir die Arbeit nicht zu hart wird.“

„Das ist meine geringste Sorge“, antwortete ich. „Zuerst müssen wir einen Käufer finden. Ohne Käufer kein Geld.“

„Ach, ich bin ganz sicher, daß wir jemanden finden!“ sagte sie zuversichtlich. „Brennholz wird immer gebraucht – auch in den schlimmsten Zeiten.“

Wie sich herausstellte, konnten wir das Holz tatsächlich verkaufen. Ich solle nur bringen, soviel ich schlagen könnte, sagte der Käufer von der Holzhandlung. Er hatte Verbindungen zur Großstadt, wohin er das Holz per Eisenbahn verfrachten wollte.

Aber der Verdienst war lächerlich gering. Der Erlös von zwei bis drei Tagen harter Schufterei reichte gerade für Mehl und Zucker. Den Gerüchten zufolge verdiente der Mann vom Holzmarkt ein hübsches Sümmchen an dem Weiterverkauf. Das ging mir zwar gegen den Strich, aber ändern konnte ich daran nichts. Ich schuftete weiter. Wenigstens würden wir auf diese Weise durch den Winter kommen.

Für das Schleppen der Baumstämme spannte ich Barney und Bess im Wechsel ein. Ich hatte nicht so viel Hafer oder sonstiges Futter zur Hand, wie ich den Pferden normalerweise gegeben hätte, weshalb ich sie auch möglichst oft schonte. Chester war zu leicht gebaut für diese harte Arbeit. Andernfalls hätte ich ihn ebenfalls im Wechsel eingespannt.

Irgendwie schafften wir es, uns über Wasser zu halten. Es war zwar nicht einfach, aber wir hielten Leib und Seele zusammen. Schon allein dafür war ich dankbar.

Der zweite Winter ohne nennenswerten Schnee ging zu Ende. Als die kleinen, schmutziggrauen Schneehaufen geschmolzen waren, ging ich wieder auf die Felder.

Die Frühjahrsarbeit nahm nicht soviel Zeit wie sonst in Anspruch. Das Saatgut reichte nicht für alle Felder. Das Land, das in diesem Jahr brachliegen würde, brauchte auch nicht gepflügt zu werden. Die Erosion des Bodens würde halt noch weiter fortschreiten.

Mary legte sich wieder einen Küchengarten an. Sie hatte jedes entbehrliche Saatkorn aufbewahrt, damit sie keine Sämereien zu kaufen brauchte. Sie hatte sogar einen kleinen Tauschhandel mit ihren Nachbarinnen geführt. Alles in allem gelang es ihr, einen halbwegs passablen Garten hinzukriegen. Sie wußte, wie zwecklos es sein würde, Wasser aus dem Brunnen zu schöpfen. Es war einfach nicht genug da. Statt dessen verwahrte sie jeden Tropfen Spül- und Waschwasser und verteilte es dann mit aller Sorgfalt unter ihren Pflanzen.

Solche Staubstürme wie in diesem Jahr hatte ich noch nie erlebt. Von Westen her kamen sie angefegt, weckten aus der Ferne große Hoffnungen auf Regenwolken, um dann aber nichts als fliegenden Staub über uns zu entladen. Ganze Felder schienen sich in den Wind zu erheben und uns um die Ohren zu wirbeln. Der Staub war Mary noch verhaßter als der Wind.

Mit dem Staub kamen die Heuschrecken. Es gab nicht viel Futter für sie, was sie aber keineswegs daran hinderte, sich zu riesigen Scharen zu vermehren. Ich brauchte nicht erst durch die Felder zu gehen, um zu wissen, daß wir in diesem Jahr überhaupt keine Ernte haben würden. Also fing ich wieder an, Bäume zu fällen.

Gegen Ende August wurde Onkel Charlie krank. Es war an einem Sonntagmorgen. Mary hatte das Frühstück schon auf dem Tisch, und William war für die Fahrt zur Kirche fertig angezogen. Onkel Charlie hatte sich noch nicht eingestellt. Das sah ihm überhaupt nicht ähnlich. Ab und zu blieb er morgens etwas länger im Bett, besonders wenn er eine schlaflose Nacht hinter sich hatte, aber niemals sonntags.

Wir setzten uns an den Tisch, den Blick zur Treppe gewandt, in der Erwartung, daß er jeden Moment auftauchen würde.

Mary drehte sich zu mir um.

„Soll ich mal geschwind nach ihm sehen, Josch?“ fragte sie.

William schlug ungeduldig mit seinem Löffel auf den Tisch und rief: „Fühtück, Onkel Sarlie, Fühtück!“

Opa vergaß seine Besorgnis für einen Moment, um in ein herzliches Lachen auszubrechen. Mary sorgte dafür, daß das Löffelschlagen aufhörte, und ich sah wieder zur Treppe.

Ich beschloß, nach oben zu gehen. Da lag Onkel Charlie auf dem Fußboden neben seinem Bett. Er mußte wohl gefallen sein, als er gerade aufstehen wollte.

Wie erschrocken ich war, brauche ich wohl nicht zu sagen. Uns allen wurde angst und bange. Unser Vorhaben, zur Kirche zu fahren, ließen wir fallen. Zu zweit hoben Opa und ich den bewußtlosen Onkel Charlie auf sein Bett zurück, und dann sattelte ich Chester und ritt in die Stadt, um den Doktor zu holen.

Als wir zurückkamen, war Onkel Charlie wieder bei Bewußtsein. Er wollte zur Kirche, sagte er, aber der Doktor erklärte ihm, daß er 'ne ziemlich dicke Beule am Kopf habe und ein paar Tage lang das Bett hüten solle. Außerdem war es jetzt schon zu spät für den Gottesdienst.

Nachdem der Doktor Onkel Charlie versorgt und ihm etwas Arznei dagelassen hatte, ging er mit mir nach unten in die Küche. Mary hatte ihm eine Tasse Frühstückskaffee auf den Tisch gestellt. Sie hatte William schon sein Essen gegeben, aber wir übrigen hatten noch nicht gefrühstückt. Der Haferbrei war vom langen Stehen nicht besser geworden, aber wir aßen ihn trotzdem. Wenigstens stillte er den Hunger.

Der Doktor setzte sich zu uns, um eine Weile mit uns zu plaudern. Er erzählte Mary von den jüngsten Erdenbürgern in der Umgebung, vertraute ihr sogar an, wo wieder welche unterwegs waren, und berichtete uns, wer in letzter Zeit von der Stadt fortgezogen oder neu zugezogen war. Sogar allerhand Neuigkeiten aus dem Weltgeschehen teilte er uns mit, die wir unserer Tageszeitung entnommen hätten, wenn wir eine gehabt hätten.

Und dann richtete er sein Augenmerk auf William.

„Euer kleiner Steppke macht aber 'nen gesunden Eindruck!“ lobte er, und Mary strahlte vor Stolz.

„Komm mal her, kleiner Freund!“ rief der Doktor, und William kam herangetrottet und ließ sich von ihm auf den Schoß nehmen.

„Hast du so 'n Ding schon mal gesehen?" fragte ihn der Doktor und ließ sein Stethoskop vor Williams Augen baumeln. Weit und breit gab es wohl kein Kind, dem er nicht irgendwann einmal sein Stethoskop gezeigt hätte, und wir waren alle samt und sonders hingerissen gewesen. William machte keine Ausnahme. Er drehte es in seinen Händen hin und her und schickte sich dann an, das glatte, runde Ende in sein Ohr zu stecken.

Wir lachten.

„Du willst also später mal Arzt werden, was?" meinte der Doktor. „Aber zuerst mußt du das Ding richtig herum halten. Das andere Ende gehört ins Ohr. Hier, ich zeig's dir. Halt mal still!"

Er half dem kleinen Kerl mit dem Gerät, und Williams Augen wurden vor Staunen immer größer. Ich war mir ziemlich sicher, daß er absolut gar nichts hörte, aber das Gefühl, den Kopf von beiden Seiten umschlossen zu haben, muß ihn wohl außerordentlich beeindruckt haben. Er rührte sich nicht, bis der Doktor das Gerät wieder entfernt hatte.

„So, jetzt muß ich mich aber wieder auf den Weg machen", sagte der Doktor schließlich. „Womöglich werde ich woanders gebraucht."

Er stellte William auf den Boden und nahm seinen Hut.

„Jawohl", sagte er, den Blick noch immer auf William gerichtet, „du bist 'n prächtiger Bursche mit deinen zwei Jahren. *Fast* zwei Jahren", berichtigte er sich. „Bei deiner Mama bist du bestens aufgehoben!"

Ich ging mit dem Doktor nach draußen zu seinem Gespann. Das Ganze war mir ziemlich peinlich. Ich wußte kaum, wie ich anfangen sollte.

„Herr Doktor", rückte ich dann einfach heraus mit der Sprache, „früher haben wir Ihnen die Hausbesuche immer gleich in bar bezahlt, aber ich fürchte ..."

Er unterbrach mich, bevor ich weitersprechen konnte.

„Ich weiß doch, wie's zur Zeit aussieht, Josch", sagte er vertraulich. „Diesen kleinen Hausbesuch schreiben wir einfach auf dein Konto."

„Aber ich hab' doch gar kein Konto", gab ich zu bedenken.

„Ab heute hast du eins", erwiderte der Doktor, „und mach dir deswegen nur kein Kopfzerbrechen! Du kannst alles erledigen, sobald du die nächste Ernte unter Dach und Fach hast."

Der Doktor machte noch drei weitere Hausbesuche bei Onkel Charlie. Beim letzten Mal nahm Mary ihn beiseite. Ihre Vermutungen schienen sich zu bestätigen. Sie erwartete unser zweites Kind.

Ich hätte mich eigentlich freuen sollen, und das tat ich auch. Zugleich machte ich mir aber auch Sorgen. Wie in aller Welt sollten wir noch ein Kind ernähren? William mußte ohnehin schon auf vieles verzichten, und dabei erging's ihm besser als den meisten anderen Kindern in unserer Nachbarschaft. Von Lou bekam er die Sachen zum Anziehen, aus denen Jonathan und Timothy herausgewachsen waren.

Aber trotz ihrer morgendlichen Übelkeit freute sich Mary. Opa fiel die Aufgabe zu, auf William aufzupassen, bis Mary wieder auf den Beinen war. Ich war vollauf mit dem Abholzen am Bach beschäftigt und konnte nicht viel im Haus helfen.

Zu unserer großen Erleichterung erholte sich Onkel Charlie zusehends. Zu Williams zweitem Geburtstag konnte er wieder mit uns am Tisch sitzen. Inzwischen fühlte auch Mary sich schon viel besser.

Es gab keine Felder abzuernten, weshalb ich ohne Pause im Wald weiterarbeitete. In Abständen kam der Besitzer der Holzhandlung mit seinem Lastwagen, um das Holz aufzuladen und zum Bahnhof zu schaffen. Jede Fuhre bezahlte er mir gleich in bar, und ich tat mein Bestes, um wenigstens einen Teil von dem Geld zu sparen. Leider waren nicht viele Münzen in der Schublade, als ich es zählte. Das meiste davon hatte ich im Sommer und Herbst für Lebensmittel aufgebraucht. Ich würde wieder Vieh verkaufen müssen, war mir allerdings nicht sicher, ob der Erlös für die nächste

Ratenzahlung reichen würde. Bei dem Gedanken daran wurde mir schwer ums Herz.

Ich wollte gerade in unser Zimmer gehen, um mich noch eine Weile mit unseren Finanzen zu befassen, als Opa mich rief.

Ich drehte mich um. Er saß mit Onkel Charlie am Küchentisch. Wir hatten keinen Kaffee mehr, aber die Macht der Gewohnheit war wohl stärker. Abend für Abend setzten sich die beiden zusammen an den Tisch und plauderten; manchmal spielten sie auch 'ne Runde Mühle miteinander. Oft saßen sie aber auch einfach nur da und warteten, bis es Zeit zum Schlafengehen war.

Mary war schon oben, um William zu Bett zu bringen, und bald würde sie auf mich warten, damit wir zusammen in der Bibel lesen konnten.

„Hast du 'nen Moment Zeit?"

Ich nickte.

„Charlie und ich wollen mit dir reden."

Ich hatte zwar keine Ahnung, was da auf mich zukam, aber ich spürte, wie mir der Mund trocken wurde.

„Demnächst ist wieder 'ne Rate fällig", begann Opa, während ich mir einen Stuhl nahm und mich setzte. Es war eine Feststellung gewesen, keine Frage.

Wieder nickte ich.

Eine Zeitlang herrschte Schweigen. Onkel Charlie zog die Luft ein, beinahe so, wie er früher den Kaffee geschlürft hatte.

„Hast du das Geld beisammen?" fuhr Opa fort.

Ich senkte den Kopf und hob ihn dann wieder, um den beiden Männern ins Gesicht zu sehen.

„Nein", gestand ich. „Jedenfalls bis jetzt noch nicht."

„In dem Fall", sagte Opa und schob mir eine Konservendose zu, „sollst du das hier haben."

Ich sah von einem zum andern.

„Wenn wir gewußt hätten, in was für 'ner Klemme du steckst, dann hätten wir's dir schon längst gegeben. Tut uns leid, daß du dich ganz allein damit rumgequält hast", sagte Onkel Charlie, was für ihn eine beachtlich lange Rede war.

„Es ist alles bloß wegen der Turleyschen Farm", gestand ich. „Es war wohl 'n Fehler, noch mehr Land dazuzukaufen, besonders bei dieser Dürre."

„Ich hab's für 'ne prima Idee gehalten", beeilte Opa sich einzuwenden, „'ne Gelegenheit, die man sich nicht entgehen lassen durfte. Nur schade, daß es seitdem so gut wie keinen Tropfen Regen gegeben hat. Aber das wird sich ändern. Es braucht halt seine Zeit, weiter nichts. Nur Zeit."

Ich war dankbar für das Vertrauen, das Opa in mich setzte, und für Onkel Charlies beipflichtendes Kopfnicken. Dann schob Opa die Konservendose ein Stück weiter auf mich zu, und diesmal streckte ich die Hand danach aus.

Ich nahm sie und hob den Deckel ab.

Entgeistert starrte ich hinein. Die Dose war voller Geldscheine und Münzen.

„Es ist nicht viel", sagte Opa gerade, „aber vielleicht kommst du damit über die Runden."

Jetzt wußte ich, was ich da vor mir hatte. Es waren Opas und Onkel Charlies gesamte Ersparnisse. Ich schob die Dose von mir und schluckte mühsam.

„Das ... das kann ich nicht annehmen!" brachte ich schließlich hervor.

„Was willst du denn sonst machen?" stellte Opa mich zur Rede.

„Ich ... ich ..." Wieder schluckte ich. „Ich hab' noch Vieh. Das kann ich verkaufen ..."

„Das haben wir uns auch schon überlegt", erwiderte Opa. „Begeistert sind wir nicht von der Idee. Stell dir vor, du verkaufst den ganzen Bestand. Was dann? Sobald der Regen kommt, stehst du ohne 'nen Grundstock für 'ne neue Herde da."

Ich wußte, wie recht er hatte. Zu dem gleichen Schluß war ich auch schon gekommen.

„Wir wissen aber nicht, wann es endlich wieder regnen wird ..." fing ich an, aber Opa fiel mir ins Wort.

„Es wird schon wieder regnen", stellte er schlicht fest. „So ist es doch immer gewesen."

„Aber wann?“ hätte ich am liebsten geschrien. „Wann? Wenn es zu spät ist und wir alles verloren haben?“

Aber ich sagte nichts. Statt dessen sah ich erst Opa an und dann Onkel Charlie.

„Vielleicht ist es nicht genug“, sagte Opa gerade. „Wir wissen nicht, wie groß die Raten sind. Aber nimm's! Sieh zu, was du damit erreichen kannst.“

„Aber ihr habt euer Leben lang geschuftet, um dieses Geld zu sparen“, widersprach ich. „Ich kann's doch nicht einfach nehmen und ...“

Onkel Charlie fuhr mit seiner rheumakrummen Hand durch die Luft, als wollte er meinen Widerstand damit fortwischen.

„Josch“, sagte er, „du beköstigst uns jetzt schon seit mehreren Jahren. Wir tragen keinen Heller dazu bei. Aber darüber hast du nie je 'n Wort verloren. Mary auch nicht. Was, wenn wir die Farm verlieren? Was dann? Schließlich sind wir auch hier zu Hause, und alte Bäume soll man nicht verpflanzen.“

„Genau!“ pflichtete Opa ihm bei.

„Aber ...“ versuchte ich's noch einmal.

„Kein Wenn und Aber, Josch! Nimm das Geld und bezahl die Rate damit, falls es dazu reicht, damit wir alle wieder aufatmen können.“

Mir waren die Argumente ausgegangen. Ich dankte den beiden Männern so aufrichtig, wie ich konnte, und klemmte mir die Konservendose unter den Arm. Daß keine Reichtümer darin steckten, wußte ich von allein. Opa und Onkel Charlie hatten nie große Summen besessen. Aber vielleicht, vielleicht würde das Geld dazu ausreichen, uns 'ne Weile über Wasser zu halten. Und vielleicht würden wir sogar bis zum nächsten Frühjahr damit auskommen.

Sorgen um die Zukunft

Das Geld in der Konservendose reichte für die Ratenzahlung. Es blieb sogar genug übrig, um Lebensmittel für den Winter damit zu kaufen. Am nächsten Morgen fuhr ich in die Stadt. Die sauber gebündelten Geldscheine trug ich in der Jackentasche.

Die Fahrten in die Stadt waren mir allmählich verhaßt. Ich vermied sie, wann immer es möglich war. Sooft ich in die Stadt kam, hatte wieder jemand die Hypothek gekündigt bekommen und seinen Grund und Boden verloren.

Diejenigen, die schon seit Jahren ihre Farm bewirtschafteten, hatten nicht so viel zu befürchten. Manche hatten inzwischen überhaupt keine Schulden mehr; sie kamen einigermaßen gut über die Runden, wenn das Geld auch knapp war. Die Not war am größten für solche Farmer, die gerade mehr Land, Vieh oder Geräte angeschafft hatten. Es war ein Ding der Unmöglichkeit, zahlungsfähig zu bleiben, erstens wegen der allgemeinen Wirtschaftslage und zweitens wegen der Dürrekatastrophe.

Das bedrückte mich und machte mir Angst. Ständig hielt ich mir vor Augen, daß ich der nächste sein könnte.

Ich wußte nicht, was ich ohne die Farm anfangen würde. Nicht nur, daß ich an ihr hing; ich hatte sie ja geliebt, so lange ich denken konnte. Ich konnte mir beim besten Willen nicht vorstellen, jemals woanders zu wohnen.

Opa hatte das Land urbar gemacht und ein Haus darauf gebaut. Zusammen mit Onkel Charlie hatte er die Farm im Schweiß seines Angesichts zu dem gemacht, was sie war. Sie gehörte uns. Uns allen. Und eines Tages sollte sie meinem Sohn gehören.

Landwirtschaft war das einzige Handwerk, auf das ich mich verstand. Eine andere Ausbildung hatte ich nicht. Ich hatte kein anderes Zuhause, keine anderen Besitztümer, keinen anderen Beruf. Mit der Farm würde ich weitaus mehr als nur ein Stück Land verlieren. Zugleich stand mein Lebensunterhalt auf dem Spiel, mein Erbgut, die Heimat meiner Familie, einfach alles, was mir auf dieser Welt etwas bedeutete. Woanders würde ich mich nie heimisch fühlen. Das wußte ich auch so, ohne es erst erleben zu müssen.

Weil ich das alles wußte und auch, daß Opa und Onkel Charlie genauso dachten wie ich, nahm ich das Geldgeschenk der beiden an und versuchte, der Familie damit einen kleinen Aufschub zu erkaufen. Und ich hoffte inständig, daß sie recht behalten würden: daß der Regen jetzt nicht mehr lange auf sich warten lassen würde.

Nachdem ich die Rate bezahlt hatte, wurde mir schon leichter ums Herz. Das überraschte Gesicht des Bankiers entging mir nicht, als ich das kleine Bündel Geldscheine zutage förderte, aber er stellte keine Fragen, und ich lieferte ihm auch keine Erklärungen. Mit der Quittung in der Hand verließ ich das Gebäude wieder.

Bevor ich den Heimweg antrat, kaufte ich noch ein paar Lebensmittel, darunter ein Pfund Kaffee für Opa und Onkel Charlie und ein Stück Käse für Mary. Sie hatte vor kurzem davon geschwärmt, welch ein Leckerbissen ein Stück Käse doch wäre. Außerdem kaufte ich einen Sack Hühnerfutter für ihre Hühner. Schließlich war uns allen sehr damit gedient, wenn die Tiere das Eierlegen nicht verlernten.

Als ich gerade wieder nach Hause fahren wollte, fiel mir ein, daß ich die Post noch nicht abgeholt hatte. Wir bekamen zwar selten einen wichtigen Brief, aber nachfragen wollte ich trotzdem. Später wünschte ich mir, ich hätte das Postamt gar nicht erst betreten.

Herr Hiram Smith stand vor mir in der Schlange vor dem Schalter.

„Tag, Josch!“ begrüßte er mich, und ich erwiderte seinen Gruß.

„Wieder 'n karger Sommer, was?" bemerkte er gesprächsweise, und ich gab ihm recht.

„Den Farmern geht's immer schlechter, hört man."

Auch das konnte ich nicht leugnen.

„Hattet ihr dieses Jahr überhaupt 'ne Ernte?" erkundigte er sich.

„Viel war's nicht", gestand ich. „Hab' die Kühe auf die Felder gelassen. Mähen und Dreschen hätte sich nicht gelohnt."

Jetzt war das Kopfnicken an ihm.

„Schade drum!" sann er. „Schade. Wo man auch hinsieht, steht 'ne Farm zum Verkauf." Er wartete gar nicht erst auf meine Antwort. „Das Dumme an der Sache ist bloß", fuhr er fort, „daß es keine Käufer gibt. Nicht mal geschenkt würden die Leute 'ne Farm nehmen. Kein Mensch hat Geld in der Tasche. Eine Schande ist das!"

Das stimmte zwar, aber neu war daran eigentlich nichts. Ich wollte gerade an den Schalter gehen und nach unserer Post fragen.

„Hast du schon die Sache mit Avery gehört?" fragte Herr Smith.

Das hatte ich nicht. Ruckartig blieb ich stehen. Ich war mir nicht sicher, ob ich die Nachricht wirklich hören wollte, falls es eine schlechte war, und Herrn Smiths Gesicht nach zu urteilen, war sie das. Aber Avery war immerhin mein Schwager. Wenn er in der Klemme steckte, ging mich das auch an.

„Hat seine Farm verloren", sagte Herr Smith, und zwar nicht gerade sehr mitfühlend, fand ich. „Hatte gerade erst angefangen. Und frisch verheiratet ist er obendrein. So 'n Pechvogel!" Wieder schüttelte er den Kopf und ging dann zur Tür, während er die Werbeanzeigen durchblätterte, die er sich gerade abgeholt hatte.

In mir stürzte eine Welt zusammen.

An Mary mußte ich zuerst denken. Sie würde sich die Nachricht schwer zu Herzen nehmen. Arme Mary! Und die arme Lilli – noch dazu jetzt, wo sie gerade ihr erstes Kind erwartet!

Nun meldete sich auch der Postmeister zu Wort.

„Ja, wirklich Pech, so was, großes Pech!“ sagte er und schüttelte den Kopf dabei so ähnlich wie Herr Smith vorhin. „Ich komme ja bei der Arbeit ganz durcheinander. Ein ständiges Kommen und Gehen ist das hier bei uns, sag' ich. Der eine zieht fort, der nächste zieht her – wie im Taubenschlag geht's bei uns zu!“

„Wo ... wohin ist Avery ...“

„Ach, der ist nicht umgezogen. Jedenfalls nicht weit. Ist einfach zu seinen Eltern zurückgezogen. Selbes Postfach wie früher.“ Dem Postmeister schien in erster Linie daran zu liegen, seine Post richtig sortiert zu bekommen. Ich wollte mich umdrehen und wieder gehen.

„Willst du deine Post denn nicht mitnehmen?“ rief er mir nach, und ich kehrte um. Ein Brief war an Frau Josua Jones adressiert; dazu hatten wir ein paar Werbeschriften bekommen. Die Werbeschriften warf ich im Vorübergehen in den Papierkorb, und den Brief an Mary steckte ich in meine Jackentasche.

Den ganzen Heimweg über mußte ich an Avery und Lilli denken. Mir graute schon davor, Mary diese schlimme Nachricht zu bringen. Aber erfahren mußte sie es; daran gab's nichts zu rütteln.

Ich sagte es ihr so behutsam, wie ich konnte, und hielt sie fest in meinen Armen, während ihr die Tränen übers Gesicht liefen. Dann zogen wir uns warm an, ließen William in Opas und Onkel Charlies Obhut zurück und fuhren zu Averys Elternhaus.

Was ich schon in der Stadt erfahren hatte, hörten wir jetzt von Avery selbst: er hatte tatsächlich seine Farm verloren. Diese Niederlage nahm er sich schwer zu Herzen, aber Lilli gab sich nicht so leicht geschlagen.

„Irgendwann versuchen wir's halt noch einmal“, sagte sie zuversichtlich. „Später, wenn wir wieder Regen haben und das Getreide wachsen kann.“

Bis dahin teilte sie ein Haus mit fünf anderen Bewohnern. Ihr Kind war Nummer sechs.

„Wie geht's dir denn?“ erkundigte Mary sich flüsternd.

„Gut, wirklich gut", behauptete sie. „Will nur froh sein, wenn's vorüber ist. Nur noch drei Wochen. Das ist nicht mehr so lang."

Aber das Haus platzte ohnehin schon aus allen Nähten. Avery und Lilli bewohnten ein winziges Schlafzimmer neben der Küche. Wie sie darin auch noch eine Wiege unterbringen wollten, war mir ein Rätsel.

Die Not lastete schwer auf ihnen. Bleischwer. Aber wenigstens hatten sie ein Dach über dem Kopf.

In der Aufregung hatte ich restlos vergessen, Mary ihren Brief auszuhändigen. Ich fand ihn am Abend beim Auskleiden.

„Tut mir leid!" entschuldigte ich mich. „Hab' ganz vergessen, dir den zu geben. Ich hab' ihn heute bei der Post abgeholt."

Daß ich reichlich neugierig war, was es mit dem Brief auf sich hatte, behielt ich für mich.

Mary riß den Umschlag auf und entnahm ihm einen amtlich aussehenden Briefbogen. Den überflog sie zuerst, um ihn dann genauer durchzulesen. Der Inhalt schien sie außerordentlich zufriedenzustellen. Ich war erleichtert. Wenigstens gab es nicht noch mehr schlechte Nachrichten für heute.

„Er ist von der Schulbehörde", teilte sie mir mit. „Ich hatte an den Vorsitzenden geschrieben und mich erkundigt, ob der neue Lehrer bei uns wohnen könnte."

Ich war überrascht. Mary hatte mir kein Wort davon gesagt.

„Das Schulamt schickt ihn gern zu uns", fuhr Mary fort. „Mit seiner bisherigen Unterkunft habe es sowieso Schwierigkeiten gegeben."

Der Lehrer war ein lediger Mann mittleren Alters. Weit und breit war er die Zielscheibe vieler Scherze, ein etwas seltsamer, grillenhafter Zeitgenosse.

Ich sah Mary an.

„Bist du dir ganz sicher, daß du ihn aufnehmen willst?" fragte ich sie.

„Verstehst du denn nicht?“ sagte sie. „Dieser Brief hier ist eine wahre Gebetserhörung! Ich habe Gott um Rat gefragt, was ich nur tun könnte, um unsere Not etwas zu lindern, und da hat er mir diese Idee in den Sinn gegeben. Ich habe gleich den Brief an die Behörde geschrieben und Gott den Rest überlassen. Und jetzt hat Gott es so gelenkt, daß Herr Butler hier bei uns einziehen möchte.“

„Aber ...“ wollte ich protestieren, doch Mary war noch nicht fertig.

„Mit dem Miet- und Kostgeld können wir Lebensmittel für die ganze Familie kaufen, und vielleicht bleibt sogar etwas für die nächste Ratenzahlung übrig.“

„Aber die Arbeit“, gab ich zu bedenken, „denk doch nur an die viele zusätzliche Arbeit! Du hast auch so schon alle Hände voll zu tun, und wenn das Baby erst da ist ...“

Auch dieses Argument räumte Mary aus der Welt.

„Opa hilft in der Küche, und Onkel Charlie beschäftigt sich mit William. Herr Butler ist tagsüber in der Schule, und übers Wochenende fährt er weg. Die Arbeit wird sich in Grenzen halten.“

Sie hatte aber auch an alles gedacht! Ich mußte einfach lachen.

„Weißt du was? Du bist ein Genie!“ lobte ich sie und nahm sie in die Arme. Sie lächelte nur und ließ den Brief zu Boden flattern.

Zu meiner großen Bestürzung erschien Herr Butler mit einem feurigen Pferd samt Wagen. Niemand hatte mir gesagt, daß von mir erwartet wurde, ein zusätzliches Pferd zu versorgen. Ich hatte ja nicht einmal genug Futter für unsere eigenen Tiere!

Doch bevor ich eine Frage stellen konnte, erklärte Herr Butler: „Ich habe dafür gesorgt, daß Lady Jane im Schulstall untergebracht wird. Todd Smith wird sie versorgen.“

Ich nickte erleichtert.

„Den Wagen habe ich gebraucht, um meine Sachen herzuschaffen“, fuhr er fort.

Seine „Sachen“ bestanden aus mehreren Kisten und Koffern samt ein paar Reisetaschen. Ich fragte mich schon, wie er das alles nur in seinem kleinen Zimmer neben der Küche verstauen wollte, ohne ständig über etwas zu stolpern. Ich sollte es nie erfahren, denn nachdem Herr Butler eingezogen war, betrat ich das Zimmer nicht mehr, und die Tür blieb stets verschlossen.

Selbst Mary ging nicht in das Zimmer. Herr Butler zog es vor, selbst „alles in Ordnung zu halten“, wie er sich ausdrückte. Einmal pro Woche legte Mary ihm frische Bettlaken und Handtücher bereit, die er dann selbst gegen die gebrauchten auswechselte. Alles in allem war es eine gute Regelung für Mary.

Herr Butler sah tatsächlich reichlich sonderbar aus. Eine große Nase herrschte über ein kleines, kinnloses Gesicht. Dunkle, durchdringende Augen versteckten sich hinter dikken Brillengläsern. Oben auf dem Kopf befand sich eine Glatze. Jedenfalls vermutete ich das, aber der Mann kämmte sich geschickt die Haare von einem Ohr quer über den Kopf bis auf die andere Seite, so daß man die kahle Stelle eigentlich gar nicht sah. Wenn er ins Freie trat, zog er sich den Hut mit größter Sorgfalt fest über den Kopf, bis die Ohren fast darunter verschwanden. Ich fragte mich, ob er wohl manchmal Alpträume hatte, in denen ihm plötzlich der Hut fortwehte und die Haare in alle Himmelsrichtungen zu Berge standen, um allen Umstehenden flatternd zuzuwinken und den Blick auf die kahle Stelle freizugeben.

Mit uns Erwachsenen wechselte er nicht viele Worte, aber William mochte er auf Anhieb. Er war zweifellos sehr kinderlieb, was ihm als Lehrer sehr zugute kam. Wenn er bei uns in der Küche saß, beschäftigte er sich fast ausschließlich mit William und seinen Bilderbüchern. Er rückte sich einen Stuhl in der Nähe des warmen Ofens zurecht, hob den Kleinen auf seinen Schoß und schlug ein Buch auf. Stundenlang erläuterte er dem staunenden William die Chinesische Mauer, den geheimnisvollen Planeten Mars, die alten Ägypter oder das Flugmuster der winzigen Kolibris. Manchmal warf ich Mary einen amüsierten Blick zu und unterdrückte ein Lachen, oder ich grinste Opa und Onkel Charlie augenzwinkernd zu. William war zwar ein helles Kerlchen, aber was begriff ein Zweijähriger schon von solchen Dingen?

Trotzdem konnte unser Sohn gar nicht genug von den Büchern kriegen. Er ließ keine Gelegenheit aus, um auf den Schoß des Lehrers zu klettern und jedes Wort in sich aufzunehmen. Seine Augen waren riesengroß vor Staunen, wenn er mit dem Zeigefinger über die Abbildungen fuhr und mit seiner hohen Kleinkinderstimme versuchte, die schwierigen Ausdrücke nachzusprechen.

Wenn Mary bestimmte, daß William jetzt ins Bett müsse, sah der Lehrer immer recht enttäuscht drein, aber gehorsam stellte er den Kleinen dann auf den Boden, klappte das Buch zu und zog sich in sein Zimmer zurück.

Irgendwie schlugen wir uns auch in diesem Winter durch, und ich fing an, den Himmel nach Regenwolken abzusuchen. Obwohl sich hin und wieder Wolken bildeten, schienen sie nicht viel Feuchtigkeit in sich zu tragen. Trotzdem gelang es mir, genug Geld für ein paar Säcke Getreide zusammenzukratzen, um damit zwei von meinen Feldern zu bepflanzen.

Williams Geburt hatte die Ernte unterbrochen. Unser zweites Kind kam während der Aussaat an. Ich wurde vom Feld gerufen, um den Doktor aus der Stadt zu holen.

Alles verlief ohne Komplikationen, und bevor wir's uns recht versahen, hielten wir unseren zweiten Sohn in den Armen. Kaum hatte ich ein Dankgebet zum Himmel geschickt, daß Mary und das Kind beide wohlauf waren, als die Aussicht auf eine weitere Arztrechnung etwas von der Freude dämpfte.

„Ich schreib's einfach auf dein Konto, Josch!" sagte der Doktor ruhig, als ich ihn später nach draußen an seine Kutsche begleitete. Inzwischen hatten wir einen beträchtlichen Schuldenberg bei ihm.

Unser Jüngster war wie sein großer Bruder ein Prachtjunge, stramm und kerngesund und mit kräftigen Lungen ausgestattet. William bestaunte ihn andächtig. Erst als der

Kleine endlich eingeschlafen war und Mund und Augen geschlossen hatte, konnten wir William dazu bringen, das winzige Wesen zu berühren. Mit ausgestreckter Hand fuhr er ihm sachte über die Wange. Von diesem Moment an schien er mit seinem Brüderchen Freundschaft geschlossen zu haben.

Wir nannten den Kleinen Daniel Charles nach Opa und Onkel Charlie. Die beiden Männer strahlten über das ganze Gesicht, als wir den Namen bekanntgaben.

Ein junges Mädchen aus der Nachbarschaft kam, um den Haushalt zu führen, bis Mary wieder auf den Beinen war. So kamen wir irgendwie über die Runden. Der kleine Daniel gewöhnte sich bald an das Leben bei uns, und ich machte mit der Aussaat weiter, um anschließend wieder in dem Wald am Bach zu arbeiten.

Mit jedem Tag, den das Frühjahr an den Sommer abgab, wehte mehr Ackerboden mit dem Wind davon. Blieb nur zu hoffen, daß dafür der aufgewirbelte Boden aus meilenweiter Entfernung bei uns haftenblieb. Wenn der Wind nämlich keinen halbwegs gerechten Austausch vornahm, würden wir bald keine fruchtbare Muttererde mehr zu pflügen haben.

Die arme Mary kämpfte verzweifelt um ihren Garten. Die Arbeit war hart und entmutigend. Über die ohnehin spärliche Ausbeute machten sich zu allem Überfluß die Heuschrecken her.

Mit dem Beginn der Sommerferien zog Herr Butler aus. Im Herbst würde er zurückkehren, versprach er, sehr zu unserer Erleichterung. Wir waren auf den zugegebenermaßen kleinen Betrag angewiesen, den er uns als Miet- und Kostgeld zahlte.

William vermißte ihn sehr. Immerzu fragte er nach „Herr Butter un' die Bücher", und obwohl Mary sich bemühte, ihm zu erklären, daß der Lehrer im Herbst zurückkommen würde, waren die paar Monate für ein kleines Kind eine wahre Ewigkeit.

An einem Nachmittag im Hochsommer machte ich einen Spaziergang über meine dürren Felder. Die Ähren standen niedrig und in großen Abständen voneinander. Hier und da pflückte ich mir eine und zerrieb sie zwischen den Fingern. Fast leer waren sie. Die Last, die ich auf den Schultern spürte, wurde mit jedem Schritt schwerer. Es gab nichts zu ernten. Gar nichts!

Ich bückte mich und grub mit einem Stock in der trockenen, staubigen Erde. Immer tiefer grub ich auf der Suche nach einer Spur von Feuchtigkeit, aber vergeblich. Warum hatte es so lange nicht geregnet? Was war los mit unserer Welt? „Saat und Ernte. Saat und Ernte!" ging es mir durch den Kopf. Gott hatte es doch versprochen. Hatte er seine Verheißung gebrochen?

Einen Moment stieg Zorn in mir auf. Ich war versucht, bitter aufzubegehren. Womit hatte ich das alles verdient? Was hatte Mary sich zuschulden kommen lassen? Wir hatten unser Bestes getan. Wir ... Aber halt! So durfte ich nicht denken! Ich wußte, daß das alles nichts mit unserer Lage zu tun hatte. Schließlich gewann das Gottvertrauen, das ich schon so viele Jahre geübt hatte, die Oberhand und überwand den Zorn.

„Ich brauch' dich, o Gott!" flüsterte ich. „Ich brauch' dich jetzt mehr denn je."

Mit schweren Schritten kehrte ich zum Hof zurück. Das Gefühl einer bevorstehenden Katastrophe konnte ich einfach nicht loswerden. Ich hatte so hart gekämpft, wie ich nur konnte. Jetzt war ich fast am Ende meiner Kräfte.

Nach dem Abendessen, als das Geschirr wieder sauber und abgetrocknet im Regal stand, setzten sich alle wie gewöhnlich um den Küchentisch. Ich versuchte, mich mit Zahlen und Plänen zu befassen, konnte mich aber einfach auf nichts konzentrieren. Schließlich legte ich Papier und Bleistift aus der Hand und ging nach oben, wo meine beiden Söhne schliefen.

Ich betrachtete sie nachdenklich. William hielt den Teddybär umklammert, den Sarah ihm letztes Jahr zu Weihnachten geschenkt hatte. Seine dunklen Wimpern lagen über den rosigen Wangen, und sein dichtes braunes Haar klebte an seiner Stirn.

Der kleine Daniel schlief beinahe in der gleichen Lage wie sein großer Bruder: Arme auf der Decke, den Kopf leicht zur Seite geneigt. Nur einen Teddybär hatte er nicht. Statt dessen hielt er den Saum der Decke, die Mary genäht hatte, in seinem winzigen Fäustchen. Hin und wieder schürzte er die Lippen und nuckelte im Schlaf, als träumte er vom Gestilltwerden.

Ich stand da und betrachtete die beiden. Dabei fühlte ich mich innerlich immer elender und einsamer. „Sie zählen doch auf mich. Sie zählen auf ihren Pa, und ich muß sie enttäuschen! Alle beide. Mary auch. Und Opa und Onkel Charlie ..."

Einen solchen Schmerz jetzt hatte ich noch nie verspürt. Es war ein tiefer, dunkler, bohrender Schmerz, der keine Tränen kannte.

Mit zusammengebissenen Lippen wandte ich mich ab und zog die Vorhänge beiseite, um auf das Land hinauszusehen, das ich so viele Jahre lang geliebt und gepflügt hatte. Es gab keinen Ausweg mehr. Wir waren am Ende.

Ich merkte nicht einmal, daß Mary ins Zimmer gekommen war, bis sie ihre Arme um mich schlang und ihren Kopf an meine Schulter lehnte. Ein Schaudern lief mir über den Rücken.

Sie stand lange da und hielt mich einfach nur umklammert. Dann fing sie an zu reden. Ihre Stimme war stark und gleichmäßig, obwohl es nur wenig mehr als ein Flüstern war.

„Was ist los, Josch? Was ist mit dir?"

Ich mußte es loswerden. Mußte Worte finden.

„Wir werden die Farm verlieren!" stieß ich hervor. Eine stählerne Kälte lag darin.

Mary sagte nichts, aber ich spürte, wie sie ihre Arme fester um mich schloß. William regte sich im Schlaf und zog den Teddy dichter an sich.

„Es liegt an den Raten, nicht? Wenn du Papas Farm nicht gekauft hättest, dann ..."

Natürlich waren es die Raten. Vor Ungeduld trat ich von einem Fuß auf den anderen.

„Hab' halt 'nen großen Fehler gemacht. Die Entscheidung war falsch. Damals hatte ich geglaubt, es wäre das Richtige …"

„Nein, Josch", fiel Mary mir ins Wort, „falsch war sie nicht, die Entscheidung zum Ankauf. Das war sogar sehr klug von dir. Der Zeitpunkt war halt falsch. Und niemand konnte die Zukunft voraussehen. Wer hätte damals auch schon geahnt, was uns bevorstand: kein Regen …"

Genau das gleiche hatte Opa auch schon gesagt, und verstandesmäßig wußte ich, wie recht sie hatten. Aber meine Gefühle schlugen in eine andere Richtung. Ich hatte schließlich gebetet, hatte Gott wegen des Ankaufs zu Rat gezogen.

„Verkauf's doch wieder, Josch!" fuhr Mary fort. „Verkauf das Land!"

„Kann ich doch nicht!" entgegnete ich ungeduldig. „Es gibt doch keinen Käufer!"

„Dann gib die Farm einfach auf. Wie gewonnen, so zerronnen, weißt du. Im Grunde genommen hast du sie doch nur um meinetwillen gekauft – und für unsere Söhne. Aber jetzt ist es besser … Irgendwann werden wir wieder eine Farm kaufen können. Vielleicht sogar noch einmal Papas Farm. Für die Jungs können wir später ein Stück Land kaufen."

„Ich … ich kann sie aber nicht aufgeben", widersprach ich heiser.

„Hast du das so mit Pa abgemacht? Er wird bestimmt Verständnis haben, Josch. Er würde nie von dir verlangen, dich unter diesen Umständen an die Abmachung zu halten."

„Nein, ich habe deinem Vater keine Versprechungen gemacht. Er hat auch keine verlangt."

„Dann laß die Farm los! Laß sie an die Bank gehen!"

Jetzt drehte ich mich zu Mary um, nahm sie bei den Schultern und sah ihr tief in die Augen. Im Zimmer war es dunkel, aber das fahle Mondlicht, das durch das Fenster fiel, tauchte ihr Gesicht in ein bleifarbenes Grau. Sogar die Narbe auf ihrer Stirn war schwach darin zu erkennen.

„Du begreifst nicht!“ sagte ich und rang mit äußerster Mühe um eine beherrschte Stimme. „Wenn sie uns die Turleysche Farm abnehmen, dann beschlagnahmen sie diese hier auch.“

Ich spürte, wie Mary am ganzen Leib zitterte.

„Ich habe diese Farm als Sicherheit geltend gemacht, als ich den Kredit aufnahm. Wenn ich die Raten nicht pünktlich zahle, dann ...“

Aber ich hatte schon genug gesagt. Mary hatte verstanden. Sie warf sich in meine Arme und fing leise an zu weinen.

Vielleicht halfen ihre Tränen auch mir. Wenigstens brachten sie etwas Mitgefühl, etwas Wärme in mein kaltes Herz zurück. Ich stand einfach nur da und strich ihr zärtlich über das Haar und ließ sie weinen.

Aber Mary weinte nicht sehr lange. Bald straffte sie die Schultern und hob das Gesicht.

„Wir haben es zu weit gebracht, um jetzt einfach aufzugeben“, sagte sie entschlossen. „Irgendeine Lösung muß es schließlich geben.“ Ich zuckte ratlos mit den Achseln. Mary wischte sich die Wangen trocken und redete unbeirrt weiter. „Wir haben noch Vieh, das wir verkaufen können. Der Lehrer kommt zurück. Sein Geld brauche ich nicht restlos für Lebensmittel auszugeben. Du kannst mehr Brennholz verkaufen, und wir ...“

„Mary, wir ...“

„Wir werden's schaffen!“ fuhr sie unbeirrt fort. „Gott hat uns bis hierher geholfen. Er wird uns doch jetzt nicht im Stich lassen!“

Einen Moment fragte ich mich ernsthaft, was Gott denn eigentlich zu unseren Gunsten getan hatte. Die Trockenheit nahm kein Ende. Wir hatten seit drei Jahren nichts geerntet. Aber Mary half meinem Gedächtnis auf die Sprünge.

„Überall gibt's Leute, die alles verloren haben, aber wir haben unsere Farm noch. Bis jetzt haben wir immer irgendwie das Geld für die Ratenzahlung aufgebracht. Wir wohnen noch hier, und gesund sind wir auch alle. Wir haben immer genug zu essen auf dem Tisch gehabt und Schuhe an den Füßen. Gott hat uns das alles ermöglicht, und er wird uns auch jetzt nicht im Stich lassen."

Ich stand beschämt da. Wahrhaftig – Gott hatte so viel für uns getan, für das ich ihm nicht einmal gedankt hatte.

„Wir werden auch die nächste Rate bezahlen", sagte Mary noch einmal zuversichtlich. Sie sah sich im Zimmer um, sah mich an und dann unsere schlafenden Söhne. „Es steht ja viel zuviel auf dem Spiel", flüsterte sie wie zu sich selbst. Dann hörte ich, wie sie schlicht, aber voller Inbrunst betete: „Hilf uns, Herr Jesus. Bitte hilf uns jetzt!"

Wir schafften es tatsächlich, die Rate zu bezahlen. Jedes Mal war mir das wie ein Wunder. Allerdings blieb uns danach so gut wie nichts mehr übrig. Wir hatten fast meine ganze Zuchtherde verkauft. Gern hätten wir uns von dem Traktor und dem Ford getrennt, aber dafür waren einfach keine Käufer zu finden. Was am meisten schmerzte, war, daß ich Chester verkaufen mußte. Wir behielten nur noch die Ackerpferde, weil wir ohne sie einfach nicht auskommen konnten. Chester erzielte einen recht stattlichen Preis, sogar trotz der schlechten Wirtschaftslage. Ich hatte einfach keine andere Wahl gehabt, als ihn zu verkaufen. Mary weinte, und etwas in mir starb einen stillen Tod, als der Mann kam, um ihn abzuholen.

Trotz alledem fehlte uns noch etwas an dem Betrag für die Rate. Da kam eines Tages ein Brief von Papa Turley. Als Mary ihn öffnete, fielen ein paar Geldnoten auf den Küchentisch.

„Es ist zwar nicht viel", hieß es in dem Brief, „aber ich hoffe, euch ist damit geholfen."

„Hast du ihm etwa ...?"

„Nein", schüttelte Mary den Kopf. „Kein Wort habe ich darüber geschrieben."

Weiter hieß es in dem Brief: „Man hört, wie schlecht die Zeiten überall sind. Da habe ich mir gedacht, ich schicke jedem von meinen Mädels ein paar Scheine."

Mary lachte und weinte zugleich. Wir legten das Geld zu unserem Ersparten. Jetzt reichte es gerade für die Rate.

Aus tiefster Not

Soweit ich es absehen konnte, besaßen wir jetzt nichts mehr, das wir hätten verkaufen können. Opas und Onkel Charlies Ersparnisse hatten wir längst aufgebraucht. Das Waldstück auf dem Turleyschen Land wurde zusehends kleiner. Weil wir kaum noch Eingemachtes besaßen, wurde Marys Aufgabe, die Familie zu beköstigen, immer schwieriger. Den größten Teil des Mietgelds von dem Lehrer würde sie für Lebensmittel ausgeben müssen – falls sie überhaupt damit auskam!

Die Lage war aussichtslos, das stand fest. Ich fing an, mich in der Stadt nach Arbeit zu erkundigen, aber wie ich befürchtet hatte, fand sich nichts.

Dann wurde unsere Gegend von einer weiteren Katastrophe aufgeschreckt: Um ein Haar hätten wir den Doktor verloren. In der ganzen Nachbarschaft gab's wohl keinen Mann, dessen Verlust uns mehr getroffen hätte als dieser – es sei denn, es wäre Onkel Nat gewesen. Beide hatten seit dem Einbruch von Not und Armut unendlich viel Trost gespendet, und auch schon zu besseren Zeiten hatten beide ein hohes Ansehen bei ihren Mitbürgern genossen.

Es war ein Herzanfall. Mit dem Automobil brachte man den Doktor nach Riverside ins Krankenhaus. Seine Frau fuhr mit und wich während der nächsten Wochen nicht von seiner Seite.

Weit und breit gab es so gut wie keinen unter fünfunddreißig, dem der Doktor nicht ans Licht der Welt geholfen hatte. Er hatte Wunden genäht, Blinddärme entfernt und uns bei Mumps und den übrigen Kinderkrankheiten ärztlichen Beistand geleistet. Er würde uns sehr fehlen. Wir hatten keine Ahnung, was wir ohne ihn anfangen sollten. Täglich beteten wir, daß er mit dem Leben davonkäme, selbst wenn er sich nie wieder vollständig erholen sollte.

In den ersten Tagen nach seinem Herzanfall mußte ich ständig an die Schulden denken, die wir bei ihm gemacht hatten. Es war mir schlicht und einfach ein Ding der Unmöglichkeit, diese Schulden zu bezahlen. Ich befürchtete, daß Frau Doktor – aus irgendwelchen Gründen nannten alle sie so – also, daß Frau Doktor das Geld jetzt wegen der Krankenhauskosten brauchen würde. Ich würde so bald wie möglich mit ihr reden müssen, auch wenn ich keinen Penny in der Tasche hatte. Wenigstens konnte ich ihr versprechen, die Schulden in kleinen Raten abzutragen, sobald ich wieder etwas Geld zusammengekratzt hatte.

Ein paar Wochen später hieß es, Frau Doktor sei wieder nach Hause in die Stadt zurückgekehrt, weil es ihrem Mann inzwischen schon wesentlich besser ging. Ich beschloß, sie gleich aufzusuchen.

Es fiel mir zwar schwer, aber ich überwand mich zu dem Besuch. Frau Doktor sah mich überrascht an, als sie mir die Tür geöffnet hatte, aber dann begrüßte sie mich wie ihren eigenen Sohn. Ich glaube, alle „Kinder vom Doktor" hatten in ihrem Herzen einen besonderen Platz.

Nachdem wir über das Ergehen des Doktors gesprochen hatten, kam ich gleich zur Sache.

„Ich bin wegen meiner Schulden gekommen", sagte ich.

Sie sah mich verständnislos an.

„Ich dachte, vielleicht brauchen Sie jetzt dringend das Geld, weil der Doktor doch im Krankenhaus liegt", erklärte ich.

Sie schüttelte energisch den Kopf.

„Er hätte nie geduldet, daß ich an den Rand der Armut komme", erklärte sie. „Er hat schon längst alles geregelt für den Fall, daß ihm eines Tages etwas zustoßen sollte. Ja, er ist ein guter Mann, ein herzensguter Mann, mein lieber Doktor!" Tränen stiegen ihr in die Augen.

Ich war kolossal erleichtert, daß die beiden keine Not litten.

„Meine Schulden begleiche ich, sobald ich kann. Zur

Zeit sind wir etwas knapp bei Kasse, aber ich hoffe, bald Arbeit zu finden, und dann schicke ich monatlich einen Betrag."

„Du schuldest uns keinen Penny, Josch!" eröffnete sie mir leise.

„Doch, sogar 'ne ganze Menge: für Onkel Charlie und unsere Jungs. Hatte halt nur noch kein Geld dafür zur Hand."

Sie trat an einen Schreibtisch in der Zimmerecke und holte ein ziemlich großes Buch hervor.

„Komm mal her!" rief sie mich, und ich folgte ihr.

Sie blätterte durch das Verzeichnis, und ich sah viele vertraute Namen aus unserer Nachbarschaft dort eingetragen. Denen schien es weitaus besser ergangen zu sein als Familie Jones; jedenfalls sah ich keinen, der dem Doktor Geld schuldete. Und dann schlug Frau Doktor die Seite auf, wo mein Name eingetragen war. „Josua Jones" stand da in der Handschrift des Doktors zu lesen. Jede ärztliche Leistung war einzeln aufgeführt, jeder Hausbesuch bei uns und jede Entbindung, und die Kostenbeträge waren in der Zahlenspalte rechts davon eingetragen. Was aber unten auf der Seite stand, ließ mir den Atem stocken. Neben der addierten Summe stand schwarz auf weiß: „Rechnung in voller Höhe bezahlt."

„Das ... das versteh' ich nicht", stotterte ich. „Ich hab' doch gar kein Geld. Wer ... wer ...?"

„Der Doktor selbst", sagte sie, und wieder kamen ihr die Tränen. „In der Nacht vor seinem Anfall. Er muß wohl gespürt haben, daß etwas nicht stimmte. Mitten in der Nacht ist er aufgestanden. Ich habe ihn hier an seinem Schreibtisch gefunden. Alle Schulden hat er aus seinem Rechnungsbuch gestrichen, allesamt, restlos."

„Aber ... aber ..."

Sie klappte das Buch behutsam wieder zu und legte es in die Schublade zurück.

„Er ist doch für seine Leute da, Josch. Für alle. Er lebt für andere. Wenn er nicht um mich besorgt gewesen wäre, hätte er sich womöglich überhaupt nichts bezahlen lassen.

Aber ich bin jetzt versorgt, und mehr Geld brauchen wir nicht."

Ich fand keine Worte, konnte die alte Dame nur umarmen. Dann trat ich wieder in den kühlen, klaren Herbsttag hinaus. Auf der Straße, während ich mich wieder auf die Suche nach Arbeit machte, hatte ich eine Menge nachzudenken.

Ich bekam Wind von einem Arbeitsprojekt der Regierung, wo noch Männer gesucht wurden. Mary wollte gar nicht daran denken, weil es so viele Meilen von daheim entfernt war. Bis tief in die Nacht sprachen wir darüber, aber dann kamen wir zu dem Schluß, daß uns keine andere Möglichkeit mehr blieb. Jetzt, wo fast alles Vieh verkauft war, gab es kaum noch Stallarbeit, und weil unsere Futtervorräte aufgebraucht waren, mußten sich die wenigen Tiere, die wir noch hatten, selbst irgendwie draußen ihr Futter suchen. Wir hatten noch eine Kuh zu melken, aber Opa glaubte, das Melken allein besorgen zu können.

Schweren Herzens packte ich ein paar Sachen in eine Reisetasche und machte mich zur Abfahrt bereit. Zu Hause würde ich bis zur nächsten Aussaat im Frühjahr nicht gebraucht. Wir hatten weder Saatgut in den Kisten noch die Aussicht auf Geld, um welches damit anzuschaffen. Ich würde einfach arbeiten gehen, bis die ganze verdrehte Welt wieder im Lot war. Aber wann das sein würde, das wußte kein Mensch.

Der Abschied fiel uns allen schwer. Mary weinte, als sie meine abgetragenen, gestopften Strümpfe in eine Ecke meiner Tasche packte.

„Damit kommst du nie durch den nächsten Winter!" schluchzte sie. „Sie bestehen ja nur noch aus Geflicktem!"

„Wo gehst du hin, Papa?" fragte William, aber mir saß ein solcher Kloß in der Kehle, daß ich keine Antwort zustande brachte. Ich hob den kleinen Kerl auf die Arme und vergrub mein Gesicht in seinen Haaren. Er glaubte, das sollte ein Spiel sein, und zerzauste mir die Haare und zupfte mich an den Ohren und quietschte dabei vor Vergnügen. Im stillen fragte ich mich, wie lange es wohl dauern würde, bis ich seine feine Kinderstimme wieder hören würde. Der Gedanke schnürte mir die Brust zu und trieb mir die Tränen in die Augen.

Ich balgte mich mit William, bis ich mich wieder gefangen hatte. Es war ohnehin schon schwer genug für Mary. Eigentlich hätte ich doch ihr Halt, ihre Stärke sein sollen!

Wir fielen uns reihum in die Arme. Es war wohl der schwerste Augenblick meines Lebens. William schrie, als ihm erklärt wurde, daß er nicht mitkommen durfte. Als ich den friedlich schlafenden Daniel betrachtete, versuchte ich mir vorzustellen, wie groß er wohl sein würde, wenn ich wieder nach Hause kam. Ich würde viel von seiner Entwicklung verpassen.

„Und vergiß nicht zu schreiben!" ermahnte Mary mich zum dritten oder vierten Mal. „Das Papier und die Umschläge habe ich in die Seitentasche hier gesteckt."

Ich nickte. Klar, daß ich schreiben würde. Briefe waren doch das einzige, was mich mit meinen Lieben verbinden würde!

„Sorg dich nicht um uns hier!" sagte Opa. „Wir werden schon zurechtkommen."

„Mein Gott!" stöhnte ich innerlich. „Warum mußte es nur so weit kommen?"

Mary kam auf die kalte Veranda, um mir ein letztes Mal Lebewohl zu sagen. Sie zog ihre Strickjacke fester um sich und wandte mir ihr tränenüberströmtes Gesicht zu.

„Mach dir keine Sorgen!" flüsterte sie trotz ihrer Tränen. „Wir werden schon irgendwie mit allem fertig!"

Ich hielt sie lange umarmt; wollte sie vor der Kälte beschützen, vor dem Abschiedsschmerz, vor der schweren Aufgabe, die ganze Verantwortung hier zu übernehmen. „Warum? Warum nur?" schrie es in mir, aber der Wind, der über den Hof fegte und an den verwitterten Fensterläden zerrte, hatte keine Antwort für mich.

„Lauf nur schnell wieder ins Haus. Du frierst ja!" Ich küßte meine Frau ein letztes Mal. Dann stolperte ich die

Treppen hinunter zur Kutsche, wo Opa auf mich wartete, um mich in die Stadt an den Bahnhof zu bringen.

Noch nie war mir der Weg in die Stadt so lang vorgekommen wie heute, und noch nie hatte ich unsere Farm so schnell aus den Augen verloren, als wir über einen Hügel nach dem anderen voranratterten.

Das Lager war voller Männer, die in der gleichen Lage wie ich steckten: verzweifelte Männer, die ihr Bestes taten, um sich durch den Winter zu bringen, und in diesem Lager die einzige Möglichkeit dazu sahen. Ehrliche Männer, die jeden Penny nach Hause an ihre Familie schickten.

Abends, nach einem langen, frostklirrenden Tag, lagen wir erschöpft auf unseren harten Pritschen und erzählten einander von unseren Frauen und Kindern. Das war unser einziges Vergnügen – bis auf die Stunden, in denen wir uns einen oder zwei der kostbaren Briefbögen gönnten, einen Umschlag und eine Briefmarke dazu, um einen Brief nach Hause zu schreiben. An diesen Briefen saßen wir lange. Wir wählten jedes Wort mit Sorgfalt und füllten jeden Satz mit Liebe und Heimweh.

Niemand störte einen Kameraden beim Schreiben. Es wurde still in der ganzen Baracke, und jeder zog sich auf seine Pritsche zurück, um demjenigen, der den begehrten Platz an dem einzigen, grob gezimmerten Schreibtisch innehatte, seinen Respekt zu zollen. Ein Brief an die Familie zu schreiben war ein heiliger Akt, die einzige Verbindung zu unseren Angehörigen.

Der Tag, an dem wir dann unsere Post ausgehändigt bekamen, war ein ganz besonderes Ereignis. Mit unserem Brief zogen wir uns in den stillsten Winkel zurück und studierten jedes Wort gründlich. Und dann taten wir etwas höchst Merkwürdiges: Wir erzählten sämtlichen Stubengenossen jede Einzelheit aus dem Brief!

Die Arbeit war hart. Ich hatte mich immer für einen gehalten, der keine Angst vor schwerer Arbeit hat, aber diese Schufterei – wir schwangen die Spitzhacke in den steinharten Boden, um einen Kanal durch die trockene, gefrorene Prärie zu graben – war etwas Ungewohntes für mich.

Viele gaben auf und kehrten nach Hause zurück. Ihre Rückenmuskeln waren der Anstrengung einfach nicht gewachsen. Kündigungen boten dem Aufseher keine Schwierigkeiten. Er hatte eine lange Liste mit den Namen von Männern, die nur auf die Gelegenheit warteten, in den sauren Apfel zu beißen, um ihrer Familie daheim ein paar dringend benötigte Geldscheine zu schicken.

Zu Weihnachten bekamen wir vier Tage Urlaub. Die meisten von uns gingen am Abend nach der Arbeit die fünfzehn Meilen zu Fuß in die Stadt, um mit dem Zug am nächsten Morgen abzufahren.

Als der Zug in unserer Kleinstadt hielt, stieg ich aus und kaufte schnell eine Kleinigkeit für jedes Familienmitglied, bevor ich die Tasche schulterte und nach Hause marschierte.

Dort wurde ich unter Jubelausbrüchen begrüßt. Niemand hatte gewußt, daß ich kam. Wir fielen einander in die Arme, und alle redeten gleichzeitig darauflos. Dabei wußten wir doch genau, daß die Zeit viel zu kurz sein würde, um alles zu erzählen, was wir erlebt hatten.

Ich staunte darüber, wie die Kleinen sich verändert hatten. Immer wieder sagte ich das zu Mary, und sie lächelte nur.

Weihnachten feierten wir gemeinsam mit Lous Familie. Trotz der leeren Vorratsregale gelang es Lou und Mary, ein schmackhaftes Essen auf den Tisch zu bringen. Die Kinder schienen sich nicht daran zu stören, daß es weder einen Truthahn noch die anderen üblichen Leckereien gab; sie hatten einfach ihren Spaß miteinander.

An diesem Abend blieb Mary bis tief in die Nacht hinein auf, um meine Strümpfe wieder zu stopfen. Sie flickte auch meine Latzhose und nähte die Knöpfe an meiner Jacke wieder an, aber meine zerfetzten Handschuhe waren endgültig ruiniert. Die Spitzhacke hatte ihnen arg zugesetzt.

„Josch", sagte sie bekümmert, „die Handschuhe sind einfach nicht mehr zu retten!"

Ich nickte.

„Ich weiß! Laß nur. Sie werden mir auch weiterhin gute Dienste leisten", versicherte ich ihr.

Als ich aber am nächsten Morgen zum Frühstück in die Küche kam, lag ein nagelneues Paar Handschuhe auf meinem Teller. Mary war bestimmt wieder fast die ganze Nacht aufgeblieben, um sie zu stricken. Die Handschuhe waren von der gleichen Farbe wie Marys Strickjacke, die plötzlich nicht mehr an ihrem gewohnten Haken neben der Tür hing. Ich schluckte mühsam gegen den Kloß an, der mir in die Kehle stieg.

Gleich nach dem Frühstück mußte ich wieder fort. Der Abschied war nicht leichter als beim ersten Mal. Ich hatte keine Ahnung, wann ich wieder nach Hause kommen würde.

Den größten Halt während dieses langen Winters fand ich in den Stunden, die ich über meiner Bibel verbrachte. Unter meinen Stubengenossen waren mehrere, die ebenfalls ihre zerlesenen Bibeln mitgebracht hatten. Wir tauschten uns über das aus, was wir gelesen hatten. Dadurch halfen wir einander, die Dinge in einem anderen Licht zu sehen.

Eines Abends erzählte ich ihnen von Willi. Davon, wie er sein Leben voll und ganz in Gottes Dienst gestellt hatte und wie wir unseren ersten Sohn nach ihm genannt hatten. Alle hörten mir aufmerksam zu.

„Eigentlich komisch", sann ich; „er wurde immer ‚Willi' genannt, obwohl er in Wirklichkeit William hieß. Nach ihm haben wir unseren Sohn genannt, und oft, wenn ich den kleinen Kerl ansehe, muß ich an Willi denken, aber ... aber ich hab's noch nie fertiggebracht, ihn Willi zu nennen. Noch nie. Weiß selbst nicht, warum. Es schmerzt wohl einfach noch zu sehr."

Allgemeines Kopfnicken. Das alles hatte ich noch nie jemandem sagen können. Hab' wohl gedacht, so etwas könnte niemand verstehen. Aber diese Männer hier – uns, die wir in dieser einfachen Baracke hausten, verband eine sonderbare Freundschaft. Vielleicht lag das daran, daß wir alle in gleicher Weise wehrlos und verwundbar waren. Wir hatten nichts voreinander zu verstecken. Wir wußten, woran wir miteinander waren. Keiner hatte Grund zum Prahlen. Wir sahen einander so, wie wir waren. Und wir waren aufeinander angewiesen.

Ich erzählte ihnen auch von Carmen, wobei ich allerdings für mich behielt, wieviel Carmen mir einmal bedeutet hatte. Ich erzählte ihnen nur von Carmen und Willi und wie sie als Krankenschwester nach Afrika gezogen war, nachdem Willi dort gestorben war.

Alle waren zutiefst von Carmens Mut beeindruckt.

Und dann erzählte ich ihnen von dem Brief, den ich an die Missionsgesellschaft schreiben mußte, und wie schwer mir das gefallen war. Wie ich der Missionsgesellschaft mitteilen mußte, daß ich einfach kein Geld mehr für Carmens Unterhalt aufbringen könnte und daß ich sofort wieder regelmäßig Geld schicken würde, sobald wir Regen bekämen und ich Getreide zu verkaufen hätte.

Die Gesellschaft hatte mir einen netten Brief zurückgeschrieben, in dem man Verständnis bekundete. Carmens Unterhalt sei durch andere Quellen gesichert, hieß es, aber das hatte die Sache für mich nicht leichter gemacht.

„Harte Zeiten", meinte ein Mann namens Ed Miller. „Nicht nur für uns, sondern auch für die Kirchen. Hab' gehört, daß manche Missionare wieder nach Hause gerufen wurden, weil einfach kein Geld für sie da war."

„Auch für die Pfarrersleute ist es kein Zuckerlecken", meldete Paul Will sich zu Wort. „Unser Pfarrer kann sich ja kaum über Wasser halten, und dabei hat er sieben Kinder. Der ist sich für keine Arbeit zu schade, um ein paar Dollar nach Hause zu bringen, und die Kinder genausowenig. Bloß, daß es nirgends Arbeit gibt."

„Ich geh' schon lange nicht mehr in die Kirche", kam es von der Pritsche in der Ecke, wo Tom lag und sich die Hände rieb, als könnte er damit die dicke Hornhautschicht abschleifen. „Da gibt's doch auch keinen Trost! Sonntag für Sonntag hört man da wieder von Leuten, die Haus und Hof verloren haben oder ohne was Eßbares dastehen. Beten sollten wir, hieß es. Aber ich bin das Beten leid. Ist doch alles für die Katz! Eigentlich hätte ich für die Notleidenden mehr tun sollen, als bloß für sie zu beten, aber ich hatte nichts mehr zu verschenken. Nichts."

Niemand in der Stube äußerte Entrüstung. Wir hatten alle irgendwann mit ähnlichen Gedanken gekämpft.

„Ich bin trotzdem weiter zur Kirche gegangen", gestand Ed. „Einerseits kam ich mir ziemlich hilflos vor inmitten von lauter Pechvögeln, aber ohne sie hätte ich das Leben erst recht nicht ausgehalten."

„Hast du dir den Kollektenteller angeguckt?" fragte Paul. „Der reinste Hungerlohn! Wie 'n Pfarrer samt Familie davon leben soll, ist mir 'n Rätsel. Na schön, hier mal 'n Huhn und da 'nen Krug Milch, aber viel mehr auch nicht. Der Zehnte von nichts ist halt gleich nichts."

Der Mann hatte natürlich recht. Wir hatten immer unseren Zehnten abgegeben. Marys Eiergeld wurde fein säuberlich gezählt und der zehnte Teil davon beiseite gelegt. Trotzdem waren es nur ein paar Pennys, die wir sonntags in die Kollekte legten, und oft überhaupt nichts. Wir hatten uns auch schon selbst gefragt, wovon Nat und Lou nur lebten, aber kein Wort der Klage kam über ihre Lippen. Gott sorgte für sie, sagte Lou immer mit einem Lächeln, aber die Kleidung der Familie war abgetragen und die Mahlzeiten dürftig. Nein, die Geistlichen hatten es nicht leicht.

„Na, immer kann's doch wohl nicht so weitergehen! Eines Tages wird's auch wieder bessere Zeiten geben!" meinte einer voller Zuversicht, und das Gespräch wandte sich einem anderen Thema zu. Wir alle hatten große Pläne für die Zeit, wenn die Dürrekatastrophe endlich vorbei war. Für viele bedeutete das, wieder ganz von vorn anfangen zu müssen. Sie hatten alles verloren, was ihnen einmal gehört hatte: Geschäft, Farm, Vieh, Möbel. Trotzdem klammerten wir uns an die Hoffnung auf eine bessere Zukunft.

Ich umwickelte meine Hände mit alten Lappen, um Marys Handschuhe möglichst zu schonen. Auf keinen Fall wollte ich ihr kostbares Geschenk ruinieren. Für diese Handschuhe hatte sie schließlich eine ganze Nacht geopfert, um meinetwillen. Die Lappen erfüllten ihren Zweck auch einigermaßen, und bald wurde es draußen allmählich wärmer, so daß ich keine Handschuhe mehr bei der Arbeit zu tragen brauchte. Der Boden taute langsam auf, was uns das Graben mit der Spitzhacke erleichterte.

Das Schmelzen des Eises und die Wärme, die den Boden durchdrang, ließen mein Farmerherz schneller schlagen. Ich konnte den Blick kaum vom Himmel wenden. Wenn es doch nur bald zu regnen anfing!

„Aber selbst wenn's bald wie aus Kübeln schüttet", ermahnte ich mich, „muß ich noch 'ne Weile bei meiner Spitzhacke bleiben." Ich hatte noch keinen einzigen Penny von meinem Lohn gespart. Alles hatte ich an Mary und die Familie geschickt, damit sie zu essen hatten.

Mit dem Frühling die Hoffnung

An diesem Abend schrieb ich einen Brief an Mary. Mit jedem Tag wuchs mein Heimweh. Würde dieser bohrende Schmerz denn nie nachlassen? Ich hatte geglaubt, mit der Zeit würde alles leichter werden. Das Gegenteil war der Fall.

Nachdem ich den Brief in den Umschlag gesteckt hatte, lag ich lange auf meiner Pritsche und ließ meinen Gedanken freien Lauf. Dann nahm ich meine Bibel, um darin Trost zu suchen. Ich las eine Reihe von Marys Lieblingspsalmen, aber obwohl mir das eine Hilfe war, bohrte das Heimweh weiter in mir.

„Ich brauche meine Familie", dachte ich ein ums andere Mal. „Ich brauche Mary!"

Aber ich steckte in einer aussichtslosen Situation. Wenn ich nach Hause ging, würde ich unweigerlich die Farm verlieren. Selbst wenn ich kein Geld für die Ratenzahlung sparen konnte, verdiente ich wenigstens den Lebensunterhalt für meine Familie. Aber ich wußte nicht, wie lange ich es hier noch aushalten würde. Wenn Gott mir doch nur einen Weg zeigen würde, um die nächste Rate zu bezahlen, damit wir unseren Grund und Boden nicht hergeben mußten! Wenn es doch nur endlich regnen würde, damit die Felder wieder Frucht trugen!

Ich fing zu beten an.

„O Gott", gestand ich, „ich bin am Ende. Ich bin einfach nicht in der Lage, Mary und die Jungs zu versorgen. Ich schaffe es ja kaum, ihnen das Notwendigste zukommen zu lassen! Ich weiß mir keinen Rat mehr, Herr. Weiß einfach nicht, wie es weitergehen soll. Ich brauche sie doch! Und sie brauchen mich. Aber die Farm verlieren ... Was dann?

Wohin sollen wir gehen? Wir haben nichts, Herr. Gar nichts."

Die Bibel rutschte mir aus den Händen und blieb aufgeschlagen neben mir auf der Pritsche liegen. Ich hob sie wieder auf und klemmte sie hinter meine verschränkten Arme, während ich nachdachte und still betete. Schließlich fing ich wieder an zu lesen. Mein Blick fiel auf die aufgeschlagene Seite. Diesen Abschnitt mußte ich als Heranwachsender einmal gelesen haben. Er war unterstrichen; demnach hatte ich ihn damals besonders wichtig gefunden. Jetzt las ich ihn aufs neue:

„Da wird der Feigenbaum nicht grünen,
und es wird kein Gewächs sein an den Weinstöcken.
Der Ertrag des Ölbaums bleibt aus,
und die Äcker bringen keine Nahrung;
Schafe werden aus den Hürden gerissen,
und in den Ställen werden keine Rinder sein.
Aber ich will mich freuen des Herrn
und fröhlich sein in Gott, meinem Heil."

Ich las den Abschnitt immer wieder, bis er mir vor den tränennassen Augen verschwamm.

Endlich begriff ich. Das Wohlergehen meiner Familie hing gar nicht von meiner Kraft ab. Wenn das so wäre, dann wären sie alle längst verhungert. Meine Kraft war ja völlig unzureichend. Aber genausowenig, und das war noch erstaunlicher, hing die Zukunft der Familie Jones von meinen Feldern und den Viehherden ab, die ich so mühsam herangezüchtet hatte. Es war immer nur Gott gewesen, wie Mary mir zu erklären versucht hatte. Es war Gott, der für meine Familie sorgte und sie vor dem Verhungern bewahrt hatte. Gott allein. Mehr brauchte es nicht.

„‚Aber ich will mich freuen des Herrn und fröhlich sein in Gott, meinem Heil'", klang es in mir nach. Welch eine Befreiung! Endlich konnte ich loslassen. Ich konnte meine Last auf die Schultern eines anderen legen. Irgendwie, irgendwie würde Gott alles lenken. Er würde uns durchbringen. Vielleicht würden wir die Farm tatsächlich verlieren, dann ... dann würde Gott uns auch helfen, einen anderen Lebensunterhalt zu finden. Irgendwie würde es gehen.

Inzwischen ertönten leise Schnarchgeräusche von den anderen Pritschen. Die Männer hatten ihren wohlverdienten Schlaf gefunden. Aber ich lag noch bis tief in die Nacht hinein wach und betete und lobte Gott. Und als ich am nächsten Morgen aufstand, geschah es mit neuer innerer Kraft.

Als ich mich mit Spitzhacke und Schaufel zum Abmarsch in die Reihe stellte, hatte sich zwar die Arbeit nicht geändert, wohl aber ich. Gott trug jetzt die ganze Verantwortung. Ich verließ mich voll und ganz auf ihn. Vorerst war ich ein Lohnarbeiter der Regierung. Man erwartete von mir, ganze Arbeit zu leisten. Den ganzen Vormittag über erfüllte der regelmäßige Aufschlag der Spitzhacken die Luft um mich her. Schlag um Schlag entstand das Kanalbett, das sich durch die trockene, öde Prärie winden sollte. Um diese Jahreszeit stand die Sonne schon höher am Himmel und brannte uns auf den Rücken. Wir schwitzten mit jedem Hieb, mit dem wir die Hacke in den Boden trieben. Die Männer beschwerten sich genauso erbost über die Hitze, wie sie über den Frost geschimpft hatten.

„Mensch, wenn's doch bloß endlich regnen würde!" knurrte eine Stimme rechts von mir. „Dieser ewige Staub geht mir auf die Nerven!" Ich war nicht der einzige, der oft prüfend zum Himmel aufschaute, aber noch immer war nirgends eine Wolke zu entdecken.

Ich hob meine Spitzhacke, um sie mit einem dumpfen Schlag in den Boden zu treiben. Mein Rücken, meine Schultern, meine Arme: alles schmerzte von der Anstrengung. Gerade wollte ich zum nächsten Schlag ausholen, als jemand meinen Namen rief.

„Jones!" hörte ich. „Sofort in den Schuppen kommen!"

Ich nahm Spitzhacke und Schaufel und rannte los. Das Werkzeug ließ man niemals achtlos liegen. Ohne die Geräte war man aufgeschmissen, und es gab schlicht und einfach kein Geld für Ersatz, sollten sie abhanden kommen.

„Telefon!“ rief der Bote. „Drüben im Schuppen vom Aufseher!“

Eine panische Angst packte mich. Wer verlangte am Telefon nach mir? Was war passiert?

Mit zitternder Hand hob ich den Hörer auf. Es knisterte in der Leitung.

„Hallo!“ rief ich in die Sprechmuschel.

„Ha-o!“ kam eine von Knistern unterbrochene Antwort. Es war Opa. Mir lief es eiskalt über den Rücken. Etwas Entsetzliches mußte geschehen sein. Er würde niemals Geld für ein Telefongespräch verschwenden, wenn es sich nicht um einen Notfall handelte.

„Bist du's, Junge?“

„Ja, ich bin's: Josch“, brachte ich hervor.

„Moment mal!“ rief Opa.

Vor Aufregung hätte ich die Wände hochgehen können. Wozu rief er mich an und sagte dann „Moment mal“? Dann kam eine andere Stimme durch die Leitung.

„Josch?“ Es war Mary. Ich war erleichtert. Wenigstens war ihr nichts zugestoßen.

„Josch?“ fragte sie wieder.

„Mary! Mary, was ist denn ...“

„Es regnet, Josch!“ Schweigen. „Es regnet!“

Ich sah in den klaren, heißen Nachmittagshimmel hinein. Keine einzige Wolke war in Sicht. Aber halt! Dort hinten im Nordwesten standen Wolken am fernen Horizont!

„Es hat sich regelrecht bei uns eingeregnet. Es regnet jetzt schon seit drei Tagen. Ich wollte mir erst ganz sicher sein, daß es nicht bloß ein Schauer ist, bevor ich dich anrief. Ich ...“ Aber da fing sie auch schon an zu weinen.

Eine Pause entstand, dann war Opa wieder am Telefon.

„Es regnet Bindfäden, Junge!“ teilte er mir mit. „Schon seit drei Tagen. Es schüttet so kräftig wie seit Jahren nicht!“ Er lachte. „Die Wolken hängen immer noch schwarz über uns. Auf dem Weg in die Stadt sind wir fast im Schlamm versunken!“

„Hier scheint noch die Sonne“, brachte ich als Antwort

zustande. Inzwischen zitterte ich am ganzen Leib. Ich konnte meinen Ohren kaum trauen!

„Vielleicht kommt's zu euch, wenn's bei uns fertig ist!" sagte Opa lachend.

Seine nächsten Worte werde ich nie vergessen.

„Komm nach Hause, Junge!" sagte er.

„Nach Hause?"

Ich hörte ihn schlucken.

„Wir haben schon Getreide ausgesät."

„Getreide?"

„Genau."

„Wer?"

„Mary und ich. Die ersten Spitzen sieht man schon. Der Regen wird's erst richtig aufschießen lassen!"

„Wie ... Wo habt ihr denn die Saat her?" rätselte ich verwirrt.

„Gekauft."

„Gekauft? Wie denn? Woher hattet ihr denn das Geld dazu?" fragte ich verständnislos.

„Mary hat's irgendwie gespart. Jeden roten Heller, den sie von deinem Lohn erübrigen konnte, hat sie gespart. Weiß selbst nicht, wie sie das angestellt hat, aber im Lauf der Monate hat sie auf diese Weise einiges zusammengekratzt."

„Aber das kann doch gar nicht genug ..." Ich konnte mir beim besten Willen nicht vorstellen, wie winzig der Sack Saatgut gewesen sein mußte, den man mit den paar Groschen erstehen konnte.

„Ehrlich gesagt", gestand Opa, „hat sie auch ... auch ihr silbernes Teeservice verkauft."

„Was??? An wen denn?"

„An eine Dame von auswärts. Schien sich mächtig dafür zu interessieren. Hat ihr 'nen guten Preis dafür gezahlt, sagt Mary."

Vor Entgeisterung fand ich keine Worte. Ich wußte doch, wie sehr Mary an dem Service hing. Einen Augenblick lang stand ich einfach nur da und versuchte, alles zu verarbeiten, was Opa mir da sagte. Das silberne Service verkauft!

Mary spart und spart, bis sie das Geld für Saatgut beisammen hat. Die Saat ist schon im Boden. Es war einfach zuviel für mich.

Als mir endlich dämmerte, wie teuer das Gespräch zu werden drohte, fand ich wieder Worte.

„Ist sie noch da? Ich meine Mary?“ fragte ich.

„Ja“, und ich hörte, wie Opa ihr das Telefon reichte.

„Mary?“

„Ja.“ Es war kaum mehr als ein Flüstern.

„Mary, ich komm’ nach Hause!“

Die einzige Antwort war ein Schluchzen.

„Ich mach’ mich gleich auf den Weg, jetzt gleich, sofort!“

„Ach, Josch!“ schluchzte Mary.

„Mary ... Mary, ich liebe dich!“

Ich hängte das Telefon wieder ein und rannte zu dem Aufseher, der an seinem Schreibtisch saß.

„Ich kündige!“ teilte ich ihm mit. „Ich geh’ eben meine Sachen packen, und dann komm’ ich, um mir meinen Lohn abzuholen. Jemand anders kann meine Arbeit übernehmen.“

Er nickte. Kündigungen kamen so gut wie jede Woche vor. An Arbeitern mangelte es nicht.

Ich rannte zur Baracke. „Nach Hause! Ich fahr’ nach Hause!“ jubelte es in mir. „Zurück zu meiner Frau, meiner Mary! Zu meiner Familie! Zu meiner Farm!“ Wir hatten sie nicht verloren! Endlich regnete es wieder. Zugegeben, wir würden’s nicht leicht haben. Es würde seine Zeit brauchen, bis wir alles wieder aufgebaut hatten, was wir eingebüßt hatten, aber unser Haus, unser Grund und Boden war uns erhalten geblieben. Es gab wieder Hoffnung für die Zukunft. Gott selbst war es, der uns die Hoffnung auf eine neue Saat gab – und auch auf eine Ernte!

Nachwort

Obwohl die ersten Jahre nach der Dürrekatastrophe mühsam für Familie Jones waren, erwarb sich Josch mit der Zeit den Ruf des besten und wohlhabendsten Farmers weit und breit. Trotz seines erfolgreichen Getreideanbaus und seiner für ihre Qualität bekannten Viehherden prahlte er nie mit seinem Reichtum und vergeudete ihn auch nicht. Neben Carmen unterstützte er später neun weitere Missionare.

Insgesamt zogen Josch und Mary sechs Kinder groß. Zu William und Daniel gesellten sich Andrew, Violet, Irene und Walter. Andrew übernahm die Farm, die einmal den Turleys gehört hatte. Wie seine Eltern vor ihm stellte auch er einen Teil seiner Erträge für den Unterhalt von Missionaren zur Verfügung, unter denen sich drei seiner Geschwister befanden: William ging nach Sierra Leone, Violet nach Japan und Daniel nach Nordkanada, wo er als Pastor einer kleinen Missionskirche unter den dortigen Indianern arbeitete. Irene heiratete Philip Moresby, den Sohn und Nachfolger des Doktors. Walter, der Jüngste der Familie, wurde im Koreakrieg als vermißt gemeldet.

Die fünf noch lebenden Kinder heirateten alle. Josch und Mary bekamen dreiundzwanzig Enkel; die Schar ihrer Urenkel, die sie noch erleben durften, zählte siebzehn.

Opa erreichte das hohe Alter von sechsundneunzig Jahren, aber Onkel Charlies rheumageplagter Körper versagte mit vierundsiebzig.

Die Nachkommen leben heute weit verstreut. In unserem Zeitalter der modernen Transportmittel sind sie nicht mehr an die Farm ihrer Vorfahren gebunden. Wo wohnen sie? Nun, hier und da. Vielleicht – wer weiß? – vielleicht wohnt der eine oder andere sogar in Ihrer Nachbarschaft.